Anna Hoghton

Aribella und die Feuermaske

Anna Hoghton ist eine vielfach ausgezeichnete Regisseurin und Dichterin. Sie studierte den Master *Literarisches Schreiben für junge Leser:innen* an der Universität Bath. »Aribella und die Feuermaske« ist ihr Debüt.

Katja Hald studierte Anglistik und Romanistik in Tübingen und London. Sie arbeitete als Englischlehrerin, Lexikografin und Lektorin, bevor sie sich 2013 als Übersetzerin selbstständig machte.

Anna Hoghton

Aribella und die Feuermaske

Aus dem Englischen
von Katja Hald

dtv

Deutsche Erstausgabe
2021 dtv Verlagsgesellschaft mbH & Co. KG, München

Titel der englischen Originalausgabe: ›The Mask of Aribella‹,
2020 erschienen bei Chicken House Ltd, Frome, Somerset

Satz: Greiner & Reichel, Köln
Gesetzt aus der Caslon
Druck und Bindung: GGP Media GmbH, Pößneck
Printed in Germany · ISBN 978-3-423-76350-9

Für Matt und Sue

1

Aribella und ihr Freund Theo saßen Seite an Seite an Deck des Fischerboots und blickten über die Lagune zurück auf ihre Heimatinsel. Die bunten Fischerhütten von Burano lösten sich bereits in der Ferne auf. Es war der letzte Morgen im September, einen Tag vor Aribellas dreizehntem Geburtstag.

»Willst du mir nicht helfen?«, rief Theos Papa, der sich mit dem Segel abmühte. »Die anderen hängen uns noch ab.«

Theo verdrehte die Augen, sprang aber sofort auf.

Aribella blieb sitzen. Mädchen auf Booten brachten Unglück, das behaupteten zumindest die alten Fischer. Zum Glück war Theos Papa nicht ganz so abergläubisch wie die anderen und erlaubte Aribella, an Bord zu kommen. Ans Segel ließ er sie jedoch nicht, das ging auch ihm zu weit. Da er ihr aber ohnehin schon einen Gefallen tat, beschwerte sie sich nicht. Aufmerksam beobachtete sie, wie Theo mit den Seilen kämpfte, und versuchte, sich möglichst viele seiner Handgriffe einzuprägen.

Das schmutzige, alte Segel schlug um den knarrenden Mast, dann blähte es sich und fing den Wind. Theo stieß einen kleinen Freudenschrei aus.

»*Bravo!*«, rief sein Papa und richtete das Ruder aus.

Das alte Fischerboot glitt durchs dunkle Wasser und nahm Fahrt auf. Schon bald hatten sie die kleine Fischerflotte, die in Richtung der Hauptinsel Venedig segelte, eingeholt.

Die Jungs an Deck der anderen Boote musterten Aribella aus verschlafenen Augen. Sie sah zu Boden. Sie war die argwöhnischen Blicke gewohnt.

Theo ließ sich wieder neben sie plumpsen. »Ich weiß immer noch nicht, warum du unbedingt mit rauswolltest«, sagte er, während er die Spitze seines Stiefels ins vorbeigleitende Wasser tauchte. »Ich muss mit raus, aber du … Du könntest den ganzen Vormittag Dächer erforschen oder mit Luna spielen oder schwimmen gehen …«

»Ich fahr gern raus«, unterbrach Aribella ihn und zog sich die Jacke enger um den Körper.

»Kein Mensch suhlt sich gern in Fischeingeweiden«, entgegnete er verächtlich.

»Mir macht das nichts aus«, widersprach Aribella.

»Na dann, nur zu«, schnaubte er, lächelte aber dabei.

Lagune und Himmel verfärbten sich orange und rosa.

Die Welt war weich und verschwommen, wie die Ränder eines Traums. Die anderen Fischer schrien Theos Papa Grüße zu, die er fröhlich erwiderte. Sein offenes, bärtiges Gesicht versetzte Aribella einen sehnsüchtigen Stich. Er war so heiter und lebenslustig, ganz anders als ihr eigener Vater.

Aribella liebte es, auf dem Fischmarkt – der *Pescheria* – zu helfen. Die Arbeit gab ihr, zumindest für kurze Zeit, das Gefühl, Teil von etwas zu sein, dazuzugehören. Und obwohl sie es nur ungern zugab, war sie froh, eine Ausrede zu haben, ihrem düsteren Zuhause, in dem ihr Vater Tag für Tag saß und in stiller Trauer seine wunderschöne Spitze stickte, zu entkommen. Es war zehn Jahre her, dass Mama gestorben war. Aribella war damals noch sehr klein gewesen und konnte sich kaum an sie erinnern, aber Papa hatte ihren Tod nie überwunden. Sie machte sich ständig Sorgen um ihn, die nur auf dem Markt verschwanden. Dort gab es so viel zu tun, dass sie ihn für eine Weile vergessen konnte – auch wenn sie danach ein schlechtes Gewissen hatte.

Theo lehnte sich auf die Ellbogen zurück und schloss die Augen, während Aribella zusah, wie die anderen Inseln an ihnen vorüberzogen. Dort drüben war Sant'Erasmo, gesprenkelt mit Bauernhöfen, die Obst und Gemüse für die ganze Stadt produzierten. Als ein paar Jungs aus Burano einmal versucht hatten, auf der Insel Artischocken zu stehlen, waren sie mit Stöcken davongejagt worden. Auch dort verließen die Boote die Anlegestege und machten sich auf den Weg zum Markt. Dann kamen Murano, die berühmte Glasbläserinsel, und San Michele, die Friedhofsinsel.

Am Horizont kreischten die Möwen. Die Sonne stieg langsam aus der Lagune empor und vor dem mit blassblauen Streifen durchzogenen Himmel tauchte funkelnd die Hauptinsel Venedig auf.

Auf dem Markusplatz tummelten sich bereits große Menschenmengen. Der rote Backstein des Glockenturms – des *Campanile* – reflektierte das Licht der aufgehenden Sonne und die Fassade des Dogenpalasts leuchtete in strahlendem Weiß. Das niedrige, rechteckige Gebäude sah aus wie eine Hochzeitstorte und seine filigranen Steinbögen erinnerten an Papas feine Spitze. Wie die Augenschlitze venezianischer Masken blickten lange Reihen dunkler Fenster auf die Lagune hinaus. Als das Boot näher kam, war an der Palastwand das Relief eines raubtierähnlichen Kopfs mit geöffnetem Mund zu erkennen. Das Löwenmaul. Obwohl sie zu weit entfernt war, um die in den Stein gemeißelte Inschrift darunter zu entziffern, wusste

Aribella, was dort stand: *PER DENONTIE SECRETE* – Für geheime Anschuldigungen.

Wenn Kinder nicht artig waren, drohten ihre Eltern damit, dass jemand ihren Namen in das Löwenmaul stecken und dann die Wachen des Dogen kommen würden, um sie zu bestrafen … Natürlich war das Löwenmaul nicht wirklich dazu da, ungezogene Kinder zu verpetzen. Aber jeder, der einen anderen Menschen für gefährlich hielt, konnte dessen Namen in das Löwenmaul stecken, wirklich *jeder*. Niemand wusste, was mit diesen Menschen geschah, wenn die Wachen kamen, um sie zu holen. Manche behaupteten, sie würden ins Palastgefängnis geworfen. Andere sagten, man würde sie im Dunkel der Nacht zwischen den Säulen des Markusplatzes erhängen …

Selbst herausfinden wollte das niemand, so viel war sicher. Aribella fröstelte.

»Hallo? Aribella?« Theo fuchtelte mit der Hand vor ihrem Gesicht herum.

»Tut mir leid. Ich war in Gedanken ganz woanders.« Sie lächelte. »Was hast du eben gesagt?«

Aber was immer es gewesen war, Theo hatte es bereits wieder vergessen. Plötzlich sprang er auf und brachte das Boot dadurch heftig zum Schaukeln. Mit ausgestrecktem Zeigefinger schrie er: »*Santo cielo!* Der Doge!«

Tatsächlich! Vor ihnen fuhr, sehr viel schneller als die Fischerboote, eine Flotte eleganter Gondeln, die von maskierten Palastwachen gesteuert wurden. In der mittleren saß, an seinem schneeweißen Gewand und der glitzernden, mit Diamanten besetzten Maske gut zu erkennen, der Doge von Venedig.

Aribella sprang ebenfalls auf. Der Doge, der vor Jahren schwer erkrankte, war schon seit Monaten nicht mehr außerhalb des Palasts gesehen worden. Als er die behandschuhte Hand hob und ihnen zuwinkte, brach Jubel aus. Er war den Armen gegenüber immer großzügig gewesen, zumindest bevor er krank wurde.

»Wie schön, dass er wieder auf den Beinen ist«, meinte Theos Papa. Der Doge drehte ihnen das Gesicht zu und seine mit Edelsteinen besetzte Maske glitzerte so stark in der Sonne, dass Aribella die Augen schließen musste. Als sie sie wieder öffnete, hatte der Doge sich bereits dem Palast zugewandt.

»Glaubst du, er trägt die Maske, um seinen schlechten Gesundheitszustand zu verbergen?«

Theo zuckte mit den Achseln. »Vielleicht. Als ich klein war, bin ich ihm schon einmal begegnet, und damals hat er keine Maske getragen. Da warst du noch nicht einmal geboren«, neckte er sie. »Vielleicht gefällt sie ihm auch einfach nur«, fügte er hinzu. »Wenn ich eine mit so vielen Edelsteinen besetzte Maske hätte, würde ich sie auch jeden Tag tragen. Noch viel lieber als die Maske hätte ich allerdings gerne ...«

»... seine Gondeln«, beendete Aribella den Satz.

Theo lächelte. »Sieh sie dir nur an. Sie sind verdammt schnell. Wusstest du, dass Gondeln aus unterschiedlichen Holzarten hergestellt werden? Eiche, Kirsche, Ulme, Kiefer ...«

Tatsächlich wusste Aribella das, denn Theo hatte es ihr bereits erklärt – mehrfach.

»Und sie sind mit Absicht vorne schwerer, um das Gewicht des Gondolieres im hinteren Teil auszugleichen«, fuhr er fort. »Das geschwungene Teil an der Spitze wird *Ferro* genannt. Hab ich recht, Papa? Eines Tages möchte ich auch eine Gondel besitzen«, seufzte Theo sehnsüchtig.

Theos Vater verdrehte nur die Augen.

»Vielleicht wirst du das ja«, ermutigte Aribella ihn.

Aber als Theo nur noch lauter seufzte, bereute Aribella, was sie gesagt hatte. Sie wusste, was Theo dachte: Eine Gondel können sich nur Mitglieder reicher venezianischer Familien leisten.

Theo hingegen würde sein Leben lang Fischer sein, genau wie sein Vater und vor ihm sein Großvater. Aber zumindest wusste er, wo er hingehörte. Aribella beneidete Theo darum, dass sein Lebensweg so klar vorgegeben war, während ihr eigener völlig im Trüben lag, so undurchsichtig wie das Wasser in den Kanälen.

Die Palastflotte legte an. Der Doge stieg aus der Gondel und verschwand, gefolgt von seinen Wachen, durch einen Torbogen im Palast. Enttäuscht riefen ein paar Fischer ihm gute Wünsche für seine Gesundheit hinterher. Dann drehten die Fischerboote vor dem Palast ab und fuhren vorbei am *Campanile* in den *Canal Grande*, die Hauptwasserstraße der Stadt, die sich s-förmig durch die Hauptinsel schlängelte. Wie jeden Morgen, außer an Sonntagen, war der *Canal Grande* auch an diesem ein glitzerndes Band geschäftigen Treibens und wimmelte von mit leuchtend roten Tomaten oder glitzernden Sardinen bepackten Booten.

Die anderen Händler riefen Theos Papa ebenfalls Grüße zu.

»*Ciao! Buongiorno!*«, grüßte er fröhlich zurück. Aribella wurde warm, so stolz war sie, mit ihm auf einem Boot sein zu dürfen.

Sie sah zu den großen Palästen auf, die den *Canal Grande* säumten. In diesen Häusern wohnten die reichsten Familien Venedigs. Mit ihren von Blumen überladenen Balkonen, stilvollen Stegen und hohen, geschwungenen Eingangstoren waren sie Teil einer anderen Welt. Kein Vergleich mit dem kunterbunten Durcheinander der Hütten auf Burano. Viele dieser Gebäude konnten sogar mit dem Dogenpalast konkurrieren. Das gleißende Licht der Morgensonne glitt über die Fassaden, als könnte es sich nicht entscheiden, in welchem der unzähligen Fenster es verweilen wollte. Auf ihren morgendlichen Fahrten vertrieben Theo und Aribella sich oft die Zeit damit, sich vorzustellen, wie es wäre, in einem dieser Palazzi zu leben. Theo ließ dabei keine

Gelegenheit aus, Aribella mit ihrem Lieblingspalazzo aufzuziehen, der sich auf halber Strecke den *Canal Grande* hinunter kurz vor der Rialtobrücke befand. Die lila- und orangefarbene Buntglasscheibe der Eingangstür war eingeschlagen und mit Brettern vernagelt, der kanariengelbe Verputz bröckelte. Es war ein Wunder, dass sie das Gebäude nicht längst abgerissen hatten. Aber Aribella war froh, dass es noch stand, denn irgendetwas an dem Palast gefiel ihr.

Plötzlich wurde es kalt und dunkel, weil das Fischerboot in den Schatten der Rialtobrücke glitt. Wie immer berührten Theo und Aribella die Unterseite der Brücke mit den Fingern. Als sie noch jünger und kleiner waren, war es schwierig, die schleimigen Backsteine vom Boot aus zu erreichen, aber mittlerweile schafften sie es ohne Probleme.

Das erinnerte Aribella daran, dass die Tage, an denen sie mit Theo auf den Markt fahren konnte, gezählt waren. Mit dreizehn galt man bereits als erwachsen. Theo würde Fischer werden, aber was sollte aus ihr werden? Sollte sie Spitze sticken? Wie ihr Vater? Sie war ungeschickt und stellte sich beim Nähen furchtbar an. Aber wovon sollten ihr Papa und sie sonst leben, wenn seine Augen schlechter wurden, was mit Sicherheit bald geschehen würde?

Sie glitten wieder unter der Brücke hervor und das grelle Licht der Sonne verscheuchte Aribellas düstere Gedanken. Wie jeden Morgen stieg ihr der stechende, salzige Geruch der *Pescheria* – ein Gestank, den sie zu lieben gelernt hatte – in die Nase, noch bevor sie das bunte Gewirr der Verkaufsstände sehen konnte. Sie drängten sich unter den Torbögen der Loggia zusammen.

Theos Papa legte am Steg für die Händler an und ging dann voraus, um den Stand aufzubauen, während Theo und Aribella den Fisch ausluden. Die Körbe waren an diesem Tag, wie schon das ganze Jahr über, nur halb voll. Der Rückgang der Fischbestände in der Lagune bereitete den Familien auf Burano schon seit geraumer Zeit große Sorgen, denn niemand konnte von den geringeren Einnahmen auf Dauer leben.

»Wir haben diese Woche wieder zu wenig gefangen«, murrte Theo.

»Das geht uns allen so«, bemerkte ein Fischer in ihrer Nähe. »Liegt vermutlich an einer veränderten Dünung oder so.«

»Pah!«, rief ein anderer mit finsterer Miene. »Das geht jetzt schon seit acht Monaten so! Ich kann euch sagen, woran das liegt. Ein Wahrsager hat einen Blutmond vorhergesagt. Und was das bedeutet, wissen wir wohl alle.«

»Was denn?«, fragte der erste Fischer.

»Es ist ein schlechtes Omen. Ein sehr schlechtes Omen.« Der zweite Mann sah anklagend in Aribellas Richtung, die so tat, als würde sie seinen Blick nicht bemerken.

Was ist ein Blutmond?«, flüsterte Aribella Theo zu, während sie die Körbe zum Verkaufsstand trugen.

»Keine Ahnung. Wieder irgend so ein Unsinn.« Er zuckte mit den Achseln. Genau wie sein Vater hatte Theo für Ammenmärchen und anderen »abergläubischen Blödsinn« nicht viel übrig. »Papa sagt«, fügte er abfällig hinzu, »dieser Mann gibt sein gesamtes Geld für Wahrsager und Handleser anstatt für Brot aus.«

Es war nichts Neues, dass die Handleser die Fischer um ihr hart verdientes Geld brachten, aber der argwöhnische Blick, den der Mann ihr zugeworfen hatte, ging Aribella nicht mehr aus dem Kopf. Andere Kinder beäugten sie immer wieder misstrauisch, das war sie gewohnt, aber Erwachsene ließen sie normalerweise in Ruhe.

Aribella beschloss, sich nicht länger den Kopf zu zerbrechen, und konzentrierte sich stattdessen auf die Arbeit.

Es wurde ein sehr lustiger Vormittag. Gemeinsam mit Theo nahm sie die Fische aus und verkaufte auch einen Großteil davon. Theo brachte sie zum Lachen, indem er einen Hummer über den Tisch tanzen ließ und so tat, als lebte er noch. Zum

Mittagessen brachte Theos Papa ihnen warme Brötchen, mit denen sie sich auf den kalten Stein am Kanalufer setzten und die Beine baumeln ließen. Im Herbst roch der Kanal sehr viel angenehmer als im Sommer, und obwohl die Luft kühl war, genoss sie es, mit Theo dort in der Sonne zu sitzen.

»Machst du morgen irgendetwas Schönes mit deinem Papa?«, fragte er.

»Nein, warum?«

»Na, weil du Geburtstag hast, natürlich! Der dreizehnte ist ein wichtiger, wie du weißt.«

»Ach ja, richtig.« Aribella wurde rot. Das hatte sie fast vergessen, und Papa würde wahrscheinlich auch nicht daran denken. Als sie noch klein war, hatte ihr Vater ihr immer ein Stück Kuchen gekauft, um den Tag für sie zu etwas Besonderem zu machen. Aber als sie älter wurde, hatte er damit aufgehört. Als würde ihr Geburtstag ihn nur daran erinnern, dass schon wieder ein Jahr ohne Mama vorüber war.

»Wir haben nichts geplant«, brummelte sie schnell. »Du kennst ihn ja.«

»Ist er immer noch so traurig?«, fragte Theo. »Tut mir leid, aber … es ist jetzt doch schon zehn Jahre her.«

»Ich weiß. Trotzdem wird es irgendwie immer schlimmer.« Sie sah zur Seite und schluckte. Wenn sie zu lange daran dachte, wurden ihre Augen feucht.

»Tut mir leid, Ari. Ich hab's nicht so gemeint … Ich dachte nur, du könntest ihn doch auch daran erinnern, oder? Ich bin sicher, er würde gerne mit dir feiern.«

»Ja, vielleicht«, entgegnete Aribella. Theo wollte sie aufmuntern, aber dass ihr Papa irgendetwas feiern würde, konnte sie sich beim besten Willen nicht vorstellen.

Gerade machte Theo den Mund auf, um noch etwas zu sagen, da ertönte hinter ihnen eine spöttische Stimme.

»Sieh an, sieh an. Wen hat es denn da ans Ufer gespült?«

Sie drehten sich um und Aribella krampfte sich der Magen zusammen.

Gian war ein großer Junge mit fettigen Haaren, dessen Mundwinkel sich beim Lächeln nicht nach oben bewegten. Aber er lachte ohnehin nur selten, es sei denn aus Schadenfreude.

Theo nahm eine aufrechte Haltung ein. »Verzieh dich, Gian.«

»Im Gegensatz zu der da habe ich jedes Recht, hier zu sein. Sie ist keine von uns.«

Theo wollte etwas entgegnen, aber Aribella fiel ihm ins Wort.

»Ist schon in Ordnung, Theo«, sagte sie.

Das ging bereits seit Jahren so, und Aribella wusste, sobald Theo sich für sie einsetzte, wurde alles nur noch schlimmer. Gian suchte permanent Streit. Das Beste war, sich gar nicht darauf einzulassen.

Unglücklicherweise schien ihm heute besonders langweilig zu sein. »Oh, was hast du denn da?«, fragte er, schnappte sich die übrige Hälfte von Aribellas Brötchen und stopfte sie sich in den Mund. »Bäh! Schmeckt total fad.« Er spuckte das unzerkaute Brötchen in den Kanal.

Aribella sah zu, wie es davonschwamm, und versuchte, nicht daran zu denken, wie hungrig sie später sein würde.

»Das kannst du doch nicht machen!«, sagte Theo böse. »Hier!« Er wollte Aribella sein angebissenes Brötchen geben, aber sie schüttelte den Kopf.

»Schon gut. Ich habe keinen Hunger.«

Wie eine bedrohliche dunkle Wolke schwebte Gian noch immer über ihnen.

»Ihr habt schon mitbekommen, was sie sich auf dem Markt erzählen? Diese Geschichte mit dem Blutmond?«

Theo zog eine Grimasse. »Du lässt dich doch nicht allen Ernstes von diesen dummen Geschichten beeindrucken, Gian?«

»Das sind keine dummen Geschichten! Blutmonde gibt es wirklich. Sie sind ein schlechtes Omen.«

»Ein schlechtes Omen für was?«, höhnte Theo.

Gian legte eine dramatische Pause ein. »Sie kündigen an, dass sich die Toten erheben werden. Grausame, nach Seelen hungernde Geister, die aus der Lagune steigen.«

Gians Worte hingen in der Luft wie ein böser Fluch und Aribella sträubten sich die Nackenhaare. Neben ihr presste Theo schweigend die Lippen aufeinander. Glaubte er diese Geschichte etwa? Dann wurde ihr klar, dass er dagegen ankämpfte, laut loszuprusten. Ihre Angst verflog und beide fingen an zu lachen.

Gian wurde rot wie ein Hummer.

»Wenn du diesen Unsinn tatsächlich glaubst, bist du noch dümmer, als du aussiehst«, murmelte Theo und wischte sich die Tränen aus den Augen. »Und das will was heißen.«

Gians Gesichtsfarbe wechselte von Rot zu Dunkelrot. »Was hast du da eben gesagt?«, bellte er und seine Augen traten gefährlich weit aus den Höhlen.

»Gar nichts.« Theo sah ihn unschuldig an. »Ich glaube, Gian hört Stimmen, Ari.«

Aribella konnte nicht mehr an sich halten. »Vielleicht haben die grausamen, nach Seelen hungernden Geister zu ihm gesprochen«, flüsterte sie Theo zu und beide krümmten sich vor Lachen.

Gians Miene wurde so finster wie der Himmel bei einem Wintersturm auf See. Er packte Theo am Kragen und zog ihn auf die Beine.

»Lass ihn los!«, schrie Aribella.

»Überleg dir gut, auf wessen Seite du stehst, Theo«, knurrte Gian, ohne Aribella weiter zu beachten. »Weder die da noch ihr Vater sind von Burano. Niemand weiß, woher sie kommen. Aber sie gehören *nicht* zu uns.«

Theo entwand sich seinem Griff. »Halt die Klappe!«

Gians Augen funkelten böse. »Dann erklär mir mal, warum ihr Vater nie das Haus verlässt. Warum spricht er mit niemandem? Und was ist mit ihrer Mutter passiert? Das weiß ja nicht mal sie selbst! Angeblich kennt sie nicht mal ihren Namen.«

Aribella bemühte sich, keine Reaktion zu zeigen, aber ihr wurde heiß vor Scham. Er hatte recht. Welches Kind kannte den Namen seiner eigenen Mutter nicht? Papa weigerte sich, ihr irgendetwas über sie zu erzählen, egal wie inständig sie ihn darum bat.

»Wage nicht, so über Aribellas Familie zu reden!«, fuhr Theo ihn an.

»Wollt ihr wissen, was ich denke?« Gian grinste.

»Du kannst *denken*? Das überrascht mich aber«, entgegnete Theo und baute sich vor ihm auf.

»Lass ihn einfach. Bitte, Theo …«, flehte Aribella.

»Also ich denke, dass ihr Vater ihre Mutter umgebracht hat«, sprach Gian weiter. »Deshalb verhält er sich so seltsam. Darum macht er ein so großes Geheimnis daraus.«

»Das ist nicht wahr!«, schrie Aribella. Sie hasste es, sich von Gian provozieren zu lassen, aber dass er ihren Papa einen Mörder nannte, ertrug sie nicht. Papa hatte Mama *geliebt*, da war sie sich sicher. An diese Wahrheit klammerte sie sich, wann immer sie sich einsam fühlte – ihre Eltern hatten sich geliebt und Papa war ein glücklicher Mann gewesen. Manchmal war diese Gewissheit ihr einziger Trost.

Plötzlich fingen ihre Finger an zu kribbeln, ein Gefühl wie unzählige kleine Nadelstiche. Zuerst dachte sie, es wäre die Kälte – das kam vor, wenn man den ganzen Vormittag ohne Handschuhe Fische ausnahm –, aber es fühlte sich so merkwürdig an, dass sie verstört ihre Hände betrachtete, die mit seltsamen Flecken übersät waren. Schnell ballte sie sie zu Fäusten.

»Meine Mama ist auch tot«, schnaubte Theo. »Willst du in ihrem Fall etwa auch behaupten, mein Vater hätte sie umgebracht?«

»Jeder weiß, dass deine Mutter an einer Lungenentzündung gestorben ist. Das ist kein großes Geheimnis.«

»Komm, Theo«, drängte Aribella. »Lass uns zurück zum Stand gehen.« Das Kribbeln in ihren Fingern war schmerzhafter geworden, als würde jemand heiße Nadeln in ihre Nagelbetten stechen. Was war das nur? Sie steckte die Fäuste in die Taschen und schob sich an Gian vorbei zwischen den Ständen hindurch. Theo folgte ihr.

»Wenn du uns bitte entschuldigen würdest«, rief er Gian über die Schulter zu. »Wir haben zu arbeiten.«

Aber Gian ging ihnen nach bis zu ihrem Verkaufstisch. »Ich will dir doch nur helfen, Theo. Du fängst dir noch irgendetwas Scheußliches ein, wenn du dich andauernd mit *ihr* abgibst.«

»Solange ich mir nicht deine Dummheit einfange, habe ich kein Problem damit«, gab Theo zurück, dieses Mal laut.

Gians Augen blitzten. Dann versetzte er Theo einen so heftigen Stoß, dass dieser rückwärts in die Körbe krachte.

Aribella spürte, wie ihr das Blut in die Finger schoss. Und da war noch etwas – etwas, das drängender, zorniger und *heißer* war als alles, was sie je gefühlt hatte. Es erfüllte sie wie ein Fiebertraum, als hätte jemand ein Streichholz angezündet und sie wäre der Feuerwerkskörper, der jeden Moment in den Himmel schießen und explodieren würde. Ihre Finger schmerzten so stark, dass ihr Tränen in die Augen traten. Dann sah sie, wie Gian einen weiteren Schritt auf Theo zu machte, und ohne ihr Zutun flogen ihre Hände aus den Taschen. Sie zog Gian von ihm weg und …

Aus ihren Fingern loderten Flammen!

Es dauerte einen Moment, bis Aribella begriff, was sie da sah. Ihre Finger *brannten*! Helle, gelbe Funken tanzten auf ihren Fingerspitzen, als wären ihre Finger Streichhölzer. *Was zur Lagune …?*

Dann wurde ihr bewusst, dass Gian brüllte. Panisch lockerte sie ihren Griff und taumelte benommen zurück. Die Funken erloschen und Gian fiel krachend in einen Marktstand, dessen Aale sich mit ihm über das Pflaster ergossen. Sich den Arm haltend, wand er sich zwischen den Fischen und hörte gar nicht mehr auf zu schreien. Jetzt erst sah Aribella, dass sein Hemd an der Stelle, an der ihre Finger gewesen waren, verbrannt und löchrig war. Hatte *sie* das getan?

Sie starrte auf ihre Hände. Die Haut an den Fingern war leuchtend rot und fühlte sich wund an, als hätte sie an einen heißen Ofen gefasst. Es tat höllisch weh.

Theo fasste sie am Arm. »Alles in Ordnung, Ari? Wie hast du …?«

Aribella öffnete den Mund für eine Erklärung, aber … Wie hatte sie das gemacht? Sie verstand es selbst nicht.

»Sie hat mich verbrannt«, stotterte Gian, der seine Stimme wiedergefunden hatte. Mit wackeligen Beinen erhob er sich und rief: »Ich wusste schon immer, dass sie böse ist. Ich wusste es! Sie ist der Grund für die bösen Omen. Sie ist verflucht … ein Dämon! Eine Hexe!«

»Nein!« Aribella schnappte nach Luft. Das war nicht wahr. Es konnte nicht wahr sein … Ihre Muskeln brannten, als wäre sie eine gewaltige Strecke geschwommen. Plötzlich wurde ihr die entsetzliche Stille bewusst, die an den Marktständen herrschte. Zahllose Gesichter hatten sich zu ihr umgedreht, zahllose Augen starrten sie an. Theo stand neben ihr, aber sie konnte ihm nicht in die Augen schauen. Was würde sie darin sehen? Verwirrung? Wut? Angst? Der Gedanke war nur schwer zu ertragen.

»Hexe!«, schrie Gian noch einmal. »Ich steck deinen Namen ins Löwenmaul. Deinen und den von deinem seltsamen Papa! Hexe, Hexe, Hexe!«

Aribella war wie erstarrt. Immer mehr Leute versammelten sich um sie, aber sie konnte sich weder bewegen noch sprechen. Andere Jungen und Mädchen stimmten in Gians Rufen mit ein: »Hexe, Hexe, Hexe!« Hände griffen nach ihr.

»Geht weg!«, schrie jemand – vielleicht Theo –, aber Aribella hatte sich bereits aus den Griffen befreit und floh vom Markt. Ihr Herz pochte im Gleichklang mit ihren über das Pflaster donnernden Stiefeln. Was hatte sie getan? Wie hatte das passieren können?

Sie wagte nicht, sich umzuschauen. Im Laufschritt drängte sie sich durch die Menschenmenge auf der Rialtobrücke und tauchte ein in die verschlungenen, engen Gassen auf der anderen Seite der Stadt.

Der Wind trug ihr die hässlichen Rufe zu, die ihr um jede Biegung zu folgen schienen, bis sie sich nicht mehr sicher war, ob sie echt waren oder nur in ihrem Kopf.

Hexe, Hexe, Hexe …

Aber sie würde nicht ewig davonlaufen können. Sobald ihr Name im Löwenmaul war, würden die Wachen nach ihr suchen … und dann?

3

Für den Rest des Nachmittags versteckte Aribella sich auf der Hauptinsel. Um nicht erkannt zu werden, drückte sie sich in den dunkelsten Gassen herum, bis sie sich schließlich auf den Weg zum *Campanile* auf dem Markusplatz machte. In der Nähe des Dogenpalasts würden die Wachen sie sicher am allerwenigsten vermuten. Wie lange es wohl dauerte, bis man den Anschuldigungen aus dem Löwenmaul nachging?

Aribella rüttelte an der Turmtür und stellte fest, dass sie unverschlossen war. Sie trat ein und stieg die nicht enden wollenden Stufen hinauf, bis sie oben wieder ins Freie gelangte. Dort setzte sie sich unter die imposante goldene Glocke und sah hinab auf die Stadt, die sie so sehr liebte. Die Dächer der Häuser lagen so eng beieinander, dass es aussah, als würden sie sich Geheimnisse zuflüstern, als wären sie eine große Familie – eine Familie, in die Aribella einfach nicht reinpasste.

Aribella fühlte sich erbärmlich. Zitternd betrachtete sie die Blasen an ihren Fingern und zerbrach sich den Kopf, wie das alles zu erklären war. Aber sie fand keine Antwort. Wie hatte das nur passieren können?

Während sie so dasaß, wurden ihre Glieder immer steifer. Zu

jeder vollen Stunde schlug die Glocke und scheuchte die Tauben auf, die dort oben nisteten. Es dröhnte so laut, dass Aribella sich mit ihren wunden Händen die Ohren zuhalten musste. Als die Glocke fünfmal schlug, erkannte sie im schwindenden Licht der untergehenden Sonne die Umrisse der kleinen Fischerboote, die auf dem Heimweg nach Burano waren.

Mittlerweile hatte Gian ihren Namen sicher ins Löwenmaul gesteckt. Und Papa? Hatte Gian auch seinen Namen hineingesteckt? Würden die Wachen heute Nacht nach Burano kommen? Womöglich waren sie schon dort ... Verflixt, daran hätte sie auch früher denken können! Kurz überlegte sie, gar nicht mehr nach Hause zu gehen – vielleicht ließen sie ihren Papa dann in Ruhe. Aber sie musste ihn zumindest warnen ... Und wenn es bereits zu spät war? Sie hätte viel früher aufbrechen müssen.

Aribella streckte die schmerzenden Glieder und hastete hinunter auf den Platz. Ihr Magen knurrte wie ein wildes Tier. Den Kopf gesenkt, lief sie zur Mole, wo sie eine Glasbläserin von Murano überreden konnte, sie im Tausch gegen ihr in Spitze gefasstes Taschentuch mit zurück nach Burano zu nehmen. Zum Glück stellte die Frau nicht viele Fragen.

Während das Boot über die Lagune schipperte, versank die Sonne langsam hinter dem Horizont, und als die Glasbläserin sie endlich im Hafen von Burano absetzte, war der Himmel bereits dunkel. So schnell sie konnte, rannte Aribella durch die gepflasterten Straßen. Erst auf der Brücke, über die man in die *Calle Fortuna* gelangte, wurde sie langsamer. *Straße des Glücks*, von wegen! Gemessen am Glück, das sie und ihr Vater im Leben bisher hatten, hatte der Name ihrer Straße in Aribellas Ohren schon immer wie pure Ironie geklungen. Das einzige Glück war, dass Theo ebenfalls dort wohnte.

In den Hütten war es still, aber ihre hell erleuchteten Fenster versprachen ein knisterndes Feuer und eine warme Mahlzeit.

Gebückt schlich Aribella daran vorbei und hoffte, dass niemand sie sehen würde. Noch nie hatte sie sich mehr als Außenseiterin gefühlt als in diesem Moment – als wäre sie ein Geist, der die Welt der anderen nur heimsuchte.

Als sie an Theos Küchenfenster vorbeikam, konnte sie nicht widerstehen, kurz hineinzusehen. Aber sie bereute es sofort. Drinnen war der Tisch gedeckt und Theos jüngere Geschwister spielten und lachten mit ihrem Papa. Selbst ohne Theo verspürte sie beim Anblick dieser glücklichen Szene eine Sehnsucht, die tiefer war als der tiefste Ozean. Auch Theos Familie hatte keine Mama mehr, dennoch erfüllte ihre Küche eine Wärme, die sie in ihrer eigenen nie erlebt hatte. Theos Hütte war im Gegensatz zu ihrer ein *richtiges* Zuhause.

Plötzlich sah Theos kleine Schwester Mia auf und entdeckte sie. Sie lächelte. Aribella stockte der Atem. Den Finger auf die Lippen gelegt, wich sie zurück in den Schatten. Wäre Mia alt genug, um zu begreifen, was heute auf dem Markt geschehen war, würde sie wahrscheinlich nicht so freundlich lächeln. Und was war mit Theo? Hasste er sie jetzt? Der Gedanke war schrecklich.

Zutiefst unglücklich schlich Aribella weiter die dunkle Straße entlang. Schon das kleinste Geräusch – der Ruf einer Eule oder das Schlagen einer Tür – ließ sie aufhorchen, bis sie schließlich vor der weiß getünchten Hütte ihres Vaters ankam, die zwischen den bunten Häuschen der anderen nüchtern und freudlos wirkte.

Sie blieb stehen. Was, wenn die Wachen schon da waren? Sie lauschte angestrengt, konnte aber nichts hören.

Plötzlich schoss aus der Dunkelheit ein schwarzer Schatten auf sie zu. Aribella zuckte erschrocken zusammen.

»Oh, Luna, du bist es. Dem Himmel sei Dank!« Die schwarze Katze strich ihr liebevoll um die Beine und Aribellas Herzschlag kehrte zu seinem normalen Rhythmus zurück. Lächelnd hob sie Luna hoch und vergrub ihr Gesicht in ihrem warmen Fell.

Theo und Aribella hatten die Streunerin vor etlichen Jahren am Hafen gefunden. Sie fütterten sie mit Fischresten vom Markt und hatten sie schon mehr als einmal vor Gians Stiefeltritten gerettet. Als Aribella an den Markt dachte, fiel ihr wieder ein, was dort passiert war, und sie setzte Luna schnell auf den Boden. Die Katze reagierte mit einem missmutigen Miauen.

»Tut mir leid, Luna, aber es ist zu gefährlich. Ich könnte dich verletzen.« Aribellas Lippen zitterten und ihre Augen füllten sich mit Tränen. Schnell drehte sie sich um und trat durch die Eingangstür in die winzige Küche ihrer Hütte. Blinzelnd wartete sie, bis ihre Augen sich an das Dämmerlicht gewöhnten.

Papa hatte wie immer keine Kerzen angezündet, sodass die einzige Lichtquelle das heruntergebrannte Feuer im Herd war, das dringend geschürt werden musste. Durch den Kamin pfiff der Wind und die Fenster knarzten wie alte Knochen. In der Küche war es fast genauso kalt wie draußen.

Wachen waren keine zu sehen. Ihr Vater saß mit einer Decke um die schmalen Schultern zusammengekrümmt in seinem Schaukelstuhl.

Wie Spinnen, die ein kompliziertes Netz weben, huschten seine Hände über die Spitzenborte auf seinem Schoß, und Aribella empfand trotz ihrer Angst wie immer große Bewunderung für seine Kunstfertigkeit. Die Technik, die er anwandte, nannte sich *Punto in Aria*, was wörtlich »Stich in die Luft« bedeutete. Normalerweise war das Spitzensticken ausschließlich Frauenarbeit – auch ein Grund, warum ihr Papa als Außenseiter galt.

In der Luft hing ein Geruch nach gedünsteten Zwiebeln. Aribella bemerkte den Topf über dem Feuer und schloss die Tür hinter sich. Papa musste Suppe gekocht haben. Stumm stand sie da und knetete ihre mit Blasen übersäten Finger. Sie wusste nicht, wie sie anfangen sollte.

»Ich habe etwas Schreckliches getan, Papa«, gestand sie schließlich.

Als er sie ansah, legte sich seine Stirn in sorgenvolle Falten. Es war schon so lange her, seit Papa das letzte Mal irgendwelche Gefühle gezeigt hatte, dass Aribella sich nicht länger zusammenreißen konnte. Heiße Tränen rollten über ihre Wangen.

»Ich habe etwas getan, das ich gar nicht wollte, Papa ... etwas, das ich nicht einmal erklären kann.« Sie wusste, dass das, was sie da sagte, keinen Sinn ergab. Aber wie sollte sie ihrem Vater etwas verständlich machen, das sie selbst nicht verstand?

»Ich war wütend«, begann sie, den Blick auf den Boden gerichtet. Sie konnte ihm nicht in die Augen sehen. »Da war dieser Junge auf dem Markt, der hässliche Dinge gesagt hat. Über Mama. Theo wollte mir helfen und der Junge hat in angegriffen. Und dann, ich weiß auch nicht, was passiert ist. Ich war so wütend, dass ich ... irgendwie explodiert bin. Da war dieses Gefühl, das durch meinen Körper schoss.« Aribella versuchte, sich zu erinnern, was genau geschehen war. »Und dann dieser stechende Schmerz in meinen Fingern. Plötzlich sprühten sie ... Funken ... winzige Flammen. Ich weiß, das klingt verrückt, aber ich schwöre dir, es ist die Wahrheit. Und jetzt hat Gian – dieser Junge – meinen Namen ins Löwenmaul gesteckt, Papa, und deinen womöglich auch. Sie könnten jeden Moment kommen und uns holen. Es tut mir so leid! Ich begreife einfach nicht, was ich da getan habe. Ich weiß weder, wie ich es gemacht habe, noch, was es zu bedeuten hat. Das alles ist wie ein böser Traum, ein Albtraum ...«

Der Druck auf ihrer Brust war so stark, dass sie kaum atmen konnte. Aber jetzt war es raus. Endlich war die Wahrheit – oder zumindest das, was sie davon begriffen hatte – ausgesprochen und ihr Papa wusste Bescheid. Aber was war mit all den offenen Fragen? War sie wirklich verflucht? Eine Hexe?

Sie hob den Blick und sah ihrem Vater, der sie mit weit aufgerissenen Augen anstarrte, direkt ins Gesicht. Er war totenbleich.

»Hat sonst noch jemand gesehen, wie es passiert ist?«

Aribella wusste nicht, was sie am meisten irritierte: der ungewöhnliche Klang seiner Stimme, seine plötzliche Panik oder die Tatsache, dass er ihr offensichtlich glaubte. Müsste er nicht widersprechen? Sagen, dass das nicht wahr sein konnte? Stattdessen schien ihn ihr Bericht, obwohl er ihm sichtbar Angst machte, kaum zu überraschen. Als ob er irgendwie damit gerechnet hätte.

Sie nickte betreten. »Es ist auf dem Markt passiert. Wie viele es mit eigenen Augen gesehen haben, weiß ich nicht. Aber Gian wird es mit Sicherheit allen erzählt haben. Es tut mir so leid, Papa. Ich habe dich in Gefahr gebracht und weiß nicht einmal, wie. Wir müssen fort aus Venedig. Jetzt gleich!«

Papa lehnte sich in seinem Schaukelstuhl zurück und rieb sich müde die Stirn. »Und wohin sollen wir gehen?«

»Das weiß ich auch nicht«, gestand Aribella. Sie hatten weder Geld noch ein Boot noch eine Familie oder Freunde, die ihnen helfen konnten. Und Papa war so gebrechlich.

»Wir können nicht davonlaufen, Bella«, sagte er leise.

Es klang resigniert. Sie wünschte, er würde sie in die Arme nehmen und sagen, alles würde wieder gut. Stattdessen blieb er einfach sitzen, starrte ins Feuer und schien in Gedanken schon wieder ganz woanders zu sein.

»Iss ein bisschen Suppe«, sagte er schließlich.

»Ich hab keinen Hunger«, lehnte sie ab, aber ihr Magen knurrte verräterisch.

»Iss etwas Suppe.« Es war ein Befehl.

Aribella ging zum Topf und schöpfte sich Zwiebelsuppe in eine Schüssel. Die Mühe, nach einem Löffel zu suchen, sparte sie sich und trank direkt aus der Schüssel. Die Suppe schmeckte lauwarm und fad, half aber gegen die Leere in ihrem Inneren. Jetzt erst merkte sie, dass sie schwankte und ihre Augenlider schwer wurden. Ihr gesamter Körper schmerzte.

»Zeit fürs Bett, Bella.«

»Aber Papa!« Wie sollte sie unter diesen Umständen schlafen? Was, wenn …?«

»Ab ins Bett … jetzt sofort!« Plötzlich klang die Aufforderung hart, als würde er eine Tür zuschlagen. Der Ton erschreckte sie, aber sie tat, was er sagte. Was blieb ihr auch anderes übrig?

Schweren Herzens stieg Aribella die wackelige Treppe in ihr Zimmer hinauf. Dass noch keine Wachen aufgetaucht waren, ließ sie hoffen. Vielleicht hatte Gian ihren Namen noch nicht ins Löwenmaul gesteckt? Oder Theo konnte es irgendwie verhindern? Oder der Doge hat ihm nicht geglaubt …

Wirklich beruhigen konnten sie diese Überlegungen jedoch nicht. Immer wieder musste sie an das Feuer in ihren Fingern denken und daran, was es für sie selbst und die Menschen, die sie liebte, bedeutete.

Wenn sie tatsächlich verflucht oder eine Hexe war, konnte sie nicht auf Burano bleiben, und auch nicht in der Nähe von Theo oder Papa oder sonst irgendjemandem.

4

Zimmer« war reichlich übertrieben für die winzige Kammer, in der Aribellas dünne, klumpige Matratze rechts und links an die Wände stieß. Nur gut, dass sie nicht mehr als einen Satz Kleider zum Wechseln hatte. Hätte sie mehr gehabt, hätte sie nicht gewusst, wohin damit. Die Dachsparren hingen so tief, dass sie nur gebückt stehen konnte, und während es im Sommer unerträglich heiß und stickig war, war es im Winter eisig kalt.

Aribella zog die Stiefel aus und legte sich vollständig angekleidet auf ihre Matratze. Schlafen können würde sie ohnehin nicht. In ihrem Kopf spukten unzählige Fragen herum. Was sollte sie tun, wenn die Wachen kämen? Selbst wenn sie Geld gehabt hätten, wohin hätten sie und Papa schon gehen sollen? Venedig war immer ihre Heimat gewesen. Aribella liebte die schwimmende Stadt mit ihren Inseln. Eines der wenigen Dinge, die sie über ihre Mama wusste, war, dass sie in Venedig gelebt hatte und hier auch gestorben war. Durch die Stadt fühlte sie sich mit ihr verbunden. Vielleicht war das auch der Grund, warum Papa hier nicht wegwollte. Aber warum hatte ihn das, was heute geschehen war, nicht mehr überrascht?

Voller Sorge betrachtete sie im Mondlicht, das durch ihr Fenster schien, ihre Finger. Nein, das konnte kein Mondlicht sein. Die Farbe war merkwürdig. Irritiert krabbelte Aribella zum Fenster und sah hinaus.

Der Vollmond stand tief am Himmel – und er war rot.

Der Schreck fuhr ihr durch alle Glieder. *Blutmonde gibt es wirklich. Sie sind ein schlechtes Omen …* Hatten Gian und der Fischer doch recht gehabt? Sie sprang auf und stieß mit dem Kopf so heftig gegen die Dachsparren, dass sie zurück auf die Knie fiel.

»Aua!«, jammerte sie, verstummte aber sofort wieder.

Unten auf der Straße waren Schritte zu hören. Männer mit schweren Stiefeln – *Wachen*. Das mussten sie sein. Aribella packte die Angst.

BUM, BUM, BUM!

Fäuste trommelten gegen die Hüttentür.

»Aufmachen!«

Sie konnte hören, wie ihr Vater unten durchs Zimmer in Richtung Tür schlurfte.

Nein, Papa! Lass sie nicht rein!

»Sofort aufmachen!«, dröhnte die Stimme noch einmal. Dann das Splittern von Holz. Sie traten die Tür ein. Mehr Gebrüll, dann ein Schrei von Papa. Sie musste ihm helfen!

Aber plötzlich war da noch ein anderes Geräusch, direkt hinter ihr. Jemand kam durchs Fenster! Aribella richtete sich auf und wollte gerade durch die Tür fliehen, als eine Hand sie am Arm packte und eine andere sich auf ihren Mund legte. Aribella japste nach Luft. Verzweifelt versuchte sie, die Hand wegzuzerren.

»Pssst, Ari. Ich bin's.«

»Theo?« Sie wehrte sich nicht mehr.

»Ich habe die Wachen kommen sehen«, erklärte er hastig und zog sie zum Fenster. »Du musst hier weg.«

Unten zerbrach Glas und es wurde noch mehr geschrien.

»Ich muss Papa helfen!«, flüsterte sie.

»Du kannst ihm jetzt nicht helfen!« Theo klang verzweifelt. »Sie werden gleich hier oben sein und dich holen. Komm!«

Draußen auf der Straße unterhielten sich die Nachbarn aufgeregt über den Tumult in der weißen Hütte und was er zu bedeuten hatte.

»Der Mond!«, rief einer. »Ein schlechtes Omen!«

Auf der Treppe war das Stampfen von Stiefeln zu hören. Aribella musste eine Entscheidung treffen. Obwohl es ihr schwerfiel, wusste sie, dass Theo recht hatte. In letzter Sekunde kletterten die beiden durchs Fenster aufs Dach.

PENG! Die Tür zu ihrem Zimmer schlug auf.

Schnell krochen Theo und Aribella vom Fenster weg, wobei die Dachziegel unter ihnen gefährlich ins Rutschen gerieten, sodass sie sich am Kamin festhalten mussten. Im merkwürdig roten Licht des Mondes kauerten sie sich eng aneinandergepresst dahinter. Kalt fegte der Wind über sie hinweg, als wollte auch er sie fangen.

Die Schritte in Aribellas Zimmer näherten sich dem Fenster.

Für ein paar angstvolle Sekunden hielten die beiden in ihrem Versteck den Atem an. Es kam ihnen vor wie eine Ewigkeit. Aribellas Herz schlug so laut, dass sie sicher war, die Wache konnte es hören.

»Hier ist sie nicht!«, rief eine Männerstimme.

Die Schritte entfernten sich wieder und Aribella stieß erleichtert die Luft aus. Aber die Erleichterung war nur von kurzer Dauer.

»Ihr zwei bringt den alten Mann ins Palastgefängnis«, rief der Mann. »Der Rest sucht auf der Insel. Sie kann nicht weit gekommen sein.«

Zitternd blieben Aribella und Theo auf dem Dach sitzen, während die Wachen sich über die gesamte Insel verteilten. Sie hämmerten gegen Türen, durchsuchten Häuser, befragten Fischer in Nachthemden. Tatenlos zusehen zu müssen, wie die beiden Wachen ihren Papa abführten, brach Aribella fast das Herz, und Theo hatte ein zweites Mal alle Hände voll zu tun, sie davon abzuhalten, hinunterzuklettern und ihnen hinterherzulaufen.

Nach und nach sammelten sich die Laternen der Wachen wieder im Hafen und verschwanden schließlich in der rabenschwarzen Finsternis der Lagune.

Erst da ließ Theo Aribellas Arm los.

»Ich hätte sie daran hindern müssen, Papa mitzunehmen«, schluchzte sie. »Mich hätten sie verhaften sollen, nicht ihn.«

Theo schüttelte den Kopf. »Damit hättest du ihn auch nicht gerettet, Ari. Gian hat die Namen von euch beiden ins Löwenmaul gesteckt. Und was sollte es deinem Papa nützen, wenn sie dich auch einsperren?«

»Aber wie soll ich ihm denn jetzt noch helfen?«

»Du kannst zum Dogen gehen. Erklär ihm alles. Er ist ein sehr netter Mann. Ich bin sicher, er wird …«

»Wird *was*? Das alles verstehen?«, fauchte Aribella. Sie hasste die Verbitterung, die aus ihr sprach, aber das Ganze schien hoffnungslos. Wie sollte sie dem Dogen etwas erklären, das sie selbst nicht verstand? Sie seufzte. »Tut mir leid, Theo.«

»Schon gut.«

»Nein, nichts ist gut. Aber danke, dass du gekommen bist, um mich zu warnen.« Sie hob den Blick zu dem unheilvoll roten Mond und schauderte.

»Der Mond, Theo … Es ist ein Blutmond. Gian hatte ausnahmsweise recht.«

Theo sah zum Himmel und kaute auf seiner Unterlippe. »Na ja, auch ein blindes Huhn findet mal ein Korn.«

Aber Aribella lächelte nicht. »Du solltest nicht hier sein, Theo«, flüsterte sie. »Du bist furchtbar nett zu mir, aber dadurch bringst du dich selbst auch in Gefahr.«

»Red keinen Blödsinn, Ari.«

»Und wenn ein Fluch auf mir liegt? Vielleicht hatte Gian damit auch recht?«

»Der Mond ist ein bisschen rot. Na und?«, sagte Theo. »Du glaubst doch nicht ernsthaft, dass das ein Zeichen dafür ist, dass die Toten sich erheben?«

Aribella schüttelte den Kopf. »Ich weiß auch nicht …« Sie hatte keine Ahnung, was sie noch glauben sollte und was nicht. Sie drehte Theo den Rücken zu, krabbelte über das Dach zurück und ließ sich durchs Fenster ins Haus gleiten.

Ihr Zimmer sah aus, wie sie es zurückgelassen hatten, aber unten herrschte Chaos. Die Haustür war zersplittert und aus den Angeln gerissen. Das Feuer hatten sie ausgetreten und die wenigen Habseligkeiten ihres Vaters – Schüsseln, Teller, Gläser – lagen überall verstreut auf dem Boden, die meisten zerbrochen. Sogar seine wunderschöne Spitze hatten sie in Fetzen gerissen. Aribella sank auf die Knie. Von der Tür kam ein leises Miau.

»Luna!« Die Katze sprang auf ihren Arm und drückte den Kopf an ihre Brust, als wüsste sie, wie sehr Aribella das Herz blutete. Das half, wenn auch nur ein bisschen.

»Oh, Ari, es tut mir so leid«, murmelte Theo.

Aribella, die keinen Ton herausbrachte, drückte Luna ganz fest an sich.

»Du kannst es mir sagen, Ari, das weißt du«, flüsterte Theo so leise, dass Aribella ihn kaum hörte. »Die Sache heute Morgen … auf dem Markt. Du kannst mir vertrauen.«

»Ja, ich weiß.« Wenn sie irgendjemandem auf dieser Welt vertrauen konnte, dann Theo. Aber was sollte sie ihm sagen? Sie wollte ihn nicht auch noch in Gefahr bringen.

Noch bevor sie den Mund aufmachte, um etwas zu entgegnen, spannte sich Lunas Körper und die Katze sprang von Aribellas Arm und rannte nach draußen.

»Luna, komm zurück!«

Aribella lief ihr hinterher – und erstarrte. Auf der Brücke am Ende der *Calle Fortuna* stand eine Gestalt in einem dunklen Umhang. Sie trug eine Maske. Aribella floh zurück ins Haus.

»Theo! Draußen ist noch eine Wache. Was sollen wir nur tun?«

»Hat sie dich gesehen?«

»Ich weiß nicht …«

»Mein Boot«, sagte Theo sofort, als ob er diesen Plan schon die ganze Zeit gehabt hätte. »Wir rudern um die Insel, bis die Wache weg ist. Schnell, wir müssen noch mal aufs Dach.«

5

So schnell und leise sie konnten, rannten Theo und Aribella wieder nach oben, wo Aribella hastig in ihre Stiefel schlüpfte. Sie stiegen aus dem Fenster, krochen ein zweites Mal über das Dach und kletterten an den Fenstersimsen an der Rückseite des Hauses wieder hinunter. Dann sprinteten sie zum Hafen, wo Theos Boot vertäut war.

An der Mole lag zwischen den üblichen Booten ein ungewohntes Gefährt: eine schwarze Gondel, die zwischen den Fischerbooten herausstach wie ein Hengst aus einer Ponyherde. Auf dem Rumpf war ein goldener, geflügelter Löwe aufgemalt – das Symbol der Stadt Venedig. Während Aribella der Anblick der eleganten Gondel ziemlich beunruhigte, war Theo sichtlich beeindruckt.

Sein eigenes Boot, das er gebraucht zu seinem dreizehnten Geburtstag bekommen hatte, stammte von einem Fischer, dessen Sohn zu alt dafür geworden war. Obwohl es an vielen Stellen geflickt war und die Farbe abblätterte wie alte Fischschuppen, war es sein ganzer Stolz.

Während Aribella an Bord sprang, machte Theo die Leinen los und stieg dann ebenfalls ein. Das Boot schaukelte unter ihrem gemeinsamen Gewicht und Aribella musste sich gut festhalten, als Theo sie aus dem sicheren Hafen von Burano ruderte.

Der schneidend kalte Wind drang durch ihre Kleider und sie war froh um ihre dicke Wolljacke. Vom Boden drang eisig kaltes Wasser durch die Löcher in ihren Stiefeln. Sie hatten keine Laterne, die sie hätte verraten können. Die Sterne hatten sich hinter einer dichten Wolkendecke versteckt und nur der Blutmond leuchtete über ihnen, während sie still in die Dunkelheit hinausruderten. Etwas weiter draußen auf der Lagune lag dichter weißer Nebel.

Plötzlich war über Aribellas Kopf ein Geräusch zu hören, als würden Lederhandschuhe aneinandergeschlagen. Sie sah nach oben und entdeckte im Gegenlicht des Blutmonds einen kleinen schwarzen Schatten, der aufgeregt hin- und herflitzte. Nur eine Fledermaus. Nichts Außergewöhnliches. Dennoch schauderte sie, als ihr Blick wieder über die schwarz schimmernde Wasseroberfläche glitt.

»Erinnerst du dich, was Gian über den Blutmond und die Lagune gesagt hat, Theo?«

»Seit wann hörst du auf das, was Gian sagt, Ari? Nur weil der Mond rot ist, holen uns noch lange keine bösen, seelenfressenden Geister. Das Einzige, weswegen wir uns Sorgen machen müssen, ist diese Wache. Wir bleiben einfach eine Weile hier draußen, bis dem Kerl langweilig wird. Und sollte er auf diese Seite der Insel kommen, können wir ihn schon aus einem Kilometer Entfernung sehen. In Ordnung?«

Der schwarze Meeresstreifen zwischen ihnen und Burano war menschenleer, vor ihnen lag nichts als weißer Nebel. Wahrscheinlich hatte Theo recht. Schaudernd stieß Aribella die Luft aus, die sie unbemerkt angehalten hatte, und versuchte, sich zu entspannen. Es war nur eine dumme Geschichte. Es gab keine bösen Geister, die aus Lagunen stiegen. Andererseits gab es aber auch keine Menschen, aus deren Fingern Flammen schlugen …

»Theo …«

In der Dunkelheit hinter Theos Rücken hüpfte ein flackerndes Licht auf und ab. Die Laterne einer Gondel. Die maskierte Wache! Wie hatte sie so nah herankommen können, ohne dass sie es gemerkt hatten?

»Ruder, Theo!«, zischte Aribella.

»Was?«

»Ich glaube, da kommt die Wache!«

Theo begann, schneller zu rudern. Mit aller Kraft zog er die Ruderblätter durchs Wasser, aber Aribella konnte die Umrisse der eleganten Gondel bereits erkennen. Seidenweich glitt sie durchs Wasser und kam immer näher.

Aribella sah sich verzweifelt um. Der Nebel auf der Lagune war inzwischen noch dichter geworden.

»Wir haben Glück! Im Nebel können wir sie abhängen«, flüsterte Theo mit einem tapferen Grinsen.

»Und wenn wir uns verirren?«, fragte Aribella nervös. Aber ihnen blieb keine Wahl. Die Gondel würde sie jeden Moment eingeholt haben.

Vor ihnen türmte sich der Nebel, dann tauchten sie ein in die weiße, feuchte Luft. Aribella sah nichts mehr, weder die Gondel noch den Blutmond. Selbst Theo, der mit ihr im Boot saß, war nur noch schwach zu erkennen.

»*Santo cielo*, was für eine Suppe!« Theos Stimme klang, als käme sie vom anderen Ende eines langen Tunnels.

Durch eine plötzliche Welle geriet das Boot ins Schlingern und drehte sich. Aribellas musste sich an den Seiten festhalten. Ihr Magen rebellierte. Ein unheilvolles Knacken war zu hören, dann Theos Stöhnen.

»Oh nein, ich habe eines der Ruder verloren.« Er klang verzweifelt. »Es tut mir leid, Ari.«

»Macht nichts«, versuchte sie, ihn zu beruhigen. Aber mit nur einem Ruder würden sie nicht weit kommen. Das hier war ein Fischerboot, keine Gondel. Der Nebel verschluckte alles um sie herum. Immer mehr Wellen schlugen gegen das Boot, und bald hatte es sich so oft gedreht, dass Aribella nicht mehr sagen konnte, in welcher Richtung Burano lag. Sie versuchte, die Panik, die in ihr aufstieg, so gut es ging zu unterdrücken.

Solange das Wasser ruhig und klar war, fürchtete Aribella sich nicht davor. Wenn man in Venedig lebte, wo die Straßen Kanäle waren und jedes Haus auf einer Insel stand, war das auch besser so. Aber sobald es stürmte, bekam sie Angst. Dann wurde das Meer wild und unkontrollierbar, versenkte Schiffe und stahl Menschenleben.

In der Nacht, in der ihre Mama gestorben war, hatte auch ein Sturm gewütet. Viel mehr hatte Papa ihr nie erzählt. Er hatte ihr gesagt, dass sie in der Lagune ertrunken sei, aber nie, was sie da draußen gemacht hatte. Warum war sie nachts alleine auf einem Boot gewesen? Hatte sie sich in einem Nebel wie diesem hier verirrt?

Aribella wollte jetzt nicht an ihre Mutter denken. Trotzdem huschte sie durch ihren Kopf wie ein rätselhafter Schatten, mehr eine Idee als eine greifbare Person. Sie konnte sich an nicht viel mehr als den Duft ihrer Haare und die Wärme ihrer Umarmungen erinnern.

Theo gab sein Bestes, aber mit nur einem Ruder kamen sie kaum vom Fleck. Aribella zwang sich, ruhig und regelmäßig weiterzuatmen, während sie in den Dunst starrte und nach den Umrissen der ihr vertrauten Landschaft Ausschau hielt. Sie mussten jetzt nördlich von Burano sein, in der offenen Lagune, mit Kurs Richtung … Osten?

Plötzlich lichtete sich der Nebel ein wenig und der rote Mond erhellte die dunklen Konturen einer Insel. Aribellas Herz machte einen Satz – Land! Dem Himmel sei Dank! Dann bemerkte sie, dass es keine der Inseln war, die sie kannte. Auf dieser stand auf einem großen Hügel in der Mitte ein eingefallener Palazzo. Durch die Nebelschwaden, die die Insel vom Wasser trennten, sah es aus, als würde sie schweben.

Aribella sträubten sich die Nackenhaare. Dann senkte sich der Nebelschleier wieder und verschluckte die Insel. Aribella blinzelte. Ihr Atem ging schneller.

Gerade wollte sie Theo davon erzählen, als ein lautes Zischen die gedämpfte Stille durchschnitt. Ein Geräusch wie starker Wind, der durch die Bäume pfeift. Nur, dass da keine Bäume waren. Nichts als Nebel und Meer … Sie blickte zurück in die Richtung, aus der sie gekommen waren. Woher kam dieses Geräusch? Der dichte Nebel legte sich ihr auf Augen und Ohren und machte sie blind und taub. Plötzlich war das Geräusch hinter Theo, dieses Mal sehr viel lauter und klarer, wie ein durchs Wasser gleitendes Ruder oder eine Seeschlange. Ruckartig drehte Aribella den Kopf und sah über das Boot hinweg etwas Bleiches aus dem Nebel auftauchen, direkt hinter Theos Rücken. Das Ding sah furchterregend aus, als käme es direkt aus einem grässlichen Albtraum. Dunkle Augenhöhlen in einem leuchtend weißen Gesicht, weiß wie Knochen … Dort im Nebel schwebte ein menschlicher Schädel ohne Körper.

Die Toten hatten sich erhoben, genau wie Gian es gesagt hatte. Aribellas Schrei zerriss die Luft, ohne dass sie wirklich merkte, dass sie ihn ausgestoßen hatte.

»Ari? Was ist los?« Suchend drehte sich Theo in alle Richtungen, dann wandte er sich wieder ihr zu. »Ist alles in Ordnung?«

Entsetzt stellte sie fest, dass er das schreckliche Ding weder sah noch hörte. Aber warum?

Mit heruntergeklapptem Kiefer bewegte sich der Totenschädel auf ihren Freund zu und stieß dabei wieder dieses grässliche Zischen aus. Aribella jagte ein eiskalter Schauer den Rücken hinunter.

»Theo!«, schrie sie entsetzt.

Theo sprang auf und das Boot begann, gefährlich hin- und herzuschaukeln. Aribella griff nach dem Ruder und hob es über den Kopf, während der Totenschädel die Zähne in Theos Wange schlug.

Theo schrie auf und taumelte rückwärts. Er konnte den Schädel zwar nicht sehen, aber ganz offensichtlich spürte er ihn.

Aribella holte aus und schlug mit aller Kraft zu. Aber das Ruder ging durch den Totenschädel hindurch und krachte seitlich gegen Theos Kopf. Ein entsetzliches Knacken hallte durch die Nacht und Theo fiel wie ein gefällter Baum ins Boot.

6

Nein!« Aribella ließ das Ruder fallen und krabbelte zu Theo. Seine Augen waren geschlossen. Er bewegte sich nicht.

Bitte, sei nicht tot …

Da war wieder das Zischen des Schädels, diesmal direkt über ihr. Die Angst, die ihr wie kaltes Wasser die Wirbelsäule hinunterrann, verwandelte sich in Wut. Rasend, ungezähmt und *heiß*.

Ein Beben lief durch ihren Körper und breitete sich als stechender Schmerz in ihre Finger aus. Ihre Hände zitterten.

Es passierte schon wieder! Sie wich von Theo zurück. Die kaum verheilte Haut an ihren Fingerspitzen entzündete sich und Aribella fing wieder an zu schreien. Grellgelbe Funken brachen aus ihren Fingerkuppen hervor und erhellten die Nacht. Es war stärker als beim letzten Mal. Instinktiv hob sie die brennenden Hände über den Kopf und richtete den Feuerstrahl auf den Schädel. Der Schmerz in ihren Fingern war unerträglich. Sterne explodierten in ihrem Kopf und sie sah überall schwarze Flecken.

Trotzdem hielt sie durch.

Kreischend und zischend sauste der Schädel in den Nebel davon. Auf der Lagune tanzten die Reflexionen der Flammen, und Aribella hatte den Eindruck, die Welt bestünde nur noch aus Feuer und Wasser. Noch immer grässlich zischend schraubte sich der Schädel höher und höher, bis er schließlich vollständig im Dunst verschwunden war.

Keuchend ballte Aribella die Hände zu Fäusten und das Feuer erlosch.

»Theo …« Sie wollte zu ihm, aber ihr Fuß verfing sich am Ruder und sie stürzte. Das Boot geriet so heftig ins Schaukeln, dass es kippte und Theo und sie in der Lagune landeten.

Aribella war starr vor Schock. Ihre gerade noch glühend heißen Finger wurden eiskalt. Sie schluckte Wasser, hustete, ihr Kopf tauchte unter und sie begann zu sinken. Ihre Arme waren schwer wie Blei. Ihr Brustkorb zog sich zusammen und presste gegen ihre Lungen. Sie durfte jetzt nicht aufgeben. Theo brauchte sie. Verzweifelt strampelte sie Richtung Oberfläche, obwohl sie kaum noch Kraft hatte. Es war noch so weit … aber dort oben funkelten Sterne, die sie magisch anzogen. Gerade als sie dachte, ihr letztes Stündlein hätte geschlagen, packten zwei starke Hände ihre Handgelenke und zogen sie aus dem Wasser.

Hustend und spuckend kam sie an die Oberfläche. Dann wurde sie in ein Boot gehievt, wo sie zu einem triefenden Häufchen Elend zusammensackte. Die nassen Haare klebten an ihrer Stirn, ihre Kleider hingen schwer an ihr herab. Der Nebel hatte sich gelichtet und der Mond schimmerte wieder silbern. Auch die Sterne waren herausgekommen. Während Aribella die frische, kalte Luft einsog, erkannte sie jedoch, dass die funkelnden Sterne, die sie so magisch angezogen hatten, die Pailletten einer schwarzen Samtmaske waren, die so kunstvoll bestickt war, dass nicht einmal ihr Papa es vermocht hätte.

Von der Maske wanderte ihr Blick hinauf in den Nachthimmel und sie hatte den Eindruck, dass die Anordnung der Pailletten auf der Maske exakt der des *echten* Sternenhimmels entsprach. Für einen kurzen Moment war ihre Verwunderung über die Schönheit der Maske so groß, dass sie völlig vergaß, wo sie sich befand. Als ihr bewusst wurde, dass sie im Heck der schwarzen Gondel lag, verwandelte sich ihre Verzückung in Panik. Die Wache hatte sie doch noch erwischt.

Hinter der Sternenmaske funkelten die Augen eines Mannes. Er trug einen dunkelblauen Umhang, der genau wie seine Maske mit Sternen verziert war. Sein kahler Schädel war übersät mit Tätowierungen.

Vom vorderen Teil der Gondel war ein Stöhnen zu hören. Theo! Er lag am Boden und hatte die Augen immer noch geschlossen.

»Theo!« Sie kroch auf ihn zu. Der gelbliche Bluterguss, den sie ihm mit dem Ruder verpasst hatte, ließ sie zusammenzucken. Aber auf der anderen Hälfte von Theos sommersprossigem Gesicht hatte sich ein noch viel scheußlicherer Fleck gebildet: Von dort, wo der Schädel ihn in die Wange gebissen hatte, breitete sich bis hinunter zu seinem Hals ein Netz aus schwarzen Adern aus. Es sah aus, als wäre er von einer üblen Hautkrankheit befallen.

»Theo!« Sie schüttelte ihn vorsichtig. Er atmete kaum. »Oh, Theo. Bitte wach auf!«

»Was ist passiert?«, wollte die Wache wissen.

»Das würden Sie mir ohnehin nicht glauben.«

»Vielleicht ja doch.« Seine Stimme hatte einen fast neckischen Unterton.

Aribella musterte ihn skeptisch. »Da war dieses Ding, dieser Totenschädel. Er kam aus dem Nebel …«

»Ein Geist?« Seine Stimme war jetzt todernst.

Aribella erschrak. Die Wache hatte das, was sie eben berichtet hatte, nicht eine Sekunde lang bezweifelt. Vielmehr klang es, als ob dieser Mann über den *Geist* Bescheid wusste. »Keine

Ahnung. Theo konnte ihn nicht sehen, aber der Fleck in seinem Gesicht ist genau an der Stelle, an der er gebissen wurde. Ich glaube, dieser Geist hat ihm etwas Fürchterliches angetan. Deshalb wacht er auch nicht mehr auf. Wir brauchen Hilfe.«

Die Wache hatte bereits die Hand in den Umhang gesteckt und zog ein Fläschchen mit einer goldenen Flüssigkeit aus der Innentasche, die im Dunkeln leuchtete.

»Was ist das?«, fragte Aribella misstrauisch.

»Es wird ihm helfen. Träufle ein paar Tropfen davon auf die Wunde … schnell. Ich weiß, du willst mehr wissen, aber für lange Erklärungen ist jetzt keine Zeit. Du musst mir vertrauen.«

»Warum sollte ich Ihnen vertrauen?« Hatte dieser Mann sie nicht eben noch übers Meer verfolgt, um sie zu ihrem Papa ins Gefängnis zu werfen?

»Erstens, weil ich die Wahrheit sage. Zweitens, weil du deinen Freund retten willst und dieses Mittel das einzige ist, das wirkt. Und drittens, weil du keine andere Wahl hast.«

Er hatte recht. Welche Alternativen hatte sie schon? Der Fleck breitete sich bereits über Theos Schulter aus.

Zögernd nahm Aribella das Fläschchen, zog den Stöpsel heraus und ließ ein paar goldene Tropfen auf Theos Wange fallen. Seine Haut nahm die Flüssigkeit sofort auf. Die schwarzen Adern verblassten, und bald sah er aus, als würde er friedlich schlafen. Theo tat einen geräuschvollen Atemzug und Aribella hätte vor Erleichterung fast geweint.

»Was ist das?«, fragte sie noch einmal und hielt das Fläschchen in die Höhe.

»Vierdiebessig. Das einzig wirksame Mittel gegen Geisterbisse. Leider habe ich nichts, das gegen die Schmerzen in deinen Fingern hilft. Wenn man so viel Kraft freisetzt, ohne dabei eine Maske zu tragen, tut das immer höllisch weh.«

Aribella verstand kein Wort von dem, was der Mann sagte. Warum sollte es helfen, eine Maske zu tragen? Und woher wusste er überhaupt von den Schmerzen in ihren Fingern? Ihr schwirrte der Kopf. Wenn diese Wache tatsächlich hier war, um sie zu verhaften, war ihr Verhalten mehr als merkwürdig.

Irritiert steckte sie das Fläschchen in die Hosentasche. Aber darüber, was die Wache mit ihr vorhatte, konnte sie sich später noch Gedanken machen. Zuerst musste sie den Mann überreden, Theo in Sicherheit zu bringen.

»Bitte, *Signore*, Sie müssen meinen Freund zurück nach Burano bringen. Er hat nichts Falsches getan. Er ist klatschnass und muss dringend ins Warme. Danach können Sie mich ins Gefängnis stecken oder auch aufhängen, wenn Sie wollen …« Sie schluckte. Der Kloß in ihrem Hals war so dick, dass sie nicht weitersprechen konnte.

Zuerst antwortete der Wachmann nicht. Dann tat er etwas völlig Unerwartetes. Er legte den Kopf in den Nacken und fing an zu lachen. Es klang hell und freundlich.

Aribella starrte den Mann an. Wie konnte er in einer solchen Situation lachen? Vielleicht fand er das, was mit ihr geschehen würde, ja lustig. Sie ganz bestimmt nicht.

»Entschuldige bitte. Aber ich kann dir versichern, meine Liebe, dass ich keinerlei Absicht hege, dich ins Gefängnis zu werfen oder gar aufzuhängen. Es sei denn, du tropfst weiter auf mein Lieblingspolster.«

Aribella sah nach unten. Sie hatte gar nicht bemerkt, auf was für einem edlen Polster sie kauerte. Während sie aufstand, fragte sie sich, ob dieser Mann total verrückt war. Möglichst unauffällig schob sie sich zwischen ihn und Theo.

»Aber was wollen Sie dann von mir?« Sie bemühte sich, tapferer zu klingen, als sie tatsächlich war.

»Ich möchte mich dir gerne vorstellen.« Die Wache löste das samtene Band ihrer Maske und nahm sie ab. Das Gesicht, das darunter zum Vorschein kam, erinnerte Aribella an einen Fuchs. Wangen und Stirn waren zerfurcht von Falten, noch mehr als bei ihrem Papa, und die Haut vom Wind gegerbt wie die eines Fischers. Er trug einen spitzen grauen Bart und nun erkannte Aribella auch, dass die Tätowierungen auf seinem Kopf ein merkwürdiges Muster aus zu- und abnehmenden Monden darstellten.

Er verbeugte sich. »Rodolfo Foscari. Sehr erfreut, dich kennenzulernen, Aribella.«

»Sie kennen meinen Namen … aus dem Löwenmaul, habe ich recht?«

»So ist es. Das ist jedoch kein Grund, sich zu fürchten.«

»Natürlich ist es das! Die anderen Wachen haben meinen Papa mitgenommen!«

Rodolfo runzelte die Stirn. »Tut mir leid, das zu hören. Aber ich bin sicher, wir können deinem Papa helfen.«

Aribella sah ihn misstrauisch an. »Sie lügen. Der Doge hat Sie geschickt, um uns gefangenen zu nehmen, weil ich …« Sie stockte.

Rodolfo hob die Augenbrauen. »Weil du was?«

Sie schluckte und betrachtete ihre nassen Stiefelspitzen.

»Weil ich anders bin.« Die Worte purzelten aus ihrem Mund, bevor sie sie aufhalten konnte.

Als sie den Blick hob, lächelte Rodolfo. »Soll ich dir das schönste Geheimnis über das Außenseiterdasein verraten? Du bist niemals die Einzige. Du hast bisher nur noch nicht herausgefunden, zu wem du gehörst. Und du bist nicht merkwürdiger als ich oder der Rest von uns. Du bist eine *Cannovacci*, Aribella.«

»Eine *was*?«

»Ein Mensch mit einer außergewöhnlichen Fähigkeit. Ich bin auch so ein Mensch. Ein Sterndeuter.«

Er hielt die Maske mit den Sternen in die Höhe.

»Ein Sterndeuter? Und was bedeutet das?«

»Oh, das ist ziemlich kompliziert. Das alles muss überhaupt ziemlich verwirrend für dich sein. Aber keine Sorge, man wird es dir zu gegebener Zeit erklären. Zunächst müssen wir deinen Freund nach Hause bringen. Ich nehme an, er besitzt keine besonderen Kräfte?«

Theo gab ein lautes Schnarchen von sich und murmelte: »Ein hübsches Boot, mein Boot … Boot.«

Theos Boot! Aribella sah sich suchend um. Es musste auf den Grund der Lagune gesunken sein. Die Schuldgefühle drückten ihr auf den Magen. Theo hatte sein Boot mehr als alles in der Welt geliebt. Sein Papa würde es sich niemals leisten können, ihm ein neues zu kaufen. Schon gar nicht jetzt, wo es nur so wenige Fische gab.

Rodolfo band sich die Sternenmaske wieder um, schob das lange einzelne Ruder zurück in die Gabel und die Gondel vollführte eine elegante Wende. Wäre das mit Theos Boot auch möglich gewesen, wären sie dem grauenhaften Geist vielleicht entkommen … *Tote, die sich erheben* … Zitternd verdrängte sie den Gedanken, an dessen Stelle sofort ein anderer auftauchte. *Eine Cannovacci … ein Mensch mit außergewöhnlichen Fähigkeiten* … Was hatte das zu bedeuten?

Die Gondel glitt ruhig wie ein Schwan durchs Wasser – kein Vergleich mit den ruckartigen Bewegungen von Theos Ruderboot. Sie nahmen Fahrt auf und schon bald flogen sie über die Lagune. Aribellas zerzaustes schwarzes Haar flatterte und der Fahrtwind raubte ihr den Atem. Sie bekam eine Gänsehaut. Die eiskalte Luft war belebend und trotz ihrer Sorge genoss sie das berauschende Gefühl der Geschwindigkeit. Dass Gondeln schnell sind, wusste sie. Aber *so* schnell? Wie war es möglich, sich so schnell fortzubewegen? Sie wünschte, Theo wäre wach und könnte das miterleben.

Schon nach kurzer Zeit tauchten vor ihnen die vertrauten Umrisse von Burano auf. Nun, da Aribella wusste, dass draußen in der Lagune so fürchterliche Kreaturen lauerten, sahen die kleinen Hütten in der Dunkelheit irgendwie angreifbar aus.

Rodolfo steuerte die Gondel auf einen Anlegeplatz und Aribella kletterte an Land. Sie zitterte.

»Hier. Zieh dir das über.« Rodolfo öffnete den Verschluss seines Sternenumhangs und reichte ihn ihr. »Für den Rückweg wirst du ihn brauchen.«

Rückweg wohin? Zögernd nahm Aribella den Umhang und legte ihn sich um. Er war schwer und viel zu lang, sodass sie aufpassen musste, nicht zu stolpern. Aber er war auch überraschend warm und weich, ein angenehmer Ausgleich zu ihren nassen Kleidern.

Rodolfo hob Theo hoch und legte ihn sich über die Schulter. »Geh du voraus!«

Aribella führte Rodolfo durch die menschenleeren Gassen in die Calle Fortuna. Was die Leute wohl denken würden, wenn sie in diesem Moment aus dem Fenster sahen? Aber hinter den Scheiben tauchten keine Gesichter auf und sie gelangten unbemerkt vor Theos Hütte.

Behutsam legte Rodolfo ihn vor die Tür auf das Pflaster. Warmes Licht drang durch das Küchenfenster nach draußen und fiel auf Theos Gesicht. Während der gelbe Bluterguss noch gut zu erkennen war, war der schwarze Fleck fast vollständig verschwunden. Es war nur ein schwacher Kreis zurückgeblieben, ein schwacher Schatten unter der Haut.

Theos Augenlieder flatterten. »Ari«, murmelte er.

»Wir sollten gehen«, sagte Rodolfo.

»Kann ich mich nicht wenigstens noch verabschieden?«, bettelte Aribella. Sie wollte Theo nicht ohne eine Erklärung zurücklassen.

»Es ist besser, wenn er alleine aufwacht. Die heilende Wirkung des Vierdiebessigs wird die letzten Stunden verblassen lassen wie die Erinnerung an einen bösen Traum. Für ihn ist es das Beste so. Keine Sorge, du wirst ihn bald wiedersehen.«

Aribella wusste nicht, ob sie ihm glauben sollte. Aber sie wollte Theo auf jeden Fall schützen. Rodolfo klopfte zweimal kräftig an Theos Tür, dann wich er zurück und gab Aribella ein Zeichen, zu ihm zu kommen. Mit wehem Herzen folgte sie ihm in die Schatten der Häuser, aber von der Türschwelle aus waren sie auch in der Dunkelheit noch gut zu erkennen.

»Werden sie uns hier nicht sehen?«, fragte sie.

»Oh, mach dir deshalb keine Gedanken.« Rodolfo tippte an seine Sternenmaske. »Wenn es nötig ist, macht meine Maske uns unbemerkbar.«

»Sie macht uns *was*?«

»*Unbemerkbar*«, wiederholte Rodolfo leicht ungeduldig. »Aber nicht *unhörbar*, also sei bitte still!«

Die Hüttentür öffnete sich und Aribella verkniff sich die Fragen, die ihr auf der Zunge lagen. Warmes Licht ergoss sich auf die Straße und die erleichterten Rufe von Theos Papa und Geschwistern hallten durch die Nacht. Aribella wollte ihnen zurufen, sich ihnen auch in die Arme werfen, aber die frohen Umarmungen galten nicht ihr. Stumm blieb sie neben Rodolfo stehen. Niemand schien sie zu bemerken, wie er gesagt hatte.

»Was ist passiert, Papa? Wie bin ich hierhergekommen?«, war das Letzte, was sie von ihrem Freund hörte, bevor sie ihn ins Haus holten. Dann schloss sich die Tür und in der Straße war es wieder dunkel.

Ciao, Theo.

Aribellas Magen verkrampfte sich. Würde sie ihn jemals wiedersehen? »Komm«, forderte Rodolfo sie auf. »Wenn du deinem Papa helfen willst, sollten wir ins *Halb-hier-halb-da-Hotel* fahren und den anderen berichten, was geschehen ist.« Er machte sich auf den Weg zum Hafen.

Ins Halb-hier-halb-da-Hotel? War das ein grausamer Scherzname für das Gefängnis? Und welche anderen?

Es konnte immer noch eine Falle sein, aber Rodolfo hatte seinen Teil der Abmachung eingehalten. Er hatte Theo nach Hause gebracht. Aribella holte einmal tief Luft, dann kehrte sie Burano und allem, was sie kannte, den Rücken und folgte ihm.

Trotz der Angst um ihren Papa und vor dem, was sie erwartete, und obwohl sie sich nicht von Theo hatte verabschieden können, verspürte sie plötzlich eine Art freudige Erregung, die mit jedem Schritt in Richtung Hafen größer wurde – wie ein winziger Vogel, der die Flügel spreizt. Es war, als hätte sie schon ihr ganzes Leben auf genau *diesen Moment* gewartet: darauf, dass etwas geschah, das ihr zeigte, wer sie war – und so merkwürdig es auch alles klang, schien dieser Moment nun gekommen zu sein.

Als sie wieder in die Gondel stieg, hatte sie das unbestimmte Gefühl, sich auf den Weg in ein großes Abenteuer zu machen.

7

Die Gondel glitt so ruhig aus dem Hafen, dass Aribella für kurze Zeit gar nicht bemerkte, dass Rodolfo bereits ruderte. Sie nahmen Fahrt auf und der *Ferro* neigte sich nach vorn wie der Nacken eines Rennpferds. Aribellas Haare flatterten im Wind. Der geliehene Sternenumhang schlug ihr um die Schultern. Es fühlte sich an, als hätten sie die Wasseroberfläche verlassen und flögen durch die Luft.

Schon bald hatten sie Burano weit hinter sich gelassen und waren umgeben von Wasser, Mond und Sternen und den Silhouetten ferner Inseln. Die spiegelglatte Lagune war übersät mit silbernen Lichtreflexionen. Sie bot einen so zauberhaften und friedlichen Anblick, dass es schwerfiel zu glauben, dass es noch dieselbe Lagune war, aus der noch vor weniger als einer Stunde ein grauenhafter Geist aufgestiegen war. Der Nachthimmel war klar und frei von Nebel. Die Sterne waren so verheißungsvoll nah, dass Aribella das Gefühl hatte, sie müsse nur die Hand ausstrecken, um sich einen vom Himmel zu pflücken und ihn wie ein edles Schmuckstück zu tragen. Es waren keine anderen Boote draußen, als wäre die Schönheit der Lagune nur für sie bestimmt.

Plötzlich erklangen die ersten Töne einer Melodie und Aribella drehte den Kopf. Rodolfo, dessen große, hagere Gestalt sich gegen den Mond abzeichnete, sang ein altes Volkslied der Gondoliere. Sie kannte dieses Lied. Theo und sie hörten es in der Lagune immer wieder, und jedes Mal, wenn es erklang, löste es tief in ihrem Inneren etwas aus, von dem Aribella selbst nicht wusste, was es war. Rodolfos Gesang, der unnatürlich weit über die Lagune getragen wurde – fast als würde er eine Botschaft aussenden –, beruhigte ihre zum Zerreißen gespannten Nerven.

Dann tauchte die Hauptinsel auf. Ihre Kuppeln und Turmspitzen spiegelten sich in der Lagune, wodurch der Eindruck entstand, es lägen gleich zwei verheißungsvoll glitzernde Städte vor ihnen – eine im Wasser und eine in der Luft –, mit der doppelten Anzahl an Möglichkeiten. Aribella hatte Venedig, das ohne die übliche Menschenmenge ungewohnt gespenstisch wirkte, noch nie zu dieser nächtlichen Stunde gesehen. Die Gondeln an den Pollern vor dem Palast lagen regungslos im Wasser und es herrschte eine bedrückende Stille. Ihr Blick glitt über die geflügelten Chimären, Engel und Wasserspeier der Palastfassade und blieb dann am Löwenmaul und dem Palastgefängnis hängen. Erneut überkam sie die Angst. War Papa schon dort? Sie stellte sich die unterirdischen Kerkerzellen und Foltergeräte vor. Wer dieses Gefängnis über die berüchtigte Seufzerbrücke betrat, kehrte in den seltensten Fällen zurück. Kaum jemand wusste, wie es dort tatsächlich aussah.

Rodolfo musste ihrem Blick gefolgt sein. »Mach dir keine Sorgen«, rief er ihr zu. »Wir helfen deinem Papa. Aber zuerst müssen wir noch woanders hingehen.«

Er steuerte in den *Canal Grande* und die Gondel geriet zum ersten Mal ins Schaukeln. Dennoch fühlte sich die Bewegung nicht unsicher an wie in Theos Boot. Es war mehr, als würde die Gondel sich sträuben und aufbäumen – als wäre sie … lebendig.

»Sie mag Kanäle nicht. Offene Gewässer sind ihr lieber«, erklärte Rodolfo. »In Kanälen fühlt sie sich eingesperrt, was ich gut nachvollziehen kann.«

Noch so eine seltsame Bemerkung. Aber angesichts dessen, was sonst schon alles passiert war, stellte Aribella keine Fragen. Insbesondere, da aus der Dunkelheit jetzt auch noch eine kleine Fledermaus auftauchte und sich auf Rodolfos Schulter niederließ. Sie legte die ledrigen Flügel an und beäugte Aribella neugierig. Ihre kleinen schwarzen Knopfaugen glänzten im Licht der Laterne. Aribella hatte keine Ahnung, wie sich Fledermäuse voneinander unterschieden, dennoch war sie sich ziemlich sicher, dass es dieselbe war, die sie vorhin in der Lagune gesehen hatte.

»Darf ich vorstellen, Io«, verkündete Rodolfo.

»Die Fledermaus ist Ihr Haustier?«

»Mein Gefährte«, verbesserte Rodolfo sie. »Eigentlich bin ich mehr sein Haustier als er meines … Festhalten!«, rief er, als die Gondel wieder anfing zu schaukeln.

Sie fuhren weiter durch den *Canal Grande* ins Zentrum der schwimmenden Stadt. Es war dieselbe Strecke, die Theo und Aribella immer zur *Pescheria* nahmen. Kurz vor der Rialtobrücke wurde die Gondel jedoch langsamer, und anstatt unter der Brücke hindurchzufahren, steuerten sie zu Aribellas Erstaunen die Anlegestelle des heruntergekommenen Palazzos an, für den sie schon immer eine Schwäche gehabt hatte.

»Wir sind da!«, verkündete Rodolfo fröhlich.

Der gelbe Putz bröckelte noch immer, die Fenster waren dunkel und leer und dem alten Anlegesteg fehlten mehrere Planken. Das sollte das Halb-hier-halb-da-Hotel sein? Sicher hatte Rodolfo sich geirrt.

»Ich vertäue sie nur noch schnell. Du kannst schon reingehen.«

Er band die Gondel an einen der gesplitterten Anlegepfosten und schob Aribella auf den maroden Steg. Sie musste aufpassen, wohin sie trat, um nicht durch die Planken zu brechen. Ob Rodolfo sich einen Scherz mit ihr erlaubte? Hinter der Sternenmaske war sein Gesicht nicht zu erkennen. Sie fror, war müde und alles andere als zu Späßen aufgelegt.

Unsicher blieb sie stehen und wartete, während Rodolfo sich niederkniete und die Gondel streichelte, die ein leises Brummen von sich gab. Das Geräusch erinnerte Aribella an das Schnurren einer Katze, aber bestimmt war es nur das Rauschen des vorbeiströmenden Wassers. Und dann versank die Gondel plötzlich im Kanal.

»Signore, Ihr Boot!«, rief sie.

»Das ist schon in Ordnung, mach dir keine Sorgen! Sie legt sich schlafen. Gehen wir rein!«, drängte Rodolfo und nickte in Richtung Eingang.

Aribella hatte keine Ahnung, was hier vor sich ging und warum es Rodolfo nicht im Geringsten zu beunruhigen schien, dass seine bildschöne Gondel soeben auf den Grund des Kanals gesunken war. Sie wandte sich dem Palazzo zu. Und wenn er gelogen hatte? Wenn im Hotel die Wachen des Dogen auf sie warteten? Aber dann hätte er sie auch gleich ins Gefängnis bringen können.

Wohin die Türen des Palazzos auch führen mochten, es gab kein Zurück. Wenn sie herausfinden wollte, weshalb ihr so viele merkwürdige Dinge passierten, dann konnte sie das nur hinter diesen Türen.

Aribella holte tief Luft und machte mehrere lange Schritte über die fehlenden Planken. Das orange und violett gefärbte Glas der Eingangstür, das einst wunderschön gewesen sein musste, war so kaputt, dass man die Muster kaum noch erkannte.

Vorsichtig öffnete sie die Tür und spähte hinein. Die einst pompöse Eingangshalle war genauso düster und heruntergekommen wie die Fassade. Das *Acqua Alta* hatte Risse im Steinboden hinterlassen und der verrußte Kamin sah aus, als wäre er seit Jahrhunderten nicht mehr benutzt worden. Der geschwungenen Treppe, die in die oberen Etagen führte, fehlten zu viele Stufen, als dass man sie noch hätte benutzen können, und die durchhängenden Deckenbalken sahen aus, als würden sie jeden Moment herunterbrechen. In den Ecken hatten Tauben ihre unordentlichen Nester gebaut. Ihr trauriges Gurren mischte sich mit dem Tropfgeräusch eines Lecks. Schimmelgeruch wehte Aribella in die Nase und das leise Scharren von Ratten war zu hören.

»Du musst ganz eintreten«, rief Rodolfo hinter ihr. »Sonst siehst du es nicht.«

Aribella musste die Zähne zusammenbeißen, um ihn nicht laut für verrückt zu erklären. Der Palazzo war ganz offensichtlich verlassen. Dann trat sie auch mit dem zweiten Fuß über die Schwelle – und plötzlich veränderte sich alles. Aribella traute ihren Augen nicht.

Die Taubennester verschwanden und die Wände bedeckten sich mit einer pflaumenfarbenen Tapete. Unter ihren nassen Füßen rollte sich ein weicher, orangefarbener Teppich aus. Glänzende Mahagonitischchen schossen wie Pilze aus dem Boden, darauf hübsche Stehlampen, die ein gedämpftes Licht verbreiteten, und Vasen voller duftender Pfingstrosen. Aus dem Nichts tauchten mit weichen Kissen überhäufte Sofas auf und im eben noch leeren Kamin entfachte sich ein knisterndes Feuer. Kerzenhalter flogen durch den Raum und landeten präzise rechts und links auf dem wiederhergestellten Kaminsims. Auch die Treppen reparierten sich wie von selbst und direkt davor wuchs ein riesiger Empfangstresen aus dem Boden.

Erschrocken trat Aribella einen Schritt zurück auf den kaputten Steg. Aber auch der war so gut wie neu, repariert und frisch poliert. Die Poller, eben noch gesplittert und verrottet, sahen aus wie gestreifte Zuckerstangen mit golden schimmernden Ringen.

Als Aribellas Blick die Palastfassade hochwanderte, klappte ihr die Kinnlade noch weiter herunter. Der ausgebleichte und abgeblätterte Verputz leuchtete in fröhlichem Kanariengelb und die dunklen, leeren Fenster waren von warmem Kerzenlicht erfüllt. Die rautenförmigen Buntglasscheiben der Eingangstür funkelten farbenfroh im Licht der seitlich angebrachten Laternen. Die Türgriffe hatten sich in goldene, geflügelte Löwen verwandelt, die aussahen wie das Emblem auf Rodolfos Gondel, und über dem Eingang stand in verschnörkelten Buchstaben *Willkommen im Halb-hier-halb-da-Hotel.*

»Aber ... wie ...?« Aribella brachte kaum einen Ton über die Lippen.

Rodolfo lachte. Wie auf der Lagune klang es hell und freundlich. Dann hielt er nacheinander drei Finger in die Luft. »Erstens, bewerte ein Buch nie nach seinem Einband. Zweitens, bewerte einen Menschen nie nach seiner Maske. Und drittens, bewerte ein Hotel nie nach seiner Fassade. Die meisten Menschen lassen sich von Äußerlichkeiten so sehr ablenken, dass sie nie erfahren, wie die Dinge wirklich sind. Das Halb-hier-halb-da-Hotel offenbart seine Eleganz nur dann, wenn ein Cannovacci über seine Schwelle tritt.«

Aribella starrte das Hotel noch immer voller Verwunderung an. Sie hatte diesen Palazzo schon immer geliebt, aber nun war er mit Abstand das schönste Gebäude am ganzen *Canal Grande.* Wenn Theo ihn so sehen könnte, würde er sie nicht mehr damit aufziehen, dass der Palazzo ihr Lieblingsgebäude am Kanal war ... Bei dem Gedanken an Theo schnürte es ihr die Brust zusammen.

»*Das* ist das Halb-hier-halb-da-Hotel?«

»Was hattest du denn erwartet?«

Das Palastgefängnis oder etwas in der Art. »Warum heißt es Halb-hier-halb-da-Hotel?«, fragte sie in der Hoffnung auf eine verständliche Antwort.

»Weil es genau auf halber Strecke des *Canal Grande* errichtet wurde, natürlich«, sagte Rodolfo. »Komm.« Er hielt ihr die Tür auf. Io schwang sich von seiner Schulter und flog in die Eingangshalle.

Aribella folgte ihm. Mit einem Anflug von Schadenfreude dachte sie daran, wie wütend Gian werden würde, wenn er wüsste, wohin sein Zettel im Löwenmaul sie geführt hatte.

8

Nun, da der erste Schock vorüber war, erkannte Aribella, dass die verwandelte Hotelhalle nicht nur elegant, sondern auch sehr gemütlich war. Sie fühlte sich sofort wohl. Auf dem langen Empfangstresen vor der Treppe waren rechts und links Vasen mit weißen Rosen aufgestellt. An der Wand dahinter hingen an mehreren Hakenreihen goldene Schlüssel.

Am Empfang stand eine ältere Dame mit silbergrauem Haar, das zu einem makellosen Dutt gebunden war. Sie trug ein dunkelrotes Abendkleid und passenden knallroten Lippenstift. Ihre glamouröse Erscheinung machte Aribella ihre eigenen feuchten, abgewetzten Kleider bewusst, und das schmatzende Geräusch ihrer nassen Stiefel schien auf einmal noch lauter zu sein. Verschämt biss sie sich auf die Unterlippe. Wie so oft hatte sie das Gefühl, fehl am Platz zu sein.

Aber die Empfangsdame begrüßte sie mit einem freundlichen Lächeln.

»Buona sera!«

Io landete auf dem Tresen und die Dame kraulte ihn kurz hinter dem Ohr.

»*Buona sera,* Rosa!« Mit einer Verbeugung nahm Rodolfo seine Sternenmaske ab. »Aribella, darf ich dir Rosa vorstellen. Sie wacht im Halb-hier-halb-da-Hotel über die Schlüssel.«

»Ich habe deine Nachricht erhalten«, entgegnete Rosa. »Dann muss das unser neuer Gast sein. Herzlich willkommen, Aribella!«

Aribella fragte sich, wann und wie Rodolfo sie benachrichtigt hatte, aber dann fiel ihr sein Gesang wieder ein und dass es ihr vorgekommen war, als würde er unnatürlich weit über die Lagune getragen … War die Melodie eine geheime Nachricht gewesen? Der Gedanke verwirrte sie fast noch mehr als die Verwandlung der Empfangshalle.

»Was für eine schreckliche Nacht, mein armes Täubchen«, sagte Rosa mitfühlend.

Aribella war es nicht gewohnt, dass die Leute freundlich zu ihr waren, schon gar nicht so elegante Damen, wie Rosa eine war. Schüchtern lächelte sie ihr zu und trat dabei von einem Fuß auf den anderen.

»Es tut mir leid, dass wir nicht zur Stelle waren, bevor sie deinen Vater verhaftet haben. Aber durch das Löwenmaul haben wir schon seit Jahren keinen neuen Cannovacci mehr gefunden. Hier hat große Aufregung geherrscht. Nicht wahr, Nymeria?«

Am Fuß der Treppe, halb versteckt hinter dem Tresen, bewegte sich etwas – eine riesige goldene Kreatur, die gähnend ihre Mähne schüttelte. Ein Löwe, ein *echter* Löwe! Nymeria sah aus wie die Türgriffe und das Emblem auf der Gondel, nur die Flügel fehlten. Aribella hatte noch nie einen lebendigen Löwen gesehen.

Rodolfo ging zu ihm und kraulte ihn zwischen den Ohren, als wäre die Bestie eine ganz gewöhnliche Katze. »Kein Grund zur Sorge, Aribella. Nymeria ist hier, um uns zu warnen, wenn Venedig Gefahr droht. Sie hat ein sehr sanftes Wesen, man darf sich nur nicht mit ihr anlegen, genauso wenig wie mit Rosa hier.«

»Gib acht, was du sagst, Rodolfo«, warnte Rosa, aber ihre Augen strahlten.

»Verstehst du, was ich meine?« Rodolfo zwinkerte ihr zu.

Aribella versuchte noch immer, das alles irgendwie zu begreifen. Ein Hotel, das komplett verfallen und plötzlich doch wunderschön war, und eine Empfangsdame, die einen echten Löwen als Haustier hatte – oder als *Gefährten* oder wie auch immer Rodolfo seine Fledermaus genannt hatte. Es war verrückt. Unglaublich.

»Nymeria ist das Löwenmaul«, erklärte Rodolfo, was Aribella aber nur noch mehr verwirrte.

»Genau genommen ist sie das Löwinnenmaul, auch wenn sie eine Mähne hat!«, unterbrach Rosa ihn. »Männer tun immer so, als wäre alles, was Frauen leisten, auch ihr Verdienst.«

Rodolfo nickte. »Da kann ich nicht widersprechen«, sagte er ernst.

Aber darum ging es im Moment nun wirklich nicht, fand Aribella. »Wollen Sie damit sagen, dieser Löwe – diese *Löwin* – ist mit dem Löwenmaul in der Mauer des Dogenpalasts verbunden?«

»Genau.« Rodolfo lächelte. »Sie erstellt von allen Zetteln, die ins Löwenmaul gesteckt werden, eine Kopie. Könntest du es uns bitte kurz demonstrieren, Nymeria?«

Die Löwin erhob sich und streckte sich träge. Stehend war sie größer als der Empfangstresen hoch, und Aribella musste sich zwingen, nicht vor ihr zurückzuweichen. Die Löwin hustete. Aribella hatte das auch schon bei Luna beobachtet, wenn sie Fellknäuel hochwürgte. Aus dem Maul der Löwin kam jedoch kein Haarball, sondern ein zusammengeknülltes Stück Papier, das mit einer Speichellache auf den Boden fiel.

Rosa seufzte. »Ich wäre dir wirklich sehr dankbar, wenn du das nicht auf dem Perserteppich machen würdest, Nymeria.«

Die Fledermaus flog vom Tresen auf, holte das Papierknäuel und ließ es Rodolfo in die Hände fallen.

»Danke, Io.« Er knüllte den Zettel auseinander und strich ihn auf dem Knie glatt. Der klumpige Löwenspeichel, den er dabei auf seiner Hose verteilte, schien ihn nicht zu stören.

»Mein Bruder ist ein stinkender Troll«, las er vor. »Nur wieder eine von diesen haltlosen Beschimpfungen. Ich glaube kaum, dass wir uns darum kümmern müssen.« Er knüllte den Zettel wieder zusammen und warf ihn ins Feuer. Ein kurzes Auflodern, dann war er durch den Kamin verschwunden.

»Möchtest du etwas Löwenspeichel für deine Finger?«, fragte Rodolfo und streckte Aribella seine schleimigen Hände entgegen. »Hilft fantastisch bei Verbrennungen.«

Aribella starrte ihn ungläubig an. »Äh, nein, es geht schon. Aber danke.«

»Wie du möchtest. Bis morgen müssten deine Finger auch so wieder verheilt sein.« Rodolfo schmierte sich den Schleim auf den Kopf. »Ich habe die Hoffnung, dass es vielleicht auch gegen Haarausfall hilft, noch nicht aufgegeben.«

Nymeria gab ein abfälliges Schnauben von sich, als würde sie von dieser Idee nicht viel halten. Dann legte sie sich wieder vor die Treppe und schlief sofort ein. Während Aribella beobachtete, wie sich ihr Fell im gleichmäßigen Rhythmus ihres Atems hob und senkte, wurden auch ihr die Augenlider schwer.

»Ich denke, es ist höchste Zeit, dass du ins Bett kommst.« Rosa sagte das so freundlich, dass Aribella sich gleich ein klein wenig besser fühlte. Es war schön, jemanden zu haben, der sich um einen sorgte. Ihr Vater war dazu schon seit vielen Jahren nicht mehr in der Lage.

»Und mein Papa?« Bevor sie ihn nicht in Sicherheit wusste, würde sie unmöglich schlafen können.

»Ich werde mich morgen mit dem Ältestenrat besprechen«, erklärte Rodolfo mit ernstem Gesicht. »Danach kann ich zum Dogen gehen und …«

»Morgen? Solange mein Papa im Gefängnis steckt, kann ich unmöglich hierbleiben!«, platzte es aus Aribella heraus. Sie wusste, wie undankbar das klang, aber es ging einfach nicht.

»Deine Fürsorge ist wirklich bewundernswert, mein Kind«, beschwichtigte Rodolfo sie. »Dein Papa wäre bestimmt stolz auf dich. Aber ich kann dir versichern, wenn wir heute Nacht noch etwas tun könnten, hätte ich es längst in die Wege geleitet.«

»Aber irgendetwas muss man doch tun können!«, beharrte Aribella. »Sie haben eine Gondel, die schneller fährt als alle Boote, die ich je gesehen habe, und eine Maske, die unsichtbar macht …«

»*Unbemerkbar*«, verbesserte Rodolfo sie.

»Ein Hotel, das … sich *verwandelt*, eine Löwin, die … spuckt.« Aribella geriet ins Stocken.

»Was die Angelegenheiten der *Inbelli* angeht, hat der Ältestenrat seine eigenen Regeln.«

»Inbelli?«

»Nicht-Cannovacci. Menschen ohne magische Kräfte. Aber ich verspreche dir, morgen werde ich alles tun, was in meiner Macht steht, um deinem Papa zu helfen.«

Aribella öffnete den Mund, um erneut zu protestieren.

»Du musst mir vertrauen«, sagte er mit derselben Bestimmtheit wie auf der Lagune.

Rodolfo hatte Theo gerettet. Er hatte ihn nach Hause gebracht, wie er es versprochen hatte. Wenn er jetzt sagte, er würde ihrem Vater helfen, konnte sie sich dann auch darauf verlassen? Sie sehnte sich so sehr nach jemandem, dem sie vertrauen konnte.

»Sie versprechen es?«

»Ich verspreche es.« Rodolfo sah ihr fest in die Augen.

Und zum zweiten Mal in dieser Nacht beschloss Aribella, ihm zu vertrauen.

»Ich werde dich nun Rosas Obhut überlassen, wenn das in Ordnung ist. Die Nacht neigt sich bereits dem Ende zu und ich muss dringend noch in den Sternen lesen«, sagte er, als würde er von einem Buch sprechen. War er wirklich ein Sterndeuter? Es wäre zu schön, um wahr zu sein. Aber was konnte er wohl aus den Sternen lesen?

Aribella nahm seinen Umhang ab und gab ihn ihm zurück.

»Ah, danke. Dann schlaf gut.« Plötzlich wirkte Rodolfo erschöpft. Mit dem Sternenumhang über dem Arm und der Maske in der Hand eilte er die Treppen hinauf. Io flatterte hinterher.

Aribella sah ihm nach, dann drehte sie sich wieder zum Empfangstresen. Rosa war in ein ledergebundenes Buch vertieft, das zuvor noch nicht dagelegen hatte.

»Darf ich fragen, wie alt du bist, Aribella?«

»Ich bin dreizehn … oder werde dreizehn. Morgen«, fügte sie verschämt hinzu. Oder war es heute? Sie hatte keine Ahnung, wie spät es war.

»Oh, herzlichen Glückwunsch zum Geburtstag!«, gratulierte Rosa. Dann nahm sie eine Pfauenfeder zur Hand und tauchte sie in ein Fass mit blauer Tinte. Beides hatte sich in diesem Moment vor Aribellas Augen materialisiert.

»Äh, danke.« Aribella starrte auf das Tintenfass. Dann sah sie voller Neid zu, wie Rosa mit fliegender Feder etwas in ihr Buch schrieb. Schreiben hatte Aribella schon immer fasziniert. Papa hatte ihr das Lesen und Schreiben zwar ein klein wenig beigebracht, wodurch sie mehr konnte als die meisten Kinder auf Burano, aber sie war trotz allem nicht besonders gut darin.

»Und deine Kraft?«

»Meine Kraft?«

»Was kannst du, das … dich zu etwas Besonderem macht? Du weißt schon, so, wie Rodolfo die Sterne deuten oder ich Dinge entstehen lassen kann.« Mit einem Wink ihrer Hand ließ Rosa den Blumenstrauß auf dem Tresen zu doppelter Größe anschwellen.

Aribella wurde rot. Sie wusste nicht, was sie sagen sollte. »Ich kann … Feuer machen. Also, ich denke, dass ich das kann. Es ist mir heute zum ersten Mal passiert …« Sie verstummte. Es auszusprechen fühlte sich lächerlich an. Bis vor Kurzem hatte sie noch geglaubt, für eine solche Behauptung würde man sie ins Gefängnis werfen.

Aber Rosa nickte nur, als hätte sie ihr erklärt, dass sie gut schwimmen konnte. Dann legte sie den Kopf schief und auf ihrer oberen Gesichtshälfte erschien eine schimmernde Maske, deren Ränder mit winzigen, in Spiralen angeordneten Mondsteinen besetzt waren. Auf der Stirn prangte ein bunt schillernder Opal. Zunächst war die Maske silberblau, aber als sich das Licht darin fing, wurde sie dunkelviolett und dann leuchtend pink.

Nach allem, was in den letzten zwanzig Minuten passiert war, hätte die Maske Aribella eigentlich nicht mehr sonderlich beeindrucken dürfen, aber irgendetwas daran war außergewöhnlich. Wie Rodolfos Maske passte auch Rosas Maske perfekt zu ihr. Es war irgendwie klar, dass sie zu ihr *gehörte*.

»Kannst du lesen?«, fragte Rosa und reichte ihr ein großes Blatt Pergamentpapier.

Aribella nickte. In diesem Moment war sie ihrem Papa sehr dankbar, dass er es ihr beigebracht hatte.

»Da kannst du dich glücklich schätzen. Die Fähigkeit zu lesen ist die mächtigste Kraft von allen.«

»Wie meinen Sie das?« Neben Rosas und Rodolfos Kräften schien ihr Lesen keine sehr beeindruckende Fähigkeit zu sein.

»Lesen ist Magie! Es kann uns in andere Welten versetzen und ermöglicht uns, unsere eigene besser zu verstehen. Würde ich dir diese Regeln hier beispielsweise vorlesen, könnte ich sie auslegen, wie es mir gerade einfällt. Aber wenn du sie selbst liest, weißt du, was da tatsächlich steht. Das ist Macht. Aber nun lies, je schneller wir das erledigt haben, umso schneller kann ich dir dein Zimmer zeigen.«

Mein Zimmer ... Aribella begann zu lesen.

Sei gegrüßt, Novizin,

herzlich willkommen im Halb-hier-halb-da-Hotel bei der Geheimen Gesellschaft der Cannovacci, den Beschützern der Stadt Venedig. Um allen Gästen einen sicheren und friedlichen Aufenthalt garantieren zu können, bitten wir dich höflichst, dich strikt an die nachfolgende Hausordnung zu halten. Ein Verstoß kann mit dem Entzug der Maske oder einem Verweis aus dem Hotel geahndet werden:

1. *Kräfte müssen bei der Anmeldung an der Rezeption ausnahmslos angegeben werden.*
2. *Novizen ist es nicht gestattet, ihre Kräfte ohne Übung oder ausdrückliche Erlaubnis einzusetzen.*
3. *Gondeln dürfen nur mit der Zustimmung ihrer Besitzer benutzt werden. Novizen ist das Benutzen der Gondeln nicht gestattet.*
4. *Mit Ausnahme der Gefährten der Mitglieder des Ältestenrats sind im Hotel keine Haustiere erlaubt.*
5. *Die Geheimnisse der Cannovacci dürfen nicht mit Inbelli geteilt werden. Ausgenommen sind Blutsverwandte und der Doge von Venedig.*

Wir wünschen einen angenehmen Aufenthalt im Halb-hier-halb-da-Hotel.

Der Ältestenrat der Cannovacci

Rosa reichte Aribella die Pfauenfeder und schob ihr das Tintenfass hin. Da sie noch nie etwas unterschrieben hatte, war sie unsicher, wie man das macht. Schließlich setzte sie einfach – ein wenig krakeliger als normal, damit es erwachsener wirkte – ihren Namen unter das Papier. Die Unterschrift war nicht besonders gut gelungen, aber bevor sie etwas ändern konnte, zog Rosa ihr das Pergament wieder unter der Nase weg.

»Und jetzt schnell in die heiße Wanne mit dir, sonst holst du dir noch eine Erkältung«, sagte Rosa und schob Aribella durch eine Tür links von ihnen.

Normalerweise war Aribella nicht gerade begeistert, wenn sie baden musste, aber mit einem Badezimmer wie diesem, das genauso luxuriös ausgestattet war wie die Empfangshalle, konnte man wahrscheinlich selbst die Wasserscheusten bekehren. An den Wänden klebten Mosaike aus Muscheln und bunten Steinen und anstelle des Blechkübels, den Aribella erwartet hatte, gab es eine frei stehende Kupferwanne, die mit heißem, nach Lavendel duftendem Badewasser gefüllt war. Einen so angenehmen Geruch hatte Aribella schon lange nicht mehr in der Nase gehabt.

»Dann lasse ich dich jetzt alleine«, sagte Rosa. »Nimm dir alle Zeit, die du brauchst!«

Aribella streckte die wunden Finger ins warme Wasser und der Schmerz ließ sofort ein wenig nach. Hastig band sie ihre Stiefel auf, zog die nassen Socken und Hosen sowie ihr Hemd und die Unterwäsche aus und ließ sich ins Wasser gleiten. Die Wärme war eine solche Wohltat für ihre schmerzenden Glieder, dass sie eine ganze Weile einfach nur dalag und sich entspannte. Dann schrubbte sie sich mit einer Bürste die Fingernägel und fuhr sich mit dem Kamm so lange durch die verknoteten Haare, bis ihr die Tränen in die Augen traten. Schließlich kletterte sie aus der Wanne, nahm ein dickes, flauschiges Handtuch von einem Ständer und trocknete sich damit ab. Neben dem Handtuch hing ein mit Rüschen besetztes Nachthemd, über das Theo sich kaputtgelacht hätte, wenn er sie darin sehen könnte. Aber es war sauber und trocken, was man von ihren Kleidern nicht gerade behaupten konnte. Deshalb zog sie es trotzdem an, zusammen mit einem Paar fluffiger Pantoffeln und einem dicken lila Schlafrock. Dann sammelte sie ihre feuchten Kleider vom Boden auf und tapste zurück in die Empfangshalle. Es war, als würde sie auf Wolken gehen.

Am Fuß der Treppe schlief noch immer laut schnarchend Nymeria.

Rosa blickte vom Tresen auf und lächelte. »Wer hätte gedacht, dass sich unter all dem Schmutz ein so hübsches Gesicht verbirgt? Du kannst deine alten Kleider hierlassen. Ich werde sie waschen lassen.« Dann drehte sie sich um und griff nach einem der goldenen Schlüssel. Er hing in der Reihe, die mit »Dritte Etage« beschriftet war. Ganz kurz schien der Schlüssel aufzuglühen. Rosa runzelte die Stirn und für einen Moment verharrten ihre Finger auf dem Schlüssel, als würde sie zögern. Dann fasste sie sich ein Herz und händigte ihn Aribella aus. »Dritte Etage. Der Schlüssel wird dich auf dein Zimmer bringen. Solltest du das Hotel verlassen, gib ihn bitte hier ab, damit du ihn nicht verlierst.«

Aribella nahm den schweren Schlüssel entgegen, an dem eine orangefarbene Quaste hing. Er fühlte sich warm an. »Danke.«

Rosa lächelte wieder. »Träum was Schönes. Wir sehen uns dann morgen.«

Auf Zehenspitzen schlich Aribella an der schlafenden Löwin vorbei die geschwungene Treppe hinauf. Der gewaltige Kronleuchter, der über den Stufen hing, musste ein Vermögen gekostet haben und war wahrscheinlich von Murano. Direkt daneben war durch ein achteckiges Fenster in der Decke ein Stück schwarzer Nachthimmel zu sehen.

Der Weg über die Treppen in die dritte Etage war von Öllampen erleuchtet, aber Aribella war zu erschöpft, um außer dem weichen Teppich, den Porträts an den Wänden und den nicht enden wollenden Stufen noch allzu viel wahrzunehmen. Zwischen dem prächtigen Hotel und der mickrigen Hütte ihres Vaters lagen Welten. Hoffentlich würde ihm diese Nacht nichts geschehen. Und hoffentlich würde auch auf den Inseln niemandem etwas geschehen. Womöglich tauchten noch mehr böse Geister auf. Sie durfte gar nicht an den grässlichen Fleck auf Theos Haut denken. Was für ein Glück, dass Rodolfo ihn retten konnte! Wäre er nicht gekommen und hätte zufällig diesen Essig dabeigehabt ... Nicht auszudenken.

In der dritten Etage angekommen, blieb sie abrupt stehen. Auf dem Treppenabsatz stand ein Junge. Besser gesagt, ein *halber* Junge, wie sie entsetzt feststellte. Denn während die eine Hälfte von ihm auf dem Flur stand, schien die andere sich hinter einer geschlossenen Tür zu befinden.

Aribella stieß einen kleinen Schrei aus und der Junge riss die Augen auf.

»Was? Was ist?«, rief er und wirbelte herum, wobei auch der zweite Teil von ihm aus der Tür kam. Er war groß und schlaksig und seine strohblonden Haare standen ihm wild vom Kopf ab. Die Ärmel seines Nachthemds waren ihm zu kurz. Er musste ungefähr in Aribellas Alter sein.

»Hallo«, sagte sie unsicher. »Ähm, alles in Ordnung mit dir?«

Stöhnend schlug sich der Junge die Hand vor die Stirn. »Oh

nein, ich bin schon wieder geschlafwandelt, stimmt's? Ich versuche, es mir abzugewöhnen, aber ich kann dir sagen, wenn man durch Wände gehen kann, macht das alles noch zehnmal schlimmer …« Seine Augen verengten sich zu Schlitzen. »Du bist neu, nehme ich an.«

»Ich, ähm … bin gerade angekommen.«

»Also ehrlich, du hast mir einen ziemlichen Schrecken eingejagt.«

»Du mir aber auch!«

Der Junge grinste. »Trotzdem herzlich willkommen. Ich bin Fin.«

»Aribella.«

»Schön, dich kennenzulernen, Aribella. Ich hoffe, wir können uns morgen etwas länger unterhalten. Jetzt sollten wir ins Bett gehen, bevor Rosa uns erwischt oder, noch schlimmer, Jacapo. Bis morgen.« Fin verschwand durch die Tür und ließ Aribella mit offenem Mund auf dem Treppenabsatz stehen.

Unfähig, sich zu bewegen, starrte sie ihm hinterher. Dann fuhr sie prüfend mit den Fingern über die Tür. Sie war aus solidem Holz. Aribellas Welt hatte sich auf den Kopf gestellt. Nichts ergab mehr einen Sinn. Dennoch war da diese innere Stimme, die flüsterte: *Du hast doch schon immer an Magie geglaubt. Nun hast du den Beweis, dass du recht hattest.*

Der Schlüssel in ihrer Hand vibrierte, als wollte er sie daran erinnern, dass es Zeit war, ins Bett zu gehen. Er pendelte sich ein wie eine Kompassnadel und Aribella ging in der angezeigten Richtung den Flur entlang. Als der Schlüssel vor einer der Türen wieder vibrierte, blieb sie stehen und steckte ihn ins Schloss. Er passte perfekt. Mit einem leisen Klicken drehte sie ihn um und die Tür schwang auf.

Das Zimmer dahinter war wunderschön. Aribella traute ihren Augen kaum: Auf dem Nachttisch flackerte eine einzelne

Kerze und warf ihr Licht auf eine hellblaue Tapete mit einem feinen Muster aus silbernen Blumen, Bäumen und Vögeln. In diesem Zimmer standen mehr Möbel als in Papas kompletter Hütte: ein großes Himmelbett, rechts und links davon zwei Nachttische, ein großer Eichenschrank, eine Frisierkommode mit Spiegel und neben dem offenen Kamin zwei elegante Sessel. Der Raum war riesig. Hatte sie all diesen Platz wirklich ganz für sich alleine? Aribella wurde ganz unruhig vor lauter Aufregung. Die Vorstellung, dass sie – die Tochter eines armen Spitzenstickers – im größten Palazzo am *Canal Grande* schlafen würde ... während ihr Papa in einem Kerker fror ... Der Gedanke an ihn dämpfte ihre Freude sofort wieder. Trotzdem redete sie sich ein, alles würde wieder gut werden, sobald Rodolfo mit dem Dogen reden konnte. Er hatte es ihr versprochen.

Aribella streifte die Pantoffeln ab, zog den Schlafrock aus und ließ sich auf die Matratze fallen. Dankbar schlug sie die schwere Tagesdecke zurück und kroch zwischen die weichen Seidenlaken. Sie konnte die Augen gerade noch lange genug offen halten, um die Kerze auszublasen, dann fiel sie in einen tiefen Schlaf.

9

Als Aribella die Augen wieder aufschlug, war sie zunächst verwirrt. Anstatt staubiger Spinnweben spannte sich über ihr ein wunderschöner Betthimmel aus Seide. Ihr Herz machte einen Sprung. Dann war es also kein Traum gewesen! Müde, wie sie war, hatte sie in der Nacht vergessen, die Vorhänge zuzuziehen, sodass die Morgensonne alles in ein warmes Licht tauchte.

Benommen vor Glück sah sie sich um. Bei Tageslicht war die silberblaue Tapete sogar noch schöner. Über der Tür hing eine große Kuckucksuhr, die sie letzte Nacht gar nicht bemerkt hatte, und anstelle des Kerzenhalters stand eine Vase mit frischen Wiesenblumen auf dem Nachttisch, bestimmt Rosas Werk.

Aribella streckte sich. Erleichtert stellte sie fest, dass der brennende Schmerz in ihren Fingern nachgelassen hatte. Unter ihrem Kissen spürte sie etwas Hartes. Sie tastete danach und zog eine in goldenes Papier gewickelte Praline hervor. Sie war ein bisschen zerdrückt, aber Aribella wickelte sie voller Vorfreude aus und schob sie sich in den Mund. Der süße, sahnige Geschmack entlockte ihr ein genussvolles Seufzen. Sie konnte sich nicht erinnern, wann sie das letzte Mal Schokolade gegessen hatte. Sie befreite sich aus ihrem Knäuel aus Decke und Laken und schlüpfte in ihre Pantoffeln. Dann tapste sie an das große Fenster, um hinauszuspähen.

Es war ein prächtiger Herbstmorgen. Der Himmel war leuchtend blau und der *Canal Gande* glitzerte in der Sonne. Auf der einen Seite des Kanals wehten die dunkelblauen Flaggen des San-Marco-Viertels, auf der andern blähten sich die gelben von San Polo. Unter ihr schwammen die Barken der Markthändler, aber keiner sah zu ihr herauf oder würdigte das Gebäude auch nur eines Blickes. Wahrscheinlich sahen sie das Halb-hier-halb-da-Hotel so, wie sie es letzte Nacht auch gesehen hatte: heruntergekommen und eingefallen. Wenn die wüssten!

Sie ließ den Blick über die Dächer der schwimmenden Stadt schweifen. Die Kuppeln, Spitzen und Türme Venedigs funkelten in der Morgensonne wie die Juwelen einer Krone, dazwischen unzählige Kanäle, Brücken und Boote. Der Glanz der Lagune spiegelte sich in den Fenstern, sodass es aussah, als hätte sich das Meer in den Häusern ausgebreitet. Aribella kniff die Augen zusammen und suchte den Horizont ab. Irgendwo da draußen lag außer Sichtweite Burano.

Plötzlich schlug die Tür auf und Aribella fuhr erschrocken herum.

Ein kleines, wild aussehendes Mädchen mit Locken kam in ihr Zimmer gerannt, kniete sich neben das Bett und sah darunter. Gerade wollte Aribella fragen, wer sie war und was sie da tat, als das Mädchen laut miaute. Es klang *exakt* wie das Miauen einer Katze … Aribella wich einen Schritt zurück und stieß dabei gegen das Fenster.

Das Mädchen sprang auf und starrte sie an. Es hatte schöne grüne Augen mit orangefarbenen Sprenkeln und goldenen Rändern. »Was machst du hier?«

»Rosa hat gesagt, das wäre mein Zimmer«, entgegnete Aribella verwundert.

Das Mädchen rümpfte die Nase. »Na, dann schau auf keinen Fall unter das Bett!«

»Hatte ich auch gar nicht vor …«, murmelte Aribella. Die Feindseligkeit des Mädchens irritierte sie. Es war doch ihr Zimmer … Wieder überkam sie das Gefühl, nicht hierherzugehören.

Plötzlich schoss ein schwarzer Fellball unter dem Bett hervor und knallte gegen Aribellas Knöchel. Eine Katze! Aber nicht *irgend*eine Katze …

»Luna!«, rief Aribella voller Freude. »Wie zur Lagune bist du hierhergekommen?« Sie nahm die Katze auf den Arm und drückte sie an sich. Sie war so froh, Luna zu sehen, dass sie das Mädchen für einen Moment völlig vergaß.

»Ist das deine Katze?« Das Mädchen klang überrascht.

»Nein, eigentlich nicht. Sie ist eine Streunerin von Burano. Mein Freund und ich haben sie Luna getauft, weil wir sie immer nur nachts gesehen haben.« Aribella stockte. Der Gedanke an Theo versetzte ihr einen Stich.

Das Mädchen sah sie kritisch an. »Wie hast du sie reinbekommen?«

»Habe ich gar nicht«, entgegnete Aribella schnell. Ihr war Rosas Verbot von Haustieren wieder eingefallen. »Keine Ahnung, wie sie mich gefunden hat.«

»Du hast sie nicht reingeschmuggelt?«

»Nein!«

Das Mädchen sank mit einem lauten Seufzen auf Aribellas Bett. »Schade, wenn du sie reingeschmuggelt hättest, könntest du mir nämlich verraten, wie man das macht. Ohne Rosas Erlaubnis ist noch nie ein Tier ins Hotel gekommen. Was Novizen und Haustiere angeht, ist sie wirklich streng, obwohl ich ihr ständig damit in den Ohren liege, dass sie bei mir eine Ausnahme machen sollte. Schließlich habe ich die Fähigkeit, mit Tieren zu sprechen, aber wie soll ich das üben, wenn ich hier nur die verpennte Nymeria und Io habe, um mich zu unterhalten. Mein Zimmer ist nebenan. Ich habe hier drin ein Miauen gehört, daher wusste ich, dass eine Katze da sein muss. Du hast wahrscheinlich noch geschlafen.«

Mit Tieren sprechen … Das war die besondere Fähigkeit dieses Mädchens? Wenn sie die Wahrheit sagte, war das die beste Kraft, von der Aribella bisher gehört hatte. Sie hätte schon immer gerne gewusst, was Luna dachte.

»Das ist eine fantastische Fähigkeit!«, rief sie.

Das Mädchen lächelte verlegen. »Das denkt nicht jeder. Viele sind der Meinung, Tiere hätten nichts zu sagen und dass es sich nicht lohnt, ihnen zuzuhören.«

»Blödsinn. Tiere sind sehr intelligent.«

»Das finde ich auch«, stimmte das Mädchen voller Leidenschaft zu. »Wenn du mich fragst, gibt es mehr als genug Menschen, bei denen das Zuhören reine Zeitverschwendung ist. Aber gerade die reden immer am meisten.«

Obwohl die Tierflüsterin nicht mehr ganz so feindselig war, betrachtete sie Aribella immer noch mit einem gewissen Argwohn. Erst als Aribella Luna an ihrer Lieblingsstelle unter dem Kinn kraulte und Luna anfing, laut zu schnurren, entspannte sich das Mädchen.

»Ich kenne Luna schon fast mein ganzes Leben und habe mir immer gewünscht, mit ihr sprechen zu können«, sagte Aribella. »Würdest du mir einen Gefallen tun? Kannst du sie fragen, ob sie Theo gesehen hat?«

»Wer ist Theo?«

»Ein Freund von mir. Er war … krank.« Wahrscheinlich war das einfacher, als zu erklären, was letzte Nacht geschehen war. »Würdest du das tun?«

»Na gut.« Das Mädchen miaute ein paarmal und Luna miaute zurück. Das Mädchen sah verwirrt aus. »Tut mir leid, aber was sie da sagt, ergibt nicht viel Sinn. Oder sie spricht einen sehr seltenen Katzendialekt, denn ich nicht kenne. Sie will mir nicht einmal ihren richtigen Namen sagen.«

»Dann nenne ich sie einfach weiterhin Luna.«

Luna miaute.

Die Tierflüsterin lachte. »Sie scheint den Namen zu mögen. Und dich mag sie ganz offensichtlich auch. Eine Freundin der Tiere ist automatisch auch meine Freundin.« Sie streckte Aribella die Hand entgegen. »Ich bin Seffie. Eigentlich Persephone. Aber wenn du deine Zähne behalten willst, nenn mich lieber nicht so.«

Fast hätte Aribella laut gelacht, aber Seffie sah sie so grimmig an, dass sie es lieber ließ und stattdessen nur ernst nickte. Irgendetwas an Aribellas erschrecktem Gesichtsausdruck musste Seffie jedoch so sehr amüsiert haben, dass sie den Kopf zur Seite legte und selbst anfing zu lachen. Die Wirkung war erstaunlich. Als hätte man einen Vorhang zurückgezogen, verschwand ihre finstere Miene und sie begann zu strahlen. Seffie hatte ein Lachen, das ganz tief aus ihrem Inneren kam.

»Und wie heißt du?«

»Aribella.«

Luna schnurrte ein wenig lauter und Seffie miaute. Wieder klang sie exakt wie eine Katze, aber dieses Mal gab Luna keine Antwort.

Seffie seufzte. »Sie will mir einfach nicht verraten, wie sie es geschafft hat, an Rosa vorbeizukommen.«

»Kannst du mit allen Tieren sprechen?«, wollte Aribella wissen.

Seffie setzte ein schelmisches Lächeln auf. Von ihrer anfänglichen Feindseligkeit war nichts mehr zu spüren.

»Mit den meisten. Ich kann die Sprache von Hunden, Affen, Pferden … Manche beherrsche ich besser als andere. Mit der Giraffensprache habe ich beispielsweise ziemliche Probleme und Meerestiere verstehe ich auch sehr schlecht – das liegt an all den Luftblasen!« Sie schüttelte so heftig den Kopf, dass ihre Locken wie Sprungfedern um ihr Gesicht hüpften.

Dass Seffie mit *einem* Tier sprechen konnte, hatte Aribella schon fasziniert, aber die Liste, die sie gerade aufgezählt hatte, war unglaublich. Sie selbst wusste nicht einmal, was eine Giraffe war!

»Und was ist deine Kraft?«, fragte Seffie.

Aribella erzählte ihr von den Funken.

»Oh, Feuer finde ich fabelhaft!«

Das brachte wiederum Aribella zum Lächeln. Sie musste sich erst noch an den Gedanken gewöhnen, eine besondere Fähigkeit zu besitzen. Momentan hatte sie mehr Angst vor ihrer Kraft, als dass sie sich damit stark fühlte. Sie beneidete Seffie um die Fähigkeit, mit Tieren reden zu können. Es schien ihr sehr viel weniger zerstörerisch zu sein, als Dinge in Brand zu setzen. Würde sie mit ihrer Kraft jemals so gut zurechtkommen wie Seffie?

»Es hat erst gestern angefangen«, erklärte sie.

»Gestern? Aber das bedeutet ja, dass heute dein dreizehnter Geburtstag ist!«

Aribella nickte. »Ja, aber …«

»Warum hast du denn nichts gesagt? Herzlichen Glückwunsch!«

»Danke.« Aribella lächelte. Seffie darauf hinzuweisen, dass sie bisher kaum eine Gelegenheit gehabt hatte, es ihr zu sagen, verkniff sie sich. Luna fing an zu zappeln und sie setzte sie auf den Boden. »Aber woher wusstest du das?«

»Die meisten Kräfte treten am Tag vor dem dreizehnten Geburtstag zum ersten Mal in Erscheinung. Mich hat man auch kurz nach meinem dreizehnten Geburtstag hierher eingeladen. Fünfzehnter Juli, nicht vergessen! Meine Eltern sind bei einem Wanderzirkus und waren ziemlich überrascht, als ich plötzlich anfing, mit den Tieren zu plaudern. Sie fehlen mir«, fügte sie noch hinzu.

»Deine Eltern?«

»Nein!« Seffie rümpfte die Nase. »Na ja, ein bisschen vielleicht. Ich glaube, Mama und Papa waren ziemlich froh, als Rodolfo ihnen erklärte, ich sei eine *Cannovacci*. Sie dachten schon, ich wäre verrückt geworden, so wie ich die ganze Zeit knurrte und zischte! Nein, am meisten vermisse ich die Tiere.« Sie seufzte und zog die Beine zum Schneidersitz zusammen. »Und jetzt lass hören, wie es bei dir war!«

Aribella erzählte Seffie die Geschichte mit Gian auf dem Markt und wunderte sich, dass sie sich in ihrer Gesellschaft schon jetzt so wohlfühlte, dass sie frei darüber sprechen konnte. Was danach in der Lagune passiert war, verschwieg sie allerdings.

»Mach dir deshalb keine Gedanken«, meinte Seffie, nachdem Aribella geendet hatte. »Am Anfang setzen die meisten ihre Kräfte etwas unkontrolliert ein. Bei mir beispielsweise ist wochenlang nur Entisch herausgekommen, wenn ich versucht habe, Spätzisch zu sprechen. Kannst du dir das vorstellen? Als ich dann meine Maske bekommen habe, ist es viel besser geworden.«

Voller Stolz zog Seffie aus der gelben Umhängetasche, die sie dabeihatte, eine Maske. Sie hatte spitze Ohren und war mit bunten Federn und Fell besetzt. Auf die Wangen waren Schmetterlingsflügel gemalt.

»Sie ist wunderschön!«, sagte Aribella.

»Danke. Jeder Cannovacci bekommt eine – nur *eine*. Die Maske hilft uns, unsere Kräfte zu beherrschen, und macht uns unbemerkbar, wenn nötig. Sie kann aber noch viel mehr.«

Die Maske half einem, seine Kräfte zu kontrollieren? Aribella war erleichtert. Und wenn sie einen unbemerkbar machte, konnte sie damit vielleicht zurückgehen und Theo besuchen.

»Du wirst in den nächsten Tagen auch eine bekommen. Normalerweise braucht der Maskenmacher nicht sehr lange.«

»Wenn meine Maske nur halb so schön wird wie deine, bin ich überglücklich.«

Seffie grinste. »Das wird sie mit Sicherheit. Der Maskenmacher ist sehr stolz auf sein Handwerk und versucht jedes Mal, sich selbst zu übertreffen. Und was hat deine Familie dazu gesagt, dass du eine *Cannovacci* bist?«

Aribella hatte einen dicken Kloß im Hals.

»Alles in Ordnung mit dir?«, fragte Seffie.

»Ja, tut mir leid. Mir geht's gut. Es ist nur …« Sie wollte ehrlich mit ihrer neuen Freundin sein. »Meine Mama ist gestorben, als ich drei war, und mein Papa, er …« Da war wieder der Kloß in ihrem Hals. Luna miaute leise und rieb ihren Kopf an Aribellas Bein. Ihr vertrautes weiches Fell machte Aribella Mut. »Er ist im Palastgefängnis.«

»Was? Warum?«

Während Aribella ihr die Ereignisse der letzten Nacht erzählte, wurden Seffies Augen immer größer. In dem sonnendurchfluteten Zimmer hörte sich ihre Geschichte mit den Wachen, der Lagune und dem Geist irgendwie albern an, als würde sie einen schlechten Traum erzählen. Aber das alles war entsetzlich wahr.

»Und Rodolfo wusste sofort, womit er es zu tun hatte?«

Aribella nickte.

»Also ich habe so etwas noch nie gehört. Klingt wirklich gruselig!«

»War es auch«, bestätigte Aribella. »Ich hoffe, es gibt da draußen nicht noch mehr von diesen Geistern.«

»Falls doch, werden Rodolfo und die anderen Ältesten sie finden. Er kann in die Zukunft sehen. Sobald eine Gefahr droht, weiß er Bescheid und findet einen Weg, sie aufzuhalten. Mit ihm und Nymeria kann uns nichts passieren.«

Dann las Rodolfo also die Zukunft aus den Sternen. Hoffentlich würde Seffie recht behalten.

Die Uhr über der Tür schlug zur vollen Stunde und ein gelber Kuckuck schoss heraus. Aribella zuckte so heftig zusammen, dass Seffie gleich wieder in Lachen ausbrach. Luna kratzte an der Balkontür. Aribella ließ sie nach draußen und die beiden sahen zu, wie sie von einem Balkon auf den nächsten hinunter auf die Mole sprang.

»Auf diesem Weg muss sie auch hereingekommen sein«, bemerkte Aribella.

Seffie runzelte die Stirn. »Das wäre seltsam. Dieser Palazzo hat mehr Schutzvorrichtungen, als man glaubt.«

Aribella, die an die Verwandlungsfähigkeit des Hotels dachte, bezweifelte das nicht.

»Wir gehen jetzt besser runter zum Frühstück. Los, zieh dich an. Mein Magen knurrt, als läge die schnarchende Nymeria darin.«

»Ja, natürlich.« Aribella sah sich nach ihren Kleidern um. Dann fiel ihr ein, dass sie sie letzte Nacht bei Rosa gelassen hatte. Die Vorstellung, sich den anderen Gästen des Halb-hierhalb-da-Hotels im Rüschennachthemd zeigen zu müssen, bereitete ihr Bauchschmerzen.

Seffie trug hübsche gelbe Pumphosen, die ihr ausgezeichnet standen. »Wirf mal einen Blick in den Kleiderschrank«, sagte sie mit einem schelmischen Grinsen.

Aribella drehte den Kopf in Richtung Schrank und öffnete vorsichtig die schweren Türen. Beim Anblick des Regenbogens aus Seide und Satin, der sich vor ihr entfaltete, blieb ihr der Mund offen stehen. »Die können unmöglich alle für mich sein!«

»Für wen denn sonst?«

Aribella hatte noch nie so viele schöne Kleider auf einmal gesehen.

Sie waren etwas völlig anderes als die derben Hosen, löchrigen Jacken und zerschlissenen, gebrauchten Hemden, die sie normalerweise trug. Sie entschied sich für ein dunkelblaues Kleid mit weiten Ärmeln und einem geschnürten Mieder. Obwohl es mit Abstand das schlichteste Kleidungsstück im Schrank war, sah es immer noch aus, als wäre es für eine Prinzessin geschneidert worden.

Das Mieder zu schnüren dauerte seine Zeit, aber Seffie half ihr dabei. Als sie fertig waren und Aribella in den Spiegel sah, erkannte sie sich fast nicht wieder.

Sie kam sich ein wenig lächerlich vor und hätte das Kleid am liebsten wieder ausgezogen. Aber Seffie rief entzückt *»Che bella!«* und zerrte sie aus der Tür.

10

Auf dem Weg in den Speisesaal gab es so viele schöne und eigenartige Dinge zu entdecken, dass Aribella ihr Unbehagen wegen des Kleids sofort wieder vergaß. Selbst das Treppenhaus war voll von wertvollen Gegenständen, die sie in der Nacht davor vor Müdigkeit gar nicht wahrgenommen hatte. Aribella fiel immer weiter hinter Seffie zurück, die langsam ungeduldig wurde. Schließlich blieb Aribella sogar stehen, um sich die Porträts, die in goldenen Rahmen die Wände schmückten, näher zu betrachten. Einige sahen aus, als wären sie schon mehrere Hundert Jahre alt. Eines hatten jedoch alle gemeinsam: Jede der abgebildeten Personen trug eine einzigartige, mit Federn, Pailletten und Edelsteinen verzierte Maske, die sogar gemalt genauso kostbar wirkte wie die echten Masken von Rodolfo, Rosa oder Seffie.

»Die Porträts der Absolventen und Absolventinnen«, erklärte Seffie. Sie war noch einmal umgekehrt und hatte sich neben Aribella gestellt, die das Bild eines gut aussehenden Mannes betrachtete. Er hatte dunkle, glatte Haare, blasse Haut und hohe Wangenknochen und trug eine schwarze Halbmaske, die ihm schräg über das Gesicht lief. Auf dem Boden lagen zu einem

Muster angeordnete weiße Blütenblätter. Das Bild war mit nur einem einzigen Wort beschriftet: *Zio*.

»Was für Absolventen?«

»Absolventen des Halb-hier-halb-da-Hotels. Wenn wir achtzehn werden, wird von jedem von uns ein Porträt gemalt.«

»Wirklich?« Aribellas fühlte ein Kribbeln unter der Haut.

»Ja, sobald die Novizenausbildung abgeschlossen ist und wir Mitglieder des Ältestenrats werden.«

»Warum liegen unter diesem Porträt Blütenblätter?« Aribella sah auf den Boden.

»Oh.« Seffie warf einen kurzen Blick über die Schulter und erklärte mit gesenkter Stimme: »Das ist eine ziemlich üble Geschichte. Ich weiß nicht, was genau passiert ist, aber angeblich wurde er *ermordet* – von einer anderen Cannovacci.«

»Was?«

»Ja, aber alle machen ein Riesengeheimnis daraus.«

»Und wer hat ihn ermordet?«

Seffie zuckte mit den Achseln. »Das weiß ich nicht. Es ist Jahre her. Jetzt komm endlich, Ari. Ich bin am Verhungern«, stöhnend zog sie Aribella am Ärmel.

Ari. So hatte Theo sie immer genannt. Es war seltsam, es wie selbstverständlich aus Seffies Mund zu hören, obwohl sie sich noch nicht einmal eine Stunde kannten. Aber es gefiel ihr. Sie löste sich von dem Porträt und ließ sich von Seffie die Treppe hinunterzerren.

In der ersten Etage war die Luft von einem Duft nach frischem Brot und Gebäck erfüllt, bei dem einem das Wasser im Mund zusammenlief. Seffie marschierte schnurstracks auf eine mit kunstvollen Schnitzereien verzierte Eichentür zu. Daneben hing ein Schild mit einem Hinweis: *Wir bitten höflichst, im Speisesaal auf das Tragen von Masken zu verzichten*. Durch die Tür drang das Summen angeregter Unterhaltungen und Aribellas

Magen begann vor Nervosität zu flattern. Ohne zu zögern, drückte Seffie die Türen auf.

Obwohl Aribella noch nie einen Hotelspeisesaal betreten hatte, war sie sich sicher, dass dies der schönste Speisesaal auf der ganzen Welt sein musste. Durch drei vom Boden bis zur Decke reichende Fenster flutete das Sonnenlicht herein. Der breite Balkon war dicht bepflanzt mit bunten Blumen und man hatte einen ähnlich spektakulären Blick über den *Canal Grande* wie aus Aribellas Zimmer. Die runden Tische waren mit Spitzendecken, funkelnden Kristallgläsern und ordentlich aufgereihtem Besteck eingedeckt und auf jedem standen ein großer Krug Orangensaft und eine Zuckerschüssel. Aribella blieb der Mund offen stehen.

Um die Tische saßen ungefähr fünfzig Gäste unterschiedlichen Alters, die fröhlich plauderten und sich das Gebäck schmecken ließen. Aribellas Blick blieb an einer bildschönen Frau mit blauen Augen und einem langen, hellblonden Zopf hängen. Die Dame neben ihr, deren dunkles, geflochtenes Haar sich auf ihrem Kopf türmte, hatte sich mehrere farbenprächtige Tücher um die Schultern geschlungen. Die beiden Frauen unterhielten sich angeregt, als wären sie alte Freundinnen.

Aribella sah sich nach Rodolfo um. Sie wollte ihn unbedingt fragen, ob er Neuigkeiten von ihrem Papa hatte, konnte ihn aber nirgends entdecken.

»Die Erwachsenen nennen wir die Ältesten«, erklärte Seffie. »Früher oder später wirst du sie noch alle kennenlernen. Die meisten sind nett, nur bei Jacapo musst du aufpassen. Mit ihm ist nicht zu scherzen.« Sie nickte in Richtung eines kleinen, gestresst aussehenden Mannes mit rotem Gesicht. Seine dünnen weißen Haarsträhnen hatte er sich seitlich über den Kopf gekämmt – ein misslungener Versuch, die kahlen Stellen zu kaschieren. Aribella erinnerte sich, dass Fin sie letzte Nacht auch schon vor ihm gewarnt hatte.

»Ist er der Vorsitzende des Rates?«

Seffie rümpfte die Nase. »Nein, eigentlich herrscht hier Demokratie. Aber Jacapo ist derjenige, der am penibelsten darauf achtet, dass die Regeln eingehalten werden. Er ist wirklich die Pest. Am besten, man geht ihm aus dem Weg.«

»Was ist seine besondere Fähigkeit?«, fragte Aribella. »Andere herumzukommandieren?«

Seffie kicherte. »Könnte man meinen! Er kann Geräusche kontrollieren, ist aber ein solcher Langweiler, dass ohnehin alle aufhören, sich zu unterhalten, wenn er irgendwo auftaucht.«

Sie lotste Aribella an ein langes Büfett in der Mitte des Saals. Es war mit unzähligen Platten bestückt, auf denen sich das goldbraune Gebäck so hoch türmte, dass es drohte, jeden Moment herunterzupurzeln. Glasierte, mit Hagelzucker bestreute Schnecken stapelten sich neben feinen Mandelstangen und süßen Hefebrötchen mit Rosinen, so dick wie Murmeln. Aribella lief das Wasser im Mund zusammen. Zu ihrer großen Freude entdeckte sie sogar die Blätterteigteilchen mit Schokolade, die sie auf dem Markt gesehen hatte und schon immer mal probieren wollte.

Seffie folgte Aribellas Blick und lud sich gleich mehrere der mit Schokolade überzogenen Gebäckstücke auf den Teller. »Na los, nimm dir eins und beiß rein!«

Das musste sie Aribella nicht zweimal sagen. Es war noch köstlicher, als sie es sich vorgestellt hatte – die perfekte Mischung aus knusprig und sahnig. Aribella erklärte die Sorte sofort zu ihrem absoluten Lieblingsgebäck.

»Hier, probier das mal«, sagte Seffie und reichte ihr ein muschelförmiges Teilchen.

Aribella biss hinein. Es schmeckte nach kandierten Zitronen und war mindestens genauso lecker.

»Die sind gut, oder?« Seffie lächelte. »Nimm dir so viele du willst.«

Nachdem sie sich ihre Teller mit so vielen Törtchen und Kuchen vollgepackt hatten, wie sie tragen konnten, führte Seffie Aribella zu einem Tisch am Fenster, an dem bereits zwei Jungen und zwei Mädchen saßen.

»*Ciao*, Aribella. Hast du gut geschlafen?«, begrüßte sie einer der Jungen und legte sein Buch weg.

»Morgen, Fin!«, rief Aribella, froh, jemanden zu kennen.

Seffie sah sie fragend an. »Woher kennt ihr euch?«

»Wir hatten letzte Nacht schon das Vergnügen«, sagte Fin. »Ich bin beim Schlafwandeln mal wieder durch meine Tür auf den Flur gelaufen. Und als ich aufgewacht bin, stand sie direkt vor mir und starrte mich an.«

Eines der Mädchen lachte. Ihr langes dunkles Haar reichte ihr bis zur Taille und sie trug ein sehr schönes, smaragdgrünes Kleid. »Grandioser Auftritt!«, rief sie.

»Du solltest ihn nicht auch noch ermutigen, Julietta«, sagte das etwas jüngere Mädchen neben ihr. Sie hatte kurze stachelige Haare und zog ein Gesicht, das perfekt zu ihrer Frisur passte. Bekleidet war sie mit einer einfachen Hose und einem Hemd, das bis zum Kinn zugeknöpft und am Hals mit einer altmodischen Goldbrosche verschlossen war. »Wer seine Kraft ohne Erlaubnis benutzt, verstößt gegen die …«

»Regeln!«, riefen die anderen alle gemeinsam und lachten.

Das Mädchen mit den Igelhaaren wurde puterrot.

»Ich weiß, Helena«, beschwichtigte Fin sie. »Ich habe es ja nicht absichtlich getan. Die Ältesten verstehen das. Am Anfang geraten die Kräfte bei allen schnell außer Kontrolle. Ausgenommen bei dir natürlich. Was immer deine Kraft auch sein mag.«

Helena warf ihm einen bösen Blick zu. »Meine Kraft geht nur mich etwas an. Trotzdem solltest du Rosa sagen, was passiert ist.«

»Ich warne dich, wenn du es ihr erzählst, lasse ich dich von Bruno verprügeln.«

»Ich verprügele niemanden!«, protestierte der zweite Junge. Obwohl er groß und stämmig war, klang seine Stimme sanft. Er schien beleidigt zu sein.

»Dann eben nicht.« Fin zuckte mit den Achseln und griff nach seinem Buch.

»Es reicht, ihr beiden«, ging Julietta dazwischen. »Aribella wird denken, dass wir total schräg sind.«

»Wir *sind* schräg«, brummte Fin hinter seinem Buch hervor.

Julietta verdrehte die Augen und lächelte Aribella zu. »Willkommen im Irrenhaus. Setz dich doch.«

»Ähm, danke.« Aribella lächelte schüchtern zurück.

Bruno nahm seinen Löffel, der sich in seiner Hand sofort verbog. »Nicht schon wieder«, stöhnte er.

Brunos besondere Fähigkeit war nicht schwer zu erraten und Aribella fragte sich, welche Kräfte wohl Julietta und Helena besaßen. Warum wollte Helena nicht darüber sprechen?

»Also, wie hat man dich gefunden?«, wollte Julietta wissen.

Aribella leckte sich den Zucker von den Lippen. »Mein Name war im Löwenmaul.«

Helenas Augen weiteten sich und selbst Fin blickte von seinem Buch auf.

»Du bist seit Jahren die Erste, die man auf diesem Weg gefunden hat«, sagte Fin. »Die meisten Zettel, die im Löwenmaul landen, sind nur üble Scherze. Vor ein paar Generationen hätten die Cannovacci es deshalb sogar um ein Haar abgeschafft.«

Aribella dachte zurück an die vergangene Nacht. Das seltsame Bild der riesigen Löwin, die einen Zettel hervorwürgte, vor Augen, griff sie gedankenverloren nach dem Orangensaft, um sich einzuschenken. Dabei rutschte ihr der Krug aus der Hand und der Saft verteilte sich in alle Richtungen. Blitzartig rückten alle mit ihren Stühlen vom Tisch weg. Fin konnte sein Buch gerade noch rechtzeitig über den Kopf halten.

Aribella wurde heiß. »Oh nein, das tut mir furchtbar leid …« Ohne dass sie es hätte verhindern können, schossen Funken aus ihrem Zeigefinger und setzten die Tischdecke in Brand. Die Flammen züngelten so hoch, dass sie zurückweichen musste.

Schneller als mit bloßem Auge wahrnehmbar, schnappte Julietta sich von einem anderen Tisch einen Krug mit Wasser und schüttete ihn über die brennende Tischdecke. Die Flammen erloschen mit einem lauten Zischen und Juliettas verschwommene Gestalt wurde wieder scharf. Sie trug eine geschwungene bronzefarbene Halbmaske mit Gepardenmuster auf den Wangen und seitlich abstehenden Bronzeflügeln. Sie musste in der Umhängetasche gewesen sein, die jetzt offen an Juliettas Stuhllehne hing. Sie hatte die Maske so schnell aufgesetzt, dass Aribella es nicht einmal gesehen hatte.

»Danke!«, sagte sie nach Luft schnappend.

»Meine Kraft ist Geschwindigkeit«, meinte Julietta mit einem Achselzucken. »Manchmal ist das ganz nützlich.«

Seffie beugte sich nach vorn und nahm ein völlig durchweichtes Gebäckstück von ihrem Teller. »Ja, danke dafür, Julietta! Zuerst versucht Aribella, mein letztes *Sfogliatella* abzufackeln, und dann kommst du und ersäufst es!«

Alle mit Ausnahme von Helena lachten. Dann näherte Jacapo sich ihrem Tisch. Sofort verstummte das Lachen.

»Was ist hier los?«, fragte er, während er sie mit zusammengekniffenen Augen musterte.

»Nur ein kleiner Unfall. Alles wieder unter Kontrolle«, entgegnete Seffie fröhlich. »Es ist Aribellas erster Tag. Wir haben sie willkommen geheißen.«

Sein Blick wanderte zu Aribella, aber er hieß sie nicht willkommen.

»Was wäre der erste Tag einer neuen Cannovacci ohne ein bisschen Aufregung?«, beschwichtigte eine helle Stimme hinter Aribellas Rücken.

Als sie sich umdrehte, stand Rosa an ihrem Tisch. Wie schon am Tag zuvor trug sie ein wunderschönes Kleid, heute in Violett mit perlenbesticktem Halsausschnitt. Die Hüterin der Schlüssel klatschte in die Hände. Aus dem Nichts tauchte ein riesiger Schokoladenkuchen mit Kerzen auf und sie fing an, »*Zum Geburtstag viel Glück*« zu singen.

Der ganze Speisesaal stimmte mit ein. Aribella fragte sich, wer außer ihr wohl noch Geburtstag hatte, und sang ebenfalls mit.

»*Zum Geburtstag viel Glück!*«, sangen sie. Und schienen alle in ihre Richtung zu schauen.

Aribella blinzelte. War der Kuchen etwa für sie?

Rosa machte ihr ein Zeichen, die dreizehn Kerzen auszublasen. Sie tat es unter tosendem Applaus und Seffie schlug ihr so kräftig auf den Rücken, dass sie fast einen Hustenanfall bekam. Dann schnitt Rosa den Kuchen auf und verteilte ihn.

»Wie fühlst du dich heute Morgen, Aribella?«, fragte sie.

»Sehr gut, danke.«

»Schön. Würdest du dann bitte, wenn du deinen Kuchen gegessen hast, mit mir kommen? Der Ältestenrat wird sich treffen und Rodolfo möchte, dass du dabei bist.«

Die anderen Novizen hörten auf zu kauen und warfen sich mit vollem Mund vielsagende Blicke zu. Das wohlige Gefühl dazuzugehören, das Aribella eben noch hatte, verschwand. Sie war anders als die anderen – eine Novizin aus dem Löwenmaul. Aribella bemerkte, dass die Ältesten einer nach dem anderen den Speisesaal verließen. Wahrscheinlich wollte Rodolfo, dass sie von der vergangenen Nacht berichtete.

Aribella nickte. Plötzlich lag ihr das viele Gebäck unangenehm schwer im Magen. Sie wollte nicht noch einmal über den

Geist reden. Aber sie würde wohl nicht darum herumkommen – außerdem war es eine gute Gelegenheit, etwas Neues über ihren Papa zu erfahren. Schnell aß sie ihren Kuchen, wischte sich den Mund ab und verabschiedete sich von den anderen.

Seffie drückte kurz ihren Arm. »Du machst das schon.«

Aribella nickte. Sie wünschte, Seffie würde mitkommen. Der Druck ihrer Hand haftete an ihrer Haut und gab ihr das gute Gefühl, eine Freundin zu haben.

11

Aribella folgte Rosa hinunter in die Empfangshalle, wo Nymeria immer noch schlief. Durch die Tür gegenüber dem Badezimmer betraten sie einen luxuriösen Salon, dessen dunkle Holzpaneele Aribella an eine Schiffskabine erinnerten. Überall im Raum standen sorgfältig platziert lila- und orangefarbene Sessel neben Mahagonitischchen.

Sämtliche Ältesten, die Aribella bereits im Speisesaal gesehen hatte, einschließlich der Frau mit dem langen hellblonden Zopf und der Dame mit der Hochsteckfrisur, waren anwesend – auch der griesgrämige Jacapo. Aribella krampfte sich der Magen zusammen.

»Sei willkommen, Aribella«, begrüßte Rodolfo sie. Er war der Einzige, der stand. An diesem Morgen trug er eine himmelblaue Weste, die wie sein Umhang mit Sternen bestickt war. Io hing am Kaminsims. Er hatte die kleinen ledernen Flügel um sich gelegt und schien zu schlafen.

»Hattest du eine gute Nacht?«

Aribella nickte. Rodolfo, der sehr erschöpft wirkte, konnte das von sich wohl nicht behaupten. War er die ganze Nacht wach gewesen, um in den Sternen zu lesen? Allmählich fing Aribella an, sich über sich selbst zu wundern. Wie hatte sie bei all der Sorge um ihren Papa, Theo und den Geist so gut schlafen können? Womöglich hatten die duftenden Blasen ihres Schaumbads etwas damit zu tun. Sie warf Rosa einen fragenden Blick zu.

»Das hier ist der Ältestenrat des Halb-hier-halb-da-Hotels«, fuhr Rodolfo fort. »Da wir recht zahlreich sind, werde ich mich nicht lange damit aufhalten, alle einzeln vorzustellen, falls niemand etwas dagegen hat. Aribella scheint mir ohnehin viel zu nervös, um sich so viele Namen merken zu können.«

Ein verhaltenes Lachen war zu hören, das aber schnell wieder verstummte. Die Atmosphäre im Raum war angespannt.

Auch Rodolfo wurde wieder ernst. »Aribella, würdest du uns bitte in deinen Worten schildern, was du letzte Nacht in der Lagune gesehen hast?«

Alle Gesichter im Raum wandten sich ihr zu. Jacapo, dessen Augen zwischen ihr und Rodolfo hin und her huschten, bedachte sie mit einem eisigen Blick. Die Frau neben ihm mit dem silberblonden Zopf wirkte besorgt.

Aribella bekam einen trockenen Hals. Sie musste mehrmals schlucken. »Nun ja … zuerst wechselte der Mond die Farbe. Er wurde rot.«

Rodolfo nickte mit ernster Miene. »Ja, der Blutmond. Wir kennen das Phänomen. Er erscheint nur sehr selten, aber wenn er es tut, ist es ein sicheres Zeichen dafür, dass die Grenze zwischen der Welt der Lebenden und der Welt der Toten schwächer ist.«

Dann war Gians Geschichte gar kein so großer Unsinn gewesen, wie Theo und sie gedacht hatten. War es tatsächlich möglich, dass die Grenze zwischen den beiden Welten durchlässig war? Die Vorstellung machte Aribella Angst. Sie dachte an den Geist und fing an zu zittern.

»Und was ist dann passiert?«, drängte Rodolfo sie weiterzuerzählen.

»Ich … Ich bin auf der Lagune gerudert, mit meinem Freund, und dann war da dieser merkwürdige Nebel und dieses … Ding … dieser Totenschädel ist aus dem Nebel aufgetaucht und hat meinen Freund gebissen. Signore Rodolfo hat mir diesen Essig für ihn gegeben, der ihn geheilt hat.«

Im Raum war es mucksmäuschenstill geworden. Aribella spürte, wie ihre wunden Finger zu kribbeln anfingen, und ballte die Hände hinter dem Rücken zu Fäusten. Das war jetzt nicht der richtige Moment, um wieder irgendetwas in Brand zu setzen.

Rodolfo brach das Schweigen als Erster. »Wie du dich bestimmt erinnerst, Francesca«, wandte er sich an die Dame mit der Hochsteckfrisur und den bunten Schals, »hatte ich dich, nachdem ich letzten Monat die Sterne gedeutet hatte, gebeten, mir eine Portion Vierdiebessig zu brauen, für alle Fälle.«

»Natürlich erinnere ich mich«, entgegnete Francesca mit tiefer, rauchiger Stimme. »Dieser Trank ist äußerst schwierig zuzubereiten. Es dauert zwölf Stunden und die Zutaten sind schwer zu bekommen.«

»Weshalb du mir auch nur eine kleine Menge davon gebraut hast«, ergänzte Rodolfo. »Ich möchte dich bitten, so bald wie möglich noch mehr zu brauen. So viel du kannst.« Rodolfo machte ein so ernstes Gesicht, dass Aribella erneut die Angst packte. Rechnete er mit einem weiteren Angriff?

»Ich denke nicht, dass das nötig sein wird!«, warf Jacapo ein. »So bedauerlich die Sache auch ist, bedeutet der Angriff eines einzelnen Geists noch lange nicht, dass weitere folgen werden. Und vermutlich«, fügte er mit einem Blick auf Aribella hinzu, »ist die Geschichte auch gar nicht wahr!«

»Was sie erzählt, ist unmöglich!« Der Zwischenruf kam von

der Frau mit dem blonden Zopf. »Geister können die Welt der Toten nicht verlassen.«

»Davon sind wir bisher ausgegangen. Das ist richtig, Ursula«, entgegnete Rodolfo. »Ich verstehe zwar auch nicht, wie, fürchte aber, dass genau das geschehen ist. Wir müssen vorsichtig sein. Denkt an den Schwarzen Tod …«

»Der Schwarze Tod war eine ansteckende Krankheit! Weiter nichts«, knurrte Jacapo.

»Das haben wir uns jahrhundertelang eingeredet. Dennoch glauben viele, dass die Geister der Toten damals die Grenze übertreten haben und die Pest keine Krankheit war, sondern dass die Seelen der Lebenden von Geistern verschlungen wurden.«

Ein Raunen ging durch den Raum.

»Entschuldige bitte«, sagte Jacapo und erhob sich zu voller Größe. Selbst stehend reichte er Rodolfo jedoch gerade mal bis zur Brust. »Aber das sind doch alles nur Gruselmärchen. Die Grenze ist unüberwindbar und die Stadt Venedig wird von uns Cannovacci schon seit vielen Hundert Jahren erfolgreich bewacht.«

Zustimmendes Gemurmel.

»Wenn sie unüberwindbar ist, warum steigt das Wasser dann immer wieder weit über den normalen Pegel?«, brummte Rodolfo.

Im Raum wurde es wieder still.

»Das *Acqua Alta*«, meinte jemand. »Es kommt jedes Jahr.«

»Dafür ist es noch viel zu früh«, widersprach Rodolfo, »und der Wasserpegel ist schon jetzt sehr viel höher.«

Aribella, die Schwierigkeiten hatte, dem Gespräch zu folgen, war sich sicher, dass man ihre Anwesenheit vergessen hatte.

»Wie ich euch bereits berichtet hatte, habe ich in den Sternen Geister gesehen. Es kommt eine große Finsternis, die, wenn wir sie nicht aufhalten, wie ein schrecklicher Fluch über uns hereinbrechen wird – über Venedig … und sehr wahrscheinlich über die ganze Welt.«

Wieder folgte ein erschrockenes Raunen und die Ältesten rutschten nervös auf ihren Sesseln herum.

»Was für ein Fluch wird das sein?«, fragte Ursula. Ihre Stimme zitterte.

Rodolfo schüttelte resigniert den Kopf. »Ich weiß es nicht.«

»Ich dachte, du bist Sterndeuter«, warf Jacapo höhnisch dazwischen. »Solltest du da nicht wissen, was auf uns zukommt?«

Am Kaminsims streckte Io seine Flügel.

Rodolfo machte ein finsteres Gesicht. »Die Sterne sind dieser Tage merkwürdig. Sie enthalten Botschaften, wie ich sie noch nie gesehen habe. Ich kann sie noch nicht ganz deuten, habe aber eine Vermutung.«

»Und die wäre?« Jacapo klang nach wie vor skeptisch.

Rodolfo zögerte. »Zio.«

Der Name schlug in den Raum ein wie ein Blitz. Aufgebracht sprangen die Ältesten auf und warfen dabei Wassergläser und Kaffeetassen um. Ursula brach in Tränen aus und Francesca legte einen Arm um sie. Aribella schwirrte der Kopf. Zio war der Name des Mannes in dem Porträt mit den Blütenblättern – der Cannovacci, den man ermordet hatte.

Jacapo hob die Hand. »*Silenzio!*«

Sofort herrschte Stille und Aribella fragte sich, ob Jacapo seine Fähigkeit, Geräusche zu kontrollieren, eingesetzt hatte.

Er warf dem Sterndeuter einen vernichtenden Blick zu.

»Ist das dein Ernst, Rodolfo? Willst du wirklich wieder mit dieser alten Geschichte anfangen? Deine lächerlichen Vermutungen vor zehn Jahren haben uns gereicht! Zio wurde ermordet, Rodolfo, *ermordet*. Ich weiß, dass es dir schwerfällt zu glauben, dass Clara es getan hat. Aber es ist die Wahrheit. Im

Nachhinein irgendwelche an den Haaren herbeigezogenen Verschwörungstheorien zu verbreiten, hilft niemandem.«

Plötzlich war ein dumpfer Aufschlag zu hören. Ursula war ohnmächtig geworden und vom Stuhl gefallen.

Francesca kniete sich neben sie, zog ein Döschen mit einem Pulver aus der Tasche, bestäubte ihr Taschentuch damit und hielt es ihrer Freundin unter die Nase. Sofort kam sie wieder zu sich und schob das Tuch prustend und spuckend von sich.

»Alles in Ordnung, Ursula?«, fragte Rodolfo, aber Jacapo ging sofort auf ihn los.

»Da siehst du, was du angerichtet hast!«, fauchte er. »Es ist nicht besonders klug, schlecht von Zio zu sprechen, Rodolfo. Er war ein Opfer. Es ist Zeit, dass du dir endlich eingestehst, wer Clara in Wirklichkeit war.«

Aribella verstand gar nichts mehr. Sie wünschte, irgendjemand würde ihr das alles erklären, aber aus den verschlossenen Gesichtern um sie herum konnte sie schließen, dass der Ältestenrat ein Geheimnis hatte, das er am liebsten vergessen würde.

»Warum warst du vergangene Nacht überhaupt alleine in der Lagune?«, fuhr Jacapo Rodolfo an.

»Ich bin einem Namen aus dem Löwenmaul nachgegangen.«

»Ohne es zuvor mit dem Ältestenrat zu besprechen?«

Rodolfos Augen verengten sich zu Schlitzen. »Was genau wirfst du mir eigentlich vor, Jacapo?«

»Du hast dich über das Protokoll hinweggesetzt. Ein Name im Löwenmaul muss zuerst dem Ältestenrat gemeldet werden, und der entscheidet dann, wer den Novizen holt. Was sollte dieser Alleingang? Verschweigst du uns etwas, das du in den Sternen gesehen hast?« Jacapos Augen funkelten zornig.

Ursula gab ein leises Wimmern von sich.

»Natürlich nicht!«, empörte sich Rodolfo. Dennoch kam es Aribella vor, als hätte sich sein Gesicht ein klein wenig verfinstert, wie wenn sich ein Wolkenfetzen vor den Mond schiebt. Irgendetwas verbarg er, so viel war sicher. Aber was? Sie hatte sich entschieden, Rodolfo zu vertrauen. Sie brauchte die Gewissheit, dass er ihrem Papa helfen würde … Aber war es nicht tatsächlich verdächtig, dass er letzte Nacht alleine draußen in der Lagune gewesen war?

»Ich entschuldige mich für mein Vorgehen letzte Nacht, aber mir blieb wirklich nicht viel Zeit. Aribellas Vater hatten die Wachen des Dogen bereits verhaftet. Was uns zu meinem nächsten Anliegen führt«, tastete Rodolfo sich vor. »Aribellas Vater sitzt derzeit im Palastgefängnis und wartet auf seine Verhandlung. Ich bitte um die Erlaubnis einzuschreiten. Es gilt um jeden Preis zu verhindern, dass ein unschuldiger Mann im Gefängnis verrottet – oder Schlimmeres.«

Aribella wurde bang ums Herz. *Armer Papa.*

»Du weißt, dass wir uns nicht in die Angelegenheiten der Inbelli einmischen«, knurrte Jacapo.

»Es sei denn, es ist absolut notwendig«, hielt Rodolfo dagegen. »Und in diesem Fall ist es notwendig. Der Mann, um den es hier geht, ist Aribellas Vater, und Aribella ist eine Cannovacci.«

»Und trotzdem ist *er* ein Inbelli.«

Aribella kam es vor, als würden die Wände des Salons immer näher rücken. Eigentlich hatte sie wissen wollen, *wann* die Cannovacci ihren Papa aus dem Gefängnis holten – und nun ging es plötzlich darum, ob sie ihn überhaupt retten würden.

»Bitte, Sie müssen ihm helfen«, platzte sie heraus. »Ich tue auch alles, was Sie verlangen.«

Jacapos Gesicht blieb versteinert. »Schickt die Novizin raus.«

Eine Hand legte sich sanft auf Aribellas Schulter. »Komm«, sagte Rosa milde. »Die Ältesten müssen noch über diese Sache diskutieren, bevor sie entscheiden … Es ist es besser, du lässt uns solange alleine.«

»Aber ich sollte dabei sein«, stieß Aribella hervor und schüttelte Rosas Hand ab. Tränen standen in ihren Augen, die sie schnell wegblinzelte. Sie wollte vor dem Ältestenrat nicht weinen.

»Ich habe versprochen, deinem Papa zu helfen«, sagte Rodolfo und sah sie dabei mit seinen strahlend blauen Augen fest an, »und ich werde mein Wort halten.«

Aribella warf Jacapo und den anderen Ältesten einen letzten flehenden Blick zu, bevor Rosa sie in die kühle Eingangshalle hinausschob.

Mit einem lauten *Rums* schlug die Salontür hinter ihr zu.

12

Aribella wäre vor Schreck fast an die Decke gesprungen, als hinter dem Empfangstresen in der Halle plötzlich Seffies Kopf auftauchte.

»Worüber haben sie geredet, Ari?«, flüsterte sie. »Durch die Tür konnte ich so gut wie nichts verstehen.«

»Und das ist auch gut so!«, zischte Helena auf dem Treppenabsatz über ihnen. »Wäre es für deine Ohren bestimmt gewesen, hätten sie dich zu der Besprechung eingeladen! Wer lauscht, verstößt gegen die Regeln.«

»Und warum belauschst du dann mich, Helena?«, fragte Seffie.

»Ich wollte dich nur vor einem Regelverstoß bewahren. Aber sollen sie dich doch aus dem Hotel werfen. Ist mir doch egal!« Helena stampfte die Treppe hinauf und davon.

Seffie verdrehte die Augen. »Sie ist eine solche Streberin. Außerdem werfen die mich nicht raus«, fügte sie grinsend hinzu und bleckte dabei die Zähne. »Ich bin viel zu gefährlich, um mich alleine draußen herumlaufen zu lassen. Aber jetzt erzähl. Was ist passiert? Ging es um den Geist?«

Aribella nickte. Sie wusste nicht, ob sie darüber sprechen konnte.

»Es ist in Ordnung, wenn du nichts dazu sagen willst«, erklärte Seffie verständnisvoll. Die Tür zum Salon öffnete sich einen Spalt und Rosa steckte den Kopf heraus. Seffie versteifte sich und sah sie schulbewusst an.

»Wusste ich doch, dass ich Stimmen gehört habe. Was hast du hier draußen zu suchen, Persephone?«

»Ähm, ich wollte Aribella nur das Hotel zeigen«, stieß sie hervor. »Stimmt's, Ari?«

Aribella nickte unsicher.

»Nun, die Empfangshalle hast du ihr nun ja ausgiebig gezeigt.« Rosa zog die Augenbrauen nach oben, schenkte ihnen aber dennoch ein müdes Lächeln. »Warum zeigst du Aribella nicht auch noch den Rest des Hotels?«

»Gute Idee.« Seffie nickte. Als Rosa die Tür wieder geschlossen hatte, hakte sie sich bei Aribella unter. »Dann bekommst du jetzt eben eine Hotelführung von mir.«

Aribella genoss die verbindende Geste, während sie und Seffie gemeinsam die Treppe hinaufstiegen. Nicht im Traum hätte sie sich bei irgendjemandem einfach so untergehakt – nicht einmal bei Theo –, und schon gar nicht, wenn sie die Person erst am Abend zuvor kennengelernt hätte. Aber für Seffie war das ganz selbstverständlich. Sie schien nicht eine Sekunde darüber nachzudenken, dass Aribella ihre Geste auch zurückweisen könnte, und selbst wenn, hätte sie es bestimmt nicht persönlich genommen. Seffie hatte genug Selbstsicherheit für sie beide, was alles sehr viel einfacher machte. Sie hatte beschlossen, dass sie und Aribella Freundinnen waren, also waren sie Freundinnen.

Anstatt Aribella weiter zu bedrängen, ihr von der Besprechung im Ältestenrat zu erzählen, lenkte Seffie sie mit einem Rundgang durchs Hotel ab. Er dauerte fast den gesamten Vormittag. Das Halb-hier-halb-da-Hotel hatte mehr Nischen, Winkel und Geheimnisse, als Aribella sich je hätte vorstellen können, und war innen sehr viel größer, als es von außen den Anschein hatte. Aribella zermarterte sich den Kopf, wie das sein konnte. An der Fassade hatte sie letzte Nacht drei Fensterreihen übereinander gezählt, aber innen schien es vier Etagen zu geben, und auf jeder dieser Etagen dehnten sich die Flure sehr viel länger, als es eigentlich möglich sein sollte.

»Oh, versuch nicht, das zu verstehen«, winkte Seffie ab, als sie sie darauf ansprach. »Das Halb-hier-halb-da-Hotel ist wie ein Labyrinth. Keiner kapiert's, aber genau deshalb ist es ja so faszinierend.«

Im Erdgeschoss befanden sich die Räumlichkeiten für offizielle Zusammenkünfte, während die erste Etage mit informellen Gemeinschaftsräumen wie dem Speisesaal, zwei weiteren Salons und einem wunderschönen Lesesaal belegt war, um nur ein paar davon zu nennen. In der zweiten Etage waren die Übungsräume untergebracht, in der dritten die Zimmer der Novizen. Seffie zeigte Aribella ihr Zimmer, in dem es aussah wie in einem Dschungel. Die grüne Tapete war mit Blättern gemustert und überall standen Kübel mit echten Pflanzen, die sich durch den Raum rankten.

»Die Novizen haben Zimmer, die Ältesten bekommen eine Suite, wenn sie möchten«, erklärte Seffie. »Rosa sagt, das Halb-hier-halb-da-Hotel hält für jeden Cannovacci ein Leben lang ein Zimmer bereit, vorausgesetzt, er ist Teil der Gemeinschaft. Stirbt er oder muss das Hotel verlassen, geht das Zimmer zurück ans Hotel und wartet darauf, für einen neuen Gast eingerichtet zu werden. Wir nennen das eine Übergabe.«

Am begeistertsten war Seffie, als sie Aribella die Dachterrasse zeigte, auf die man nur über eine wackelige Leiter kam.

»Hier komme ich immer her, um mit den Vögeln zu plaudern. Und Rodolfo deutet hier oben die Sterne«, verkündete Seffie, nachdem sie in den kalten Wind hinausgetreten waren, der trotz strahlendem Sonnenschein wehte. »In klaren Nächten kann man Venus und Mars sehen.«

Überall auf der Terrasse lagen Decken und Kissen. Es waren mehrere Teleskope aufgebaut, die in unterschiedliche Richtungen wiesen. Die Aussicht über die Stadt war sensationell, aber Aribella konnte den Blick nicht von der komplizierten Sternkarte abwenden, die mit Kreide auf den Steinboden gezeichnet war. Hatte eines dieser vielen Zeichen das Erscheinen des Geists vorhergesagt? Sie schauderte.

Seffie, die ihre veränderte Stimmung bemerkt zu haben schien, sagte fröhlich: »Lass uns als Nächstes in den Keller gehen. Dann kann ich dir das Schwimmbad zeigen.«

»Was?« Das Ablenkungsmanöver funktionierte. Ein unterirdisches Schwimmbad in Venedig? Von so etwas hatte Aribella noch nie gehört.

»Wir üben dort, mit unseren Masken unter Wasser zu atmen. Wenn du erst deine eigene Maske hast, können wir uns sogar unter Wasser unterhalten. Das macht Riesenspaß.«

»Unter Wasser sprechen?« Aribella war fassungslos. »Das kann man mit der Maske auch?«

»Klar.« Seffie klang, als wäre das keine große Sache.

»Was können diese Masken eigentlich nicht?«

»Tiere ins Hotel schmuggeln. Los, komm.« Seffie hakte sich wieder bei ihr unter und führte sie zurück zur Leiter. Aribella fragte sich, ob ihr Erstaunen je ein Ende haben würde. Jede Minute erlebte sie eine neue Überraschung.

Als sie zurück in der Eingangshalle waren, sprang Seffie über die schlafende Nymeria hinweg auf den Empfangstresen und nahm den Schwimmbadschlüssel von seinem goldenen Haken. In der Reihe für den Keller hingen nur zwei Schlüssel.

»Rosa hat nichts dagegen, dass ich mir den Schlüssel nehme«, bemerkte Seffie leichthin. »Das Schwimmbad benutzen sowieso nur die Novizen. Es ist der einzige Schlüssel, den man sich einfach nehmen kann – wenn du es bei einem der Zimmerschlüssel versuchst, bekommst du es sofort mit Nymeria zu tun.«

Als wollte sie das bestätigen, gab Nymeria ein extralautes Schnarchen von sich.

Seffie führte Aribella zu der schweren, verriegelten Tür, die in den Keller führte, und öffnete sie. Über grob gehauene Steinstufen ging es hinunter in einen von Fackeln erhellten Korridor.

»Die Ältesten kommen nie hier runter«, erklärte Seffie, während sie immer tiefer in den Keller vordrangen. Und dann nach einer Weile: »Ich glaube, ich habe eine falsche Abzweigung genommen.«

Sie standen vor einer verschlossenen Tür. Es sah aus, als würde der Korridor hier enden. Seffie sah sich die Tür genau an und probierte den Schwimmbadschlüssel. Aber weder vibrierte er in ihrer Hand, wie Aribellas Zimmerschlüssel es getan hatte, noch ließ er sich drehen. Seffie zuckte mit den Achseln. »Falsche Tür. Das Schwimmbad muss in der anderen Richtung sein, komm mit. Ich verspreche dir, es lohnt sich.«

Sie hatte recht. Im Schwimmbad lagen schon Badeanzüge und Handtücher für sie bereit, und es machte riesigen Spaß, in dem mit Mosaiken ausgelegten Becken zu planschen. Seffie war eine gute Schwimmerin. Da Aribella keine Maske hatte, konnte sie nicht sehr lange unter Wasser bleiben, aber sie beobachtete voller Ehrfurcht, wie Seffie ihre Maske anlegte und fast zehn Minuten nicht mehr auftauchte. Je schneller sie ihre Maske bekommen würde, umso besser.

Nach ungefähr einer Stunde hatten sie Finger wie eingelegte Essiggurken. Mit tropfnassen Haaren und um die Wette grinsend gingen sie wieder hinauf in die Empfangshalle.

»Ah, da bist du ja, Aribella.« Rosa kam ihnen entgegengeeilt. »Die Versammlung wurde für beendet erklärt. Rodolfo wird jeden Moment herauskommen, um mit dir zu sprechen. Aber vorher habe ich hier noch etwas für dich.«

Sie reichte Aribella einen dicken weißen Umschlag, auf dem in schnörkeliger Schrift mit goldener Tinte Aribellas Name stand. Aribella hatte noch nie einen Brief bekommen, der an sie persönlich adressiert war, und schon gar keinen, der so spannend aussah wie dieser hier. Sie drehte den Umschlag um und betrachtete die Maske, die in das violette Wachssiegel gedrückt war. Ihr blieb das Herz stehen.

»Los, mach schon auf!«, drängelte Seffie, die aufgeregt auf und ab hüpfte. Ihre Augen leuchteten.

Ungeduldig brach Aribella das Siegel und las die Karte, die im Umschlag steckte.

Liebe Aribella,

hiermit lade ich dich ganz herzlich ein vorbeizukommen,
um Maß für deine Maske zu nehmen.
Bitte sei pünktlich.
Zuspätkommen wird nicht toleriert.

Distinti Saluti
Der Maskenmacher

Aribellas Magen flatterte vor Freude. Sie konnte es kaum glauben. Sie bekam eine Maske, eine Maske, die eigens für sie hergestellt wurde. Eine Maske, die sie unbemerkbar machte und ihr half, ihre Kraft zu beherrschen. Mit der sie unter Wasser atmen und wer weiß was noch für fantastische Dinge anstellen konnte.

Sie las die Karte noch einmal und runzelte die Stirn. »Aber da steht gar nicht, wann ich zum Maßnehmen kommen soll.«

»Das liegt daran, dass es jetzt gleich ist«, verkündete Rosa heiter. »Bist du bereit?«

13

W… Wie bitte?« Aribella war alles andere als bereit, jetzt sofort Maß für die Maske nehmen zu lassen.

»So ist er eben, mein Täubchen. Ich fürchte, daran lässt sich nichts ändern.« Rosa zog bedauernd die Mundwinkel nach unten. »Aber nun schau doch nicht so besorgt, du wirst das gut machen. Rodolfo sagte, er würde dich hinbringen. Hast du deinen Zimmerschlüssel bei dir? Du musst ihn beim Verlassen des Hotels abgeben.«

Aribella nickte. Sie erinnerte sich vage, dass das eine der Regeln auf Rosas Liste war. Zögernd zog sie den schweren goldenen Schlüssel aus der Tasche. Immerhin konnte sie ihn so nicht verlieren.

Rosa nahm ihn entgegen und hängte ihn zurück an seinen Haken. Wie auch gestern, als sie ihn ihr ausgehändigt hatte, verweilten ihre Finger für einen kurzen Augenblick auf dem Schlüssel. War irgendetwas mit ihrem Zimmer nicht in Ordnung?

Rodolfo kam aus dem Salon. Er wirkte angespannt.

»Gute Neuigkeiten«, verkündete er, obwohl er nicht so aussah, als ob er wirklich gute Neuigkeiten hätte. »Ende nächster

Woche habe ich eine Audienz beim Dogen und werde mit ihm über deinen Papa reden.«

»Nächste Woche?« Aribella konnte ihre Enttäuschung nicht verbergen. Eine Woche alleine in einer Gefängniszelle war zu lange für ihren Papa.

»Es tut mir leid, Aribella. Wirklich. Wenn es nach mir gegangen wäre …« Rodolfo schüttelte den Kopf. »Aber mehr kann ich im Moment nicht ausrichten. Der Ältestenrat ist bei Angelegenheiten, die die Inbelli betreffen, sehr streng. Alles muss seine Ordnung haben.«

»Rodolfo hat getan, was er konnte«, bestätigte Rosa. »Wirklich, Aribella. Eine Woche ist gar nicht so lange – von außen betrachtet«, fügte sie schnell noch hinzu, als Aribella den Mund öffnete, um zu widersprechen.

Aribella schwieg und versuchte, ihre Enttäuschung nicht zu zeigen. Sie fühlte sich schrecklich. Während sie hier in diesem luxuriösen Hotel wohnte und mit Geschenken überhäuft wurde, saß ihr Papa wegen ihr im Gefängnis.

»Wir werden ihn da rausholen«, sagte Rodolfo fest. »Das ist die Hauptsache. Für den Moment musst du versuchen, nicht andauernd daran zu denken. Konzentrier du dich auf die Maskenanprobe und ich kümmere mich um deinen Papa.«

Aribella wusste, dass sein Rat vernünftig war. Und wenn sie die Maske erst einmal hatte, konnte sie sich damit vielleicht ins Gefängnis schleichen und ihren Papa besuchen. Sie könnte ihm sogar etwas Gebäck mitbringen.

»Jacapo meint, es wäre besser, ich bringe sie hin, Rodolfo.« Es war Ursula, die hinter ihm aus dem Salon kam. »Du hättest mit dem Sterndeuten schon genug zu tun.«

Rodolfo runzelte die Stirn. »Bist du sicher, dass du dich nicht ein wenig ausruhen möchtest, Ursula? Du bist diejenige, die gerade erst ohnmächtig wurde.«

»Oh, ich war nur ein bisschen schockiert. Ich weiß auch nicht, was über mich gekommen ist. Aber ich war ja schon immer ein wenig … empfindlich. Die frische Luft wird mir guttun. Außerdem möchte ich unseren neuen Gast liebend gern besser kennenlernen.« Ursula schenkte ihnen ein strahlendes Lächeln. Ihr hellblaues Kleid, das hervorragend zu ihren schönen Augen passte, hatte einen weißen Pelzkragen, den Seffie wütend anstarrte.

Ursula sah Aribella direkt in die Augen, und plötzlich war da ein seltsames Pochen in ihrem Kopf, als würde jemand in ihren Gedanken herumstochern.

»Oh, du machst dir Sorgen wegen deinem Papa«, sagte Ursula. »Das musst du nicht. Rodolfo wird sich bald um ihn kümmern.«

Aribella blinzelte. Woher wusste Ursula das? Konnte man ihr ihren Kummer so deutlich ansehen?

»Und du, Seffie, kannst aufhören, mir wegen des Pelzkragens die Pest an den Hals zu wünschen – er ist ein Familienerbstück.«

Rodolfo sah sie finster an. »Ursula, du sollst nicht in den Gedanken der Novizen lesen ohne deren Erlaubnis …«

Daher also das Pochen. Ursula konnte Gedanken lesen.

»Tut mir schrecklich leid. Eine schlechte Angewohnheit von mir.« Ursula wandte sich Rodolfo zu und das Pochen hörte auf.

Rodolfo lachte. »Und ich wäre dir sehr dankbar, wenn du auch nicht versuchen würdest, stattdessen *meine* Gedanken zu lesen, Ursula.«

»Ich wünschte, ich könnte es. Dann hätte ich dich letzte Nacht davon abgehalten, dich in Schwierigkeiten zu bringen. Aber du warst schon immer gut darin, mich zu blockieren, Rodolfo.« Seufzend drehte Ursula sich weg, um im Spiegel ihre Frisur zu überprüfen.

»Dich abzuwehren ist nicht mehr so leicht, wie es einmal war. Ich werde wohl alt.«

»Werden wir das nicht alle?« Ursula betrachtete ihr Spiegelbild und verzog das Gesicht. »Die Zeit hinterlässt ihre grausamen Spuren. Nun denn, wir gehen jetzt besser, Aribella. Der Maskenmacher schätzt es sehr, wenn man pünktlich ist. Er empfängt nur Leute mit Termin, daher sollten wir nicht riskieren, zu spät zu kommen.«

Aribella zögerte. Es wäre ihr lieber gewesen, Rodolfo hätte sie begleitet, aber er sah müde aus und Ursulas Angebot war sehr freundlich – solange sie nicht wieder in Aribellas Gedanken herumstocherte. Aber wie es aussah, hatte Aribella ohnehin nicht die Wahl.

»Wir sehen uns später«, flüsterte Seffie. »Ich kann es kaum erwarten zu erfahren, was für eine Maske du bekommst.«

Aribella lächelte nervös.

Am Ausgang setzte Ursula ihre Maske auf. Es war eine Halbmaske mit verspiegelter Oberfläche. Rechts und links waren sich überschneidende Kreise aufgemalt, die sich in der Mitte der Stirn in einem Auge trafen.

Aribella beobachtete, wie Ursula das schwarze Band festknotete, und prägte es sich gut ein. Man konnte nie wissen. Vielleicht war ein besonderer Trick dabei, den sie später beherrschen sollte.

»Bald hast du deine eigene«, sagte Ursula, während sie hinaus in die kühle Herbstluft traten.

Mit klappernden Absätzen ging sie über die Mole zu einem der gestreiften Poller, an dem mehrere Seile festgebunden waren, die ins Wasser hingen. Ursula griff nach einem und rümpfte die Nase.

»Ich wünschte, hierfür gäbe es eine andere Methode«, murmelte sie. Dann summte sie eine Melodie, die Aribella bekannt vorkam, und zog am Seil.

Neben dem Poller fing das Wasser an zu brodeln und eine

schwarze Gondel tauchte auf. Aribella fiel Rodolfos Boot wieder ein, das vergangene Nacht im Kanal versunken war, und sie dachte zuerst, es wäre dasselbe. Aber diese Gondel, die ebenfalls das Emblem des geflügelten Löwen trug, hatte gepolsterte Sitzbänke und eine nobel aussehende Kabine in der Mitte. Der Rumpf war mit silbernen Schnörkeln bemalt und überall lagen rosa Kissen. Die Gondel schüttelte das Wasser von ihrem Rumpf, und als sie vollständig aufgetaucht war, war sie knochentrocken.

Ursula lachte und Aribella spürte wieder das Pochen in ihrem Kopf. Sie wurde rot.

»Oh, das muss dir nicht peinlich sein. Es ist eine Freude, das alles noch einmal mit deinen Augen zu sehen und zu erleben. Ich kann mich noch gut erinnern, wie ich ins Halb-hier-halb-da-Hotel gekommen bin. Damals bin ich aus dem Staunen auch nicht mehr herausgekommen. Man stumpft ab mit den Jahren … eine der größten Gefahren des Alterns«, seufzte sie. »Nun denn, du kannst einsteigen. Steig ein!«

Aribella kletterte unbeholfen an Bord. Anstatt sich in die Kabine zu setzen, entschied sie sich aber für die Bank ganz vorne. Sie wollte alles sehen und sich den Wind um die Nase wehen lassen.

Ursula band das Tau los und stieß die Gondel vom Steg ab. Ob sie wohl genauso schnell war wie Rodolfos? Die Frage hatte sich schnell erübrigt. Auf dem Kanal herrschte reger Verkehr, und obwohl Ursulas Maske sie unbemerkbar machte, kamen sie nur langsam voran. Sie mussten achtgeben, dass sie nicht mit anderen Gondeln zusammenstießen und die Menschen an Bord zu Tode erschreckten. Immer wieder schien die Gondel sich widerstrebend zu schütteln, als wäre es eine Zumutung, so langsam zu fahren.

Aribellas Gedanken schweiften zu Papa und Theo. Was machten sie wohl gerade? Dachten sie an sie? Sie schwor sich, die beiden, sobald sie die Maske hatte, zu besuchen – mit oder ohne Erlaubnis des Ältestenrats. Nervös sah sie über die Schulter zu Ursula und hoffte, dass sie nicht mitbekam, was sie gerade dachte.

Die Gondel verließ den *Canal Grande* und bog in einen schmaleren Kanal ein, der von wunderschönen Maskengeschäften gesäumt war. Einmal hatten Theo und Aribella den Nachmittag damit verbummelt, an diesen Geschäften vorbeizurudern und sich aus den bunten Schaufensterauslagen ihre Lieblingsmasken auszusuchen, obwohl sie natürlich genau wussten, dass sie sich nicht einmal die Bänder einer solchen Maske leisten konnten. Und nun würde Aribella bald ihre eigene wunderschöne Maske bekommen … Freudenblasen stiegen in ihrer Brust auf und sie wurde ganz aufgeregt. Sie versuchte zu erraten, welches der Geschäfte dem Maskenmacher der Cannovacci gehörte. Aber die Masken in den Schaufenstern, die sie vor zwei Tagen noch schwer beeindruckt hätten, waren, verglichen mit den Masken, die sie im Halb-hier-halb-da-Hotel gesehen hatte, farblos und langweilig. Und tatsächlich ruderte Ursula an allen diesen Geschäften vorbei, ohne sie auch nur eines Blickes zu würdigen.

Zielstrebig steuerte sie auf einen weiteren Seitenkanal zu, der so schmal war, dass die Gondel unmöglich hineinfahren konnte. Dennoch bog das elegante Schiff problemlos ab, ohne anzuhalten oder irgendwo anzustoßen.

Im Kanal war es dunkel und kalt. Nirgendwo schien es ein Geschäft zu geben – nur verlassene alte Häuser mit vernagelten Fenstern. War Ursula falsch abgebogen? Aribella dachte an die magische Wandlungsfähigkeit des Hotels und wollte keine voreiligen Schlüsse ziehen. Vielleicht veränderten sich diese Häuser ja auch, wenn man sie betrat. Obwohl es schwer zu glauben war. Während das Halb-hier-halb-da-Hotel auch in verfallenem

Zustand einen gewissen Charme hatte, machten diese Häuser Aribella Angst.

Vor dem heruntergekommensten Haus weit und breit brachte Ursula die Gondel schließlich zum Halten. Fenster und Tür waren schwarz gestrichen. In der Mitte der Tür entdeckte Aribella zwei aufgemalte graue Ovale, die wie Gucklöcher aussahen. Darunter prangte das Zeichen des geflügelten Löwen.

»Du musst alleine hineingehen«, sagte Ursula. »Wenn du fertig bist, hole ich dich hier wieder ab.«

Sie nickte und schluckte. Ursula brauchte ihre Gedanken gar nicht zu lesen, um zu wissen, dass sie sich fürchtete. Aribella nahm all ihren Mut zusammen und stieg aus der Gondel auf den Anlegesteg. Ob sie ihre Kraft vorführen musste? Hoffentlich nicht. Nach dem Missgeschick von heute Morgen beim Frühstück taten ihre Finger immer noch weh. Was, wenn sie ihre Kraft einsetzte und der Versuch außer Kontrolle geriet? Bestimmt würde es auf den Maskenmacher keinen guten Eindruck machen, wenn sie aus Versehen sein Geschäft abfackelte?

»Du wirst alles richtig machen«, beruhigte Ursula sie. »Jetzt geh schon.«

Aribella fasste sich ein Herz und klopfte vorsichtig an die Tür.

Als keine Antwort kam, war sie gleichzeitig erleichtert und enttäuscht. Vielleicht war er nicht zu Hause und sie musste an einem anderen Tag wiederkommen … Aribella drehte sich nach Ursula um, aber die nickte nur und bedeutete ihr hineinzugehen.

Aribella holte einmal tief Luft, dann öffnete sie die Tür und spähte in das Dunkel dahinter.

14

Hallo?«, rief sie zaghaft. Der Innenraum war nur spärlich erleuchtet und voller Weihrauch. Sie trat ein und die Tür fiel leise hinter ihr ins Schloss. Aribella bemühte sich, regelmäßig zu atmen. Langsam gewöhnten sich ihre Augen an die Dunkelheit. Überall an den Wänden standen Regale mit ordentlich aufgereihten Masken, kein Vergleich zu dem fröhlichen Durcheinander in den Schaufenstern der anderen Maskengeschäfte. Hier saßen die Masken einzeln auf sorgfältig arrangierten Ständern und jede von ihnen war ebenso kunstvoll von Hand gefertigt wie die Masken der Hotelgäste. Das hier waren *eindeutig* Cannovacci-Masken.

Staunend betrachtete Aribella die langen Reihen stummer Gesichter, die auf sie herabblickten. In einem der unteren Regalfächer stand eine Maske, die komplett mit Schmetterlingsflügeln bedeckt war, während die Maske daneben eine Krone aus goldenen Federn zierte, die unmöglich von einem in Venedig heimischen Vogel stammen konnten. Je weiter oben im Regal die Masken standen, umso extravaganter und merkwürdiger wurden sie. Ganz oben, im schummrigen Licht kaum noch zu erkennen, stand eine Maske, die komplett mit Rasiermessermuscheln besetzt war, direkt neben einer aus grauem Stahl mit einem grässlichen Gitter vor dem Mund. Welche Kräfte wohl zu diesen Exemplaren gehörten? Aribella wurde das Gefühl nicht los, beobachtet zu werden. Besonders gruselig fand sie eine leuchtend weiße Maske mit Schnabel, die in einer Ecke stand.

In der Mitte des Raums war ein altersfleckiger Spiegel aufgestellt, der fast vollständig eingetrübt war. Daneben waren auf einem kupfernen Gestell mehrere seltsame Instrumente ausgebreitet. Aribella wollte sie sich gerade etwas näher ansehen, als sie bemerkte, dass es sich bei der Wand hinter dem Spiegel nicht um eine Wand, sondern um einen schwarzen Vorhang handelte.

Sie vermutete, hinter dem Vorhang den Maskenmacher zu finden, aber als sie ihn zurückzog, überkam sie das seltsame Gefühl, dass sie diesen Vorhang schon einmal gesehen hatte, in einem Traum vielleicht …

Bestimmt täuschte sie sich. Hinter dem Vorhang befand sich ein kleiner Raum, der, abgesehen von einem Maskenständer, vollständig leer war.

»Niemand betritt ohne Erlaubnis die Verschmelzungskammer«, dröhnte eine Stimme hinter ihr.

Aribella ließ den Vorhang fallen wie eine heiße Kartoffel und wirbelte herum. Die Maske mit dem Schnabel kam quer durch den Raum auf sie zugeschossen. Aribella, die sofort an den Geist dachte, wäre vor Schreck fast in Ohnmacht gefallen. Dann erkannte sie, dass die Maske zu einem Körper gehörte, der in einen Umhang gehüllt war und den sie bisher für einen Schatten gehalten hatte.

»Du hast Glück, dass da drin gerade keine Maske war.« Der Mann mit dem weißen Schnabel schien verärgert. »Du hättest alles ruiniert! Eine neue Maske darf in den ersten Stunden ihrer

Entstehung von niemand anderem als ihrem zukünftigen Träger und dem Maskenmacher gesehen werden.«

»Tut mir leid«, stammelte Aribella. »Ich habe Sie gesucht. Ich bin Aribella. Sie haben mich eingeladen.« Als Beweis zog sie die Karte aus der Tasche.

»Ja, ja. Das neue Mädchen.« Der Maskenmacher wischte abwehrend mit der Hand durch die Luft, als langweile ihn das Ganze bereits. Er sah sie kaum an. »Sag mir, Mädchen, was hältst du von meinen Masken?«

Aribella, die davon ausging, dass er sie auf die Probe stellen wollte, zögerte. Sie suchte nach den richtigen Worten. Wie sollte sie das seltsame Gefühl, das die Masken in ihr auslösten, beschreiben, ohne den Maskenmacher zu beleidigen? Was war es, was sie da fühlte? Bewunderung? Angst?

Glücklicherweise schien der Maskenmacher ihre Sprachlosigkeit für eine angemessene Antwort zu halten. »Nirgendwo sonst auf der Welt wirst du eine so erlesene Sammlung finden«, sagte er stolz.

»Und wem gehören die Masken?«

»Jetzt mir. Einst waren sie das Eigentum von Cannovacci, aber so, wie unsere Körper eines Tages zurückkehren zu dem Sternenstaub, aus dem sie entstanden sind, kehren auch die Masken zurück zu ihrem Schöpfer.«

Aribella schauderte. Dann war das hier kein Museum, sondern ein Mausoleum. Plötzlich hatte sie das unangenehme Gefühl, in die Gesichter von Toten zu blicken.

»Dann haben alle diese Masken … Sie gemacht?«

»Natürlich nicht. Für wie alt hältst du mich? Einige dieser Masken sind mehrere Hundert Jahre alt. Die meisten sind Werke früherer Maskenmacher oder ihrer Lehrlinge.«

»Und wer ist Ihr Lehrling?«, wollte Aribella wissen. Vielleicht war es ein Novize aus dem Hotel? Oder einer der Alten?

»Im Moment habe ich keinen. Der, den ich hatte, ist … verschwunden«, sagte der Maskenmacher mit dünner Stimme. »Unter sehr … bedauerlichen Umständen«, fügte er noch hinzu.

Aribella hatte den Eindruck, dass sich hinter der Wahl seiner Worte ein Geheimnis verbarg. Er sah ihr lang und sehr tief in die Augen, fast als würde er sie erst jetzt richtig sehen, und schien dann eine Entscheidung zu treffen.

»Wir sollten unsere Zeit nicht mit der Vergangenheit vergeuden. Was geschehen ist, ist geschehen. Dann wollen wir mal sehen, wozu *du* fähig bist.«

Ohne Vorwarnung packte der Maskenmacher Aribellas Arm. Seine Finger waren kalt wie Eiszapfen. Sie musste sich sehr zusammenreißen, ihren Arm nicht wieder wegzuziehen, erst recht, als er sie auch noch zu dem Kupfergestell zog und eines der merkwürdigen Instrumente in die Hand nahm. Es sah aus wie ein Messzirkel mit zwei spitzen Schenkeln, die durch ein Gelenk miteinander verbunden waren. Sie versuchte mit aller Kraft, nicht zusammenzuzucken, als er das Gerät, dessen Enden wirklich *sehr* spitz waren, an ihrer Stirn anlegte und justierte.

»Nicht bewegen.«

Aribella stand absolut still, während er ihre Stirn vermaß, dann den Abstand zwischen den Augen und die Länge von Nase, Mund und Ohren … Als er sogar den Abstand zwischen ihren Nasenlöchern maß, konnte sie ein Niesen gerade so unterdrücken. Es war schwer, nicht zurückzuweichen, vor allem dann, wenn der Maskenmacher ihr mit seinem Schnabel beim Maßnehmen gefährlich nahe kam. Nach jeder Messung hielt er die Schenkel des Zirkels an ein Lineal und schrieb sich die Zahl in ein kleines schwarzes Notizbuch.

Dann endlich klappte er das Instrument wieder zusammen. »So, jetzt stell dich vor den Spiegel.«

Aribella fragte sich, was der Maskenmacher glaubte, im trüben Glas des Spiegels erkennen zu können, das er nicht auch ohne Spiegel sah. Trotzdem tat sie, was er von ihr verlangte.

Sobald sie vor den Spiegel trat, verflog die Trübung und auf der Fläche, wo Aribella sich selbst hätte sehen sollen, loderten Flammen auf. Sie wollte zurückweichen, aber der Maskenmacher hielt sie an der Schulter fest und beobachtete konzentriert, wie hinter den Flammen Aribellas Spiegelbild sichtbar wurde. Die Flammen formierten sich neu und sammelten sich um ihre Hände. In Aribella stieg eine Wärme auf, die all ihre Zweifel und Ängste vertrieb. Sie fühlte sich mächtig und stark und für einen Moment war ihr, als wäre sie genau dort, wo sie hingehörte.

Dann zog der Maskenmacher sie zur Seite. Die Flammen verschwanden und der Spiegel trübte sich wieder ein. Aribella hätte das Gefühl, das sie eben noch durchflutet hatte, gerne festgehalten, aber genauso schnell, wie es gekommen war, war es auch wieder verschwunden.

Mittlerweile schien der Maskenmacher mit etwas mehr Begeisterung bei der Sache zu sein. »Der Spiegel zeigt uns unser Innerstes – verborgene Stärken oder auch Schwächen, die wir nicht wahrhaben wollen«, erklärte er. »In deinem Fall ist es Stärke, eine sehr große sogar. Wir hatten schon seit Jahrhunderten keine Feuer-Cannovacci mehr. Und deine Kraft ist schon jetzt sehr mächtig …«

Er fing an, im Zimmer umherzugehen und Schachteln aus den unteren Regalfächern zu ziehen. Sie waren angefüllt mit den unterschiedlichsten Dingen: Federn, Seidenstoffen, Knöpfen … und noch anderen, sehr viel merkwürdigeren Dingen. Eine Schachtel enthielt Glasmonokel, eine andere war voll mit Zähnen. Zuerst hielt der Maskenmacher eine Bronzescheibe in die Luft, dann einen toten Käfer.

»Es wird schwer werden, etwas zu kreieren, das gut genug ist«, sagte er, während er die Gegenstände näher untersuchte. »Aber ich liebe Herausforderungen.«

Aus den Augenwinkeln nahm Aribella auf einem der oberen Regale eine Bewegung wahr – eine Art Flattern, wie der Flügelschlag einer Fledermaus oder eines Vogels. Io? Aber da war keine Fledermaus. Das Ding war dunkel und gebogen. Eine Maske. Und sie flatterte nicht, sie fiel. Sie fiel an den Regalfächern vorbei zu Boden …

Instinktiv öffnete Aribella die Hände und fing die Maske zu ihrer eigenen Überraschung auf. Sie musste dazu kaum etwas tun, als wäre die Maske nicht heruntergefallen, sondern ihr *entgegengesprungen* … Aber das konnte unmöglich sein.

Es war eine Maske, die das ganze Gesicht bedeckte, trotzdem war sie unglaublich leicht. Als Aribella sie umdrehte, um sich die Vorderseite anzusehen, flog eine Staubwolke auf. Erschrocken zuckte sie zurück. Die Maske war hässlich entstellt. Auf den Wangen hatte sie klaffende Schlitze, als wäre sie absichtlich zerschnitten worden, und durch die Mitte lief von oben bis unten eine dünne gezackte Linie. Es konnte unmöglich ein Stück aus der Sammlung sein. Selbst die furchteinflößendsten Masken ganz oben im Regal waren auf ihre Art schön. Diese Maske war einfach nur hässlich.

»Was tust du da? Niemand darf die Masken anfassen!« Der kalte Zorn in der Stimme des Maskenmachers ließ Aribella zusammenzucken. Als sie zu ihm aufblickte, starrte er sie böse an. Offensichtlich machte ihn das noch wütender, als wenn man hinter den Vorhang schaute.

»Ich wollte sie nicht anfassen. Sie ist heruntergefallen.«

»Cannovacci-Masken fallen nicht herunter.«

Nun war Aribella an der Reihe, böse zu werden. »Natürlich tun sie das … diese Maske hier hat es gerade getan.« Warum war er so wütend? Sie hatte seine Maske doch nur davor bewahrt, zu zerbrechen. Er sollte ihr dankbar sein.

Aribella wollte ihm die Maske zurückgeben, aber der Maskenmacher wich zurück.

»Ich weiß nicht, wie du es machst«, sagte er. »Aber wenn du diese Maske in der Hand halten kannst, ist es von nun an deine.«

»Aber ich will sie nicht! Bitte, nehmen Sie sie zurück.«

»Das kann ich nicht. Es ist deine Maske.«

Das konnte nicht sein. »Aber sie wurde nicht für mich gemacht. Sie wird nicht richtig funktionieren.« Ganz zu schweigen davon, dass sie fürchterlich hässlich war. »Ich möchte eine richtige Maske«, jammerte Aribella leise. Warum nur machte sie immer alles falsch?

»Es spielt keine Rolle, was du willst. Dreh die Maske um und lies, was auf der Innenseite steht.«

Aribella tat, was der Maskenmacher gesagt hatte. Ihr wurde übel. Aus dem grauen Innenfutter hatte man einen Namen herausgekratzt, der nicht mehr zu entziffern war, aber darüber stand in goldenen Buchstaben ein neuer: *Aribella.*

Am liebsten hätte sie geheult. Sie hatte sich so auf ihre wunderschöne neue Maske gefreut, eine Maske, auf die sie stolz sein konnte, so wie Seffie. Die *ihr* gehörte und mit der sie Teil des Halb-hier-halb-da-Hotels wäre. Eine Maske, mit der sie sich davonschleichen und Papa und Theo besuchen könnte. Dieses hässliche, gebrauchte Ding würde dafür nicht taugen. Wahrscheinlich funktionierte es gar nicht mehr.

»Bitte«, flehte sie. »Ich brauche eine Maske, wie die anderen sie haben.«

Der Maskenmacher sah sie an. »Ja, ich habe das im Spiegel gesehen – deinen verzweifelten Wunsch dazuzugehören. Sag mir, warum möchtest du unbedingt wie alle anderen sein, wenn das, was dich von ihnen unterscheidet, doch deine größte Stärke ist? Wahre Kraft entsteht, wenn wir unsere falschen Masken ablegen und uns selbst so akzeptieren, wie wir sind.«

Mit diesen Worten schob er sie aus dem Geschäft und schlug die Tür zu.

Nach dem schummrigen Laden war das Tageslicht so grell, dass Aribella geblendet in die Sonne blinzelte.

»Eine Sekunde noch, Maskenmacher.« Ursula kam den Steg entlanggeeilt. »Ich wollte Sie bitten …« Sie drückte gegen die Tür, aber die bewegte sich nicht. »Oh, ich fürchte, da habe ich Pech gehabt … Was ist mit dir, Aribella? Du siehst traurig aus.«

»Es ist nichts«, entgegnete sie mit fester Stimme, aber als ihr Blick auf Ursulas wunderschöne Maske fiel, schossen ihr heiße Tränen in die Augen.

Sie sprang in die Gondel und verkroch sich in der Kabine, wo sie die hässliche Maske schnell unter ein Kissen schob. Was sollte sie nur Seffie sagen, wenn die sie nach ihrer Maske fragte? Aribella wollte das scheußliche Ding niemandem zeigen. Die Maske kam ihr vor wie ein Symbol für ihr Versagen, ein Symbol dafür, dass sie nicht dazugehörte – nicht einmal in einem Hotel voller Außenseiter fand sie einen Platz. Wenn sie dort nicht dazugehören konnte, wo dann?

Plötzlich fühlte sich Aribella unendlich einsam. Sie hätte sich gerne jemandem anvertraut, jemandem, der sie wirklich kannte, der sie verstand und trösten konnte. Aber mit wem konnte sie schon reden? Papa war im Gefängnis, außerdem war es lange her, seit er sie das letzte Mal getröstet hatte. Ihr bester Freund Theo hatte wahrscheinlich Angst vor ihr. Rodolfo und Rosa waren im Grunde Fremde, und Seffie war zwar furchtbar nett, aber wenn sie diese Maske sah, würde sie wohl nichts mehr mit ihr zu tun haben wollen.

Aribella wusste, nach wem sie sich in Wahrheit sehnte. Es war eine Sehnsucht, die so tief und schmerzhaft war, dass sie

sie aus Angst, sich in ihr zu verlieren, immer unterdrückt hatte. Aber während Ursula sie zügig zurück zum Hotel ruderte und ihr freundlicherweise keine Fragen stellte oder ihre Gedanken las, gab Aribella ihrer Sehnsucht nach. Sie sehnte sich nach ihrer Mama.

Obwohl Aribella befürchtet hatte, die darauffolgende Woche würde sich quälend in die Länge ziehen, ging sie erstaunlich schnell vorüber. Trotz der Sorge um ihren Papa und der hässlichen Maske genoss sie den Aufenthalt im Hotel. Wie auch nicht? Zum Frühstück aß sie süßes Gebäck, am Abend Spaghetti mit Muscheln und nachts konnte sie den Kopf auf ein weiches Federkissen betten und unter seidenen Laken schlafen. Und sie hatte die besten neuen Freunde, die sie sich wünschen konnte, Freunde wie Seffie. Rosa hatte ihr ihre alten Kleider zurückgebracht – sauber gewaschen, geflickt und zusammengelegt –, aber Aribella widerstrebte es, sie in der eleganten Umgebung des Hotels zu tragen. Sie schob sie ganz nach hinten in den Schrank und suchte sich stattdessen jeden Tag ein neues Kleid aus.

Das Einzige, wovor ihr im Halb-hier-halb-da-Hotel graute, waren die Übungsstunden.

Nach ihrem schrecklichen Besuch beim Maskenmacher hatte Aribella auf der zweiten Etage einen neuen Übungsraum vorgefunden, mit feuerfesten Stahlwänden und einem Flammensymbol an der Tür. Ihre Freude darüber war allerdings von kurzer Dauer, als sie feststellen musste, dass ihre neue Maske nicht nur hässlich und peinlich war, sondern ihr auch nicht dabei half, ihre Kraft zu kontrollieren. Als Fin und Seffie die Maske sahen, reagierten beide sehr nett, trotzdem konnten sie ihr Entsetzen nicht vollständig verbergen. Seffies Federmaske war einfach bildschön und auch Fins Maske – ein rotblaues Prachtstück mit unzähligen Opalen und Amethysten auf den Wangen und einem Kopfputz aus goldenen Blättern – strahlte in den herrlichsten Farben. Selbst Rodolfo schien überrascht, als er Aribellas Maske sah. Dennoch war er fest davon überzeugt, dass sie ihre Wirkung tun würde, und bot Aribella an, ihr beim Üben zu helfen.

»Es ist trotz allem eine Cannovacci-Maske«, wurde er nicht müde zu wiederholen, wenn es Aribella während ihrer Übungsstunden wieder einmal nicht gelang, die Funken auf Kommando sprühen zu lassen. »Es ist *deine* Maske.«

»Aber der Maskenmacher hat sie mir nicht gegeben«, protestierte Aribella. »Ich hab dir doch erzählt, dass sie einfach heruntergefallen ist. Und er schien darüber nicht besonders glücklich gewesen zu sein.«

»Trotzdem ist es deine Maske.«

»Weil mein Name drinsteht?«

»Nicht nur deshalb. Hier.« Rodolfo nahm seine Sternenmaske ab und hielt sie ihr hin. »Versuch, sie zu nehmen.«

Aribella starrte auf die wunderschöne Maske, aber irgendetwas ließ sie zögern. Verwundert über sich selbst streckte sie die Hand danach aus.

»Aua!« Es war, als hätte sie eine Biene gestochen.

»Entschuldige, aber es war einfacher, es dir zu demonstrieren, als es dir zu erklären.«

»Sie hätten es ja zumindest versuchen können!«

»Und nun stell dir vor, du müsstest diese Maske tragen. Dein Gesicht wäre sofort übersät mit Blasen. Man erkennt seine

Maske ganz einfach daran, dass man sie tragen kann. Also hör auf, an ihr zu zweifeln, und *glaube* an sie.«

Oft fühlte Aribella sich nach den Übungsstunden schlechter als davor.

Obwohl Francesca ihr eine Salbe gegeben hatte, die sie sich jeden Abend vor dem Schlafengehen auf die Finger rieb, taten ihr in den letzten Tagen ständig die Hände weh. Während der Übungen, wenn sie es wollte, kamen die Flammen zwar meist nicht, aber in Situationen, in denen sie es *nicht* wollte, sprühten ihre Finger immer noch Funken: Zweimal war es ihr während des Frühstücks passiert, einmal, als sie von dem Geist träumte, und einmal hatte sie versehentlich den Saum von Rodolfos Umhang in Brand gesetzt – und jedes Mal tat es höllisch weh. Rosa, die ihr mehrere Eimer mit kaltem Wasser neben das Bett gestellt hatte, meinte, das sei nicht schlimm, aber Aribella schämte sich trotzdem, wenn sie mal wieder ein verkohltes Laken oder eine mit Brandlöchern übersäte Tischdecke zu verantworten hatte.

Unterdessen hatte sich im Halb-hier-halb-da-Hotel die Nachricht verbreitet, dass es um die Gesundheit des Dogen wieder deutlich schlechter bestellt sei. Es hieß, er würde bei offiziellen Anlässen immer häufiger fehlen. Aribella hoffte, dass er bald wieder gesund würde, damit Rodolfo zu ihm gehen und mit ihm über die Freilassung ihres Papas sprechen konnte. Der Termin rückte immer näher.

Gleichzeitig war der Wasserstand höher denn je und der *Canal Grande* trat bereits über die Ufer. Laut Seffie, die ihre Informationen von den Vögeln hatte, standen schon ganze Stadtviertel unter Wasser. Konnte das mit dem zu tun haben, was während des Blutmonds geschehen war? Bisher gab es keine neuen Berichte von Geistern, was eine gewisse Erleichterung war. Dennoch war Aribella in ständiger Sorge um Theo. Ob es ihm wohl gut ging? Vermisste er sie? Vielleicht war Gian, jetzt, wo sie weg war, ein bisschen netter zu ihm. Seit sie im Hotel wohnte, hatte sie jeden Morgen nach dem Fischerboot von Theos Papa Ausschau gehalten, konnte es aber nie entdecken. Ob die Fischer wohl immer noch so große Probleme hatten, etwas zu fangen?

Zum Glück gab es Seffie, die ihren Kummer immer wieder zerstreute. Sie bekam nie genug davon, mit Aribella Verstecken zu spielen, und Fin schloss sich ihnen, wenn er nicht gerade im Lesesaal beschäftigt war, meistens an. Ab und zu spielten auch Julietta und Bruno mit, aber da sie schon etwas älter waren, blieben sie oft unter sich. Fin liebte dieses Spiel, vor allem wegen seiner Fähigkeit, durch Wände zu gehen. Er war extrem schwer zu finden, aber Seffie brachte Io oder Nymeria immer wieder dazu, ihr zu verraten, wo er sich versteckt hatte. Wenn Helena Fin dabei erwischte, wie er sich durch eine Wand drückte, oder Seffie, wie sie mit Nymeria tuschelte, drohte sie manchmal, die beiden bei den Ältesten zu verpetzen. Letztendlich tat sie es dann aber doch nie. Aribella wusste immer noch nicht, welche Kraft Helena besaß. Fin meinte, es hätte etwas mit dem Beherrschen von Gedanken zu tun, Seffie hingegen schwor, Helenas besondere Fähigkeit wäre, »anderen auf die Nerven zu gehen«.

In der Nacht bevor Rodolfo beim Dogen vorsprechen sollte, schlief Aribella unruhig. Sie träumte von dem Vorhang im Geschäft des Maskenmachers, der sich vor ihr aufbauschte, als forderte er sie auf, näher zu treten. Auf der anderen Seite war ein Geräusch zu hören, eine Stimme … War das Theo? Jemand rief ihren Namen. Gerade wollte sie den Vorhang zurückziehen, als irgendetwas sie aufweckte. Es war Luna, die ihr mit der Pfote ins Gesicht tapste.

Die Katze kam fast jeden Abend über den Balkon zu ihr ins Zimmer und Aribella war froh über ihre Gesellschaft. Sie erinnerte sie an Burano. »Autsch! Lass das, du kleines Biest!« Sie streckte die Hand aus, um die Katze in ihre Arme zu ziehen, aber Luna sprang vom Bett und fing an, am Fenster zu kratzen.

Benommen krabbelte Aribella aus den Federn. Normalerweise wollte Luna nie nach draußen, bevor Aribella zum Frühstück nach unten ging. Es war noch sehr früh und das Licht vor dem Fenster grau.

»Was ist denn?«, fragte sie und rechnete damit, auf dem Balkon eine Maus oder einen Vogel zu entdecken. Aber da war nichts. »Warum hast du mich so früh geweckt?«

Luna miaute.

Neugierig öffnete Aribella die Glastür und die kalte Luft streifte ihre nackten Zehen. Sie zitterte. Gerade wollte sie zurück ins Zimmer gehen und ihre Pantoffeln holen, als sie Ruderschläge und eine vertraute Stimme hörte.

»Das hatten wir doch schon besprochen, Theo.«

Theo und sein Papa!

Aufgeregt schlang Aribella die Arme um den Körper. Sie wusste, dass das Hotel sie unbemerkbar machte, und schlich an den Rand des Balkons. Luna, die ihr gefolgt war, strich ihr um die kalten Füße, um sie zu wärmen. Aribella ging in die Hocke und spähte durch das Balkongitter. Ihr Herz machte einen Sprung. Da war er! Theo stand auf dem Boot seines Vaters und sah aus wie immer. Die ungekämmten Locken fielen ihm in die Stirn und seine abgewetzten Kleider flatterten in der Brise. Was für eine Freude, ihn zu sehen! Aribella wollte ihm etwas zurufen, aber durfte sie das? Und was sollte sie sagen? Wenn Theo nach oben sah, würde er glauben, er hätte einen Geist gehört. Es war besser, sie verhielt sich ruhig, auch wenn es schmerzte.

Theo wirkte ungewöhnlich aufgebracht. Um diese Zeit waren nur wenige Boote unterwegs, weshalb seine Stimme über das

Wasser deutlich zu hören war. Als Aribella klar wurde, dass sie von ihr sprachen, versetzte es ihr einen Stich.

»Du glaubst doch nicht wirklich, was alle sagen, oder? Wir fangen immer noch kaum Fische und nun haben wir auch noch diese Überschwemmungen. Wenn Aribella der Grund dafür wäre …«

»Ich weiß nicht, Junge. Einige Fischer behaupten, das Wasser geht schon wieder zurück.«

»Tut es aber nicht. Und die Fische sind auch noch weg. Wie kann Aribella der Grund für all das sein, wenn sie im Gefängnis sitzt?«

»Ich weiß es nicht, Theo. Aber über das, was sie auf dem Markt getan hat, wird viel geredet.«

Aribella stieg die Schamesröte ins Gesicht. In ihren Fingern kribbelte es. Schnell ballte sie die Hände zu Fäusten und Luna drückte sich noch fester an ihre Beine.

»Du glaubst auch, dass sie eine Hexe ist, habe ich recht, Papa? Du bist keinen Deut besser als all die anderen abergläubischen Trottel.«

»Pass auf, was du sagst, Junge. Und schrei nicht so. Ich weiß einfach nicht, was ich glauben soll.«

»Aber ich weiß es. Sie ist meine Freundin.«

Das Boot glitt unter die Rialtobrücke und der Rest von Theos Worten wurde verschluckt. Der *Canal Grande* war wieder menschenleer. Auch Aribella spürte eine Leere. Obwohl sie damit hatte rechnen müssen, war das, was Theos Papa eben gesagt hatte, wie ein Schlag ins Gesicht. Er war immer freundlich zu ihr gewesen, aber nun schien auch er ihr zu misstrauen, wie all die anderen Fischer.

Und ihr treuer Freund Theo glaubte, sie säße im Gefängnis und leide. Das war nicht gerecht. Sie musste ihn irgendwie wissen lassen, dass es ihr gut ging. Als sie sich umwandte, um zurück in ihr Zimmer zu gehen, blieb ihr Blick an den leeren Augen ihrer scheußlichen Maske hängen. Sie konnte ihre Zeit nicht länger mit Zweifeln vergeuden.

Die Maske war gebraucht und hässlich. Und wenn schon? Aribella würde dafür sorgen, dass sie trotzdem funktionierte.

Schnell schlüpfte Aribella in ihre Kleider und dann hinaus auf den Korridor. Bis zum Frühstück war noch eine Stunde Zeit und im Hotel herrschte, abgesehen von den leisen Ruderschlägen im Kanal und einem gelegentlichen Schnarchen hinter einer Zimmertür, absolute Ruhe. Irgendetwas an dieser Stille war merkwürdig, aber sie hätte nicht sagen können, was genau es war.

Sie hastete hinunter in die zweite Etage, schlüpfte in ihren feuersicheren Übungsraum und schloss leise die Tür hinter sich. Dann setzte sie ihre Maske auf und knüpfte die Bänder zu. Wie immer war ihr darunter sehr warm und sie fühlte sich unwohl. Von allen vier Stahlwänden starrte ihr ihr verzerrtes Spiegelbild entgegen. Wieder übermannte sie das Gefühl, dass das Ganze aussichtslos war. Dann fielen ihr Theo und ihr Papa ein und sie wusste, dass sie es weiter versuchen musste.

Sie erinnerte sich an alles, was der Maskenmacher und Rodolfo gesagt hatten, und rief sich das gute Gefühl vor dem Spiegel im Maskengeschäft ins Gedächtnis. Dann sah sie ihrem Spiegelbild direkt in die Augen und versuchte, dieses Gefühl erneut heraufzubeschwören, indem sie sich auf die positiven Eigenschaften von Feuer konzentrierte: Feuer wärmte die Menschen, auf ihm kochten sie ihr Essen und es zeigte ihnen in finsteren Nächten den Weg nach Hause. Aribella versuchte, ihre Kraft zu mögen, sie zu verinnerlichen. Es war *ihre* Kraft, ihre Kraft ganz allein. Anfangs glaubte sie, ihre Anstrengungen wären wie immer umsonst, aber dann – nachdem sie eine Weile geübt hatte – kündigten sich die Flammen mit einer langsam aufsteigenden Wärme an. Dieses Mal war es kein plötzlicher Hitzeschwall, sondern ein angenehmes Glühen, das sich an ihren Armen entlang bis in ihre Hände ausbreitete und ihr das Gefühl gab, stark und mächtig zu sein.

Ihre Finger begannen zu kribbeln. Sie betrachtete ihre Hände und verspürte eine nie gekannte Freude. Da tanzten Flammen auf ihren Handflächen! Genau wie im Geschäft des Maskenmachers, nur dass die Flammen dieses Mal nicht nur im Spiegel zu sehen waren. Diese hier waren echt und trotzdem hatte sie weder Schmerzen noch Angst. Das Feuer war wie ein alter Freund – als wäre es schon immer ein Teil von ihr gewesen.

Aribella wusste nicht, wie lange sie so dastand und die Flammen in ihren Händen hielt. Minuten? Stunden? Irgendwann schloss sie die Hände und das Feuer erlosch. Sie trat einen Schritt zurück und schnappte nach Luft. Sie hatte keine Schmerzen in den Fingern … Sie hatte es geschafft. Sie hatte es wirklich geschafft! Sie hatte ihre Kraft heraufbeschworen.

In ihrem Gesicht vibrierte die Maske, als würde sie zufrieden schnurren.

Triumphierend löste Aribella die Bänder und setzte sie sehr viel vorsichtiger als gewöhnlich ab. Mittlerweile hasste sie die Maske nicht mehr ganz so sehr. Wieder versuchte sie, den Namen zu entziffern, der unter dem ihren gestanden hatte, aber es war zwecklos. Also besah sie sich stattdessen ihren eigenen und beschloss, dass es keine Rolle spielte, wem die Maske vor ihr gehört hatte. Allmählich fing sie sogar an zu glauben, dass es vielleicht tatsächlich ihre Maske war.

Sie schlich wieder hinaus auf den Flur, wo ihr der köstliche Duft von gedünstetem Knoblauch entgegenschlug. Aus der Etage unter ihr drang angeregtes Gemurmel herauf. Die anderen mussten bereits zum Mittagessen im Speisesaal sein. War es schon so spät? Mit knurrendem Magen und glücklich über ihren Erfolg lief Aribella zur Treppe. Sie konnte es kaum erwarten, Seffie und Fin zu erzählen, was ihr an diesem Morgen gelungen war.

Eine Stimme aus einem der Übungsräume ließ sie innehalten.

»Fast …« Es war Helena.

Die Tür stand einen Spalt offen und Aribella spähte hinein. Wahrscheinlich absolvierte Helena auch ein paar zusätzliche Übungsstunden.

In ihrem Raum sah es aus wie in einem Klassenzimmer, mit Tischen, Bänken, einer Tafel und an jeder Wand einer Uhr. Helena beobachtete eine der vier Uhren. Ihre stacheligen Haare ragten hinter einer kupfernen Vollmaske hervor, die mit Hunderten kleinen Zahnrädern bedeckt war, und es schien, als würde sie absolut gar nichts tun.

Mehrere Minuten lang beobachtete Aribella, wie sie regungslos in ihrer Position verharrte und auf die Zeiger der Uhr starrte. Als das Ganze gerade anfing, sie zu langweilen, bemerkte sie, dass eine Blumenvase sich von einem Ende des Raums an das andere bewegt hatte. Sie blinzelte. Eine Sekunde später war plötzlich ein Schriftzug auf der schwarzen Tafel. Hatte Helena das geschrieben? Fin glaubte, ihre Kraft hätte etwas mit Gedankenmanipulation zu tun, aber vielleicht konnte sie auch Dinge aus dem Nichts auftauchen lassen, so wie Rosa. Aber warum sollte sie das geheim halten? Moment mal. Jetzt stand Helena selbst plötzlich am anderen Ende des Raums. Wie war das möglich? Geschwindigkeit war doch Juliettas Kraft.

Und keine Sekunde später stand sie an der Tür …

Schnell kauerte Aribella sich hinter eine ausladende Statue. Gegen ihre Schulter drückte etwas Hartes, das dort wohl ebenfalls versteckt war. Es war ein gerahmtes Porträt.

Mit klopfendem Herzen wartete sie, bis Helena an ihr vorbeigegangen war. Als ihre Schritte auf der Treppe verhallten, schob Aribella sich hinter der Statue hervor und zog das Porträt heraus. Es zeigte eine Frau mit langen schwarzen Haaren in einem grünen Kleid, das zu ihren Augen passte. Ihre glitzernde Maske war mit Blumen, Vögeln und silbernen Fischen verziert. *Clara*, las Aribella auf dem Schild darunter.

Sie dachte an die Unterhaltung zwischen Rodolfo und Jacapo im Salon an ihrem ersten Morgen im Hotel und zuckte zusammen. Clara! Dann war das also Zios Mörderin. Das erklärte, warum man ihr Porträt von der Wand genommen hatte. Aber warum hatte man es nicht entsorgt?

Aribella hörte Schritte. Schnell schob sie das Gemälde zurück in sein Versteck und rannte in den Speisesaal.

Suchend sah sie sich um und entdeckte Fin und Seffie, die alleine an einem Tisch saßen. Bruno und Julietta hatten sich an einen anderen Tisch gesetzt, Helena war nirgends zu sehen. Auch einige Mitglieder des Ältestenrats waren da – Ursula und Francesca –, aber Rodolfo fehlte. Sie ging ans Büfett und holte sich einen großen Teller Risotto.

Als sie sich damit zu Fin und Seffie setzte, sah Seffie sie mit hochgezogener Augenbraue an. »Wo warst du?«

»Ich habe geübt.« Begeistert erzählte sie den beiden von ihrem Vormittag, während sie sich einen Löffel Risotto nach dem anderen in den Mund schaufelte.

»Gut gemacht, Aribella!« Beeindruckt klopfte Fin ihr auf den Rücken.

»Ja, sehr gut, Ari«, lobte auch Seffie, aber sie schien nicht richtig bei der Sache zu sein. Sie war nicht halb so glücklich über Aribellas Erfolg, wie diese es erwartet hätte. Aribella sah Fin fragend an.

Aber der zuckte nur mit den Achseln. »Vielleicht hilft ja ein leckerer Nachtisch. Bin gleich wieder da«, sagte er und verschwand ans Büfett.

»Was ist denn los, Seffie?«, fragte Aribella sanft.

Seffies Lippen zitterten. »Die Vögel!«, sagte sie und brach in Tränen aus. »Sie … sie sind verschwunden!«

»Was? Wohin?«

»Ich weiß es nicht«, schluchzte Seffie. »Sie haben mir nichts gesagt. Nicht einmal verabschiedet haben sie sich! Heute Morgen habe ich auf dem Dach nach ihnen gerufen, bekam aber keine Antwort. Ich habe überall gesucht, aber die Nester sind alle leer. Als hätten sie sich in Luft aufgelöst.«

Aribella dachte an die unnatürliche Stille an diesem Morgen, und plötzlich wurde ihr klar, was gefehlt hatte – das Vogelgezwitscher.

Fin kam zurück an den Tisch und verteilte drei große Stücke Kirschkuchen.

»Ich habe heute Morgen Theo auf dem *Canal Grande* belauscht«, berichtete Aribella. »Er sagte, mit dem Hochwasser würde es immer schlimmer.«

Seffie wischte sich die Tränen aus den Augen. »Ja, selbst während des *Acqua Alta* steigt das Wasser nicht so hoch.«

»Und es ist seltsam, dass auch die Fische weg sind.«

Seffie setzte sich kerzengerade auf. »Wirklich?«

Aribella nickte. »Schon seit Monaten gibt es nur noch sehr wenige.«

»Glaubt ihr, da besteht ein Zusammenhang?«, fragte Fin nachdenklich. Die Gabel mit Kirschkuchen schwebte vor seinem Mund.

»Könnte schon sein. Aber wissen tue ich es nicht …«, räumte Aribella ein. Trotzdem hatte sie ein ungutes Gefühl. »Und dann dieser Blutmond …«, fügte sie zögernd hinzu.

Es folgte ein langes Schweigen.

»Rodolfo sagt, der Blutmond sei ein Zeichen, dass die Grenze zwischen der Welt der Toten und der Welt der Lebenden durchlässig ist«, fuhr Aribella fort.

Sie hatte Seffie und Fin erzählt, was auf der Lagune passiert war, und auch, was in der Versammlung des Ältestenrats besprochen wurde. Aber nachdem dann nichts weiter geschehen war, hatten sich die Ältesten wieder entspannt und doch nichts unternommen. Womöglich ein Fehler.

»Vielleicht helfen uns die Bücher im Lesesaal weiter«, überlegte Fin. »Ich schau mal, ob ich etwas finde.« Noch immer die Gabel mit dem Kuchen in der Hand, stand er auf und ging.

Auch Aribella und Seffie hatten ihre Kuchen nicht angerührt.

»Meinst du, wir sollten es den Ältesten erzählen?«, flüsterte Aribella und sah verstohlen zu ihrem Tisch hinüber. »Oder wissen sie es vielleicht schon?«

»Lass uns mit Rodolfo reden«, sagte Seffie. »Er scheint der Einzige zu sein, den die Sache wirklich interessiert.«

»Womöglich hat er etwas in den Sternen gesehen«, stimmte Aribella ihr zu. »Auf jeden Fall müssen wir die Inselbewohner warnen, dass die Lagune möglicherweise gefährlich ist. Wenn das Wasser weiter steigt, wird bald ganz Venedig überschwemmt sein – und Burano auch.«

Aribella und Seffie machten sich auf den Weg zum Dach, um Rodolfo zu suchen. Als sie in die dritte Etage kamen, waren im Stockwerk über ihnen Stimmen zu hören. Jacapo und Rodolfo.

»Wie oft muss ich dich noch daran erinnern, dass es verboten ist, sich ohne die Zustimmung des Ältestenrats in die Angelegenheiten der Inbelli zu mischen, Rodolfo?«, polterte Jacapo.

»Hör auf, mit mir zu reden, als wäre ich noch ein Novize, Jacapo«, entgegnete Rodolfo.

»Ich höre erst auf, mit dir zu reden wie mit einem Novizen, wenn du aufhörst, dich wie einer zu benehmen.«

»Es macht doch wirklich keinen Unterschied, ob ich den armen Mann besuche oder nicht, Jacapo. Ich nehme an, Ursula hat es dir verraten«, mutmaßte Rodolfo. »Das würde auch die fürchterlichen Kopfschmerzen erklären, die ich neulich hatte. Verstößt *das* etwa nicht gegen die Regeln der Cannovacci?«

»Sie tut das im Interesse aller, Rodolfo …«

»Und wer, bitte schön, sind alle?«

»Die Bewohner Venedigs natürlich.«

»Im Interesse Venedigs?«, knurrte Rodolfo. Er klang, als würde ihm gleich der Kragen platzen. »Ein unschuldiger Mann sitzt im Gefängnis, völlig allein und verängstigt, und ihr wollt ihm nicht helfen. Das Wasser steigt und steigt, aber ihr ignoriert es einfach. Auf der Lagune ist ein Geist, der einen Inselbewohner und eine Novizin angegriffen hat, aber auch das interessiert euch nicht. Und seit heute Morgen sind die Vögel weg, aber ihr tut so, als wäre alles in bester Ordnung. Unsere Aufgabe ist es, Venedig zu beschützen – die Cannovacci, die Inbelli *und* die Tiere. Wir können uns doch nicht einfach in unserem Palazzo verschanzen und die Köpfe in den Sand stecken.«

»Wir sind angehalten, einen angemessenen Abstand zu wahren.«

»Die Grenze zwischen den Welten ist in Gefahr – wann hörst du mir endlich zu? Es wird noch einen Blutmond geben, Jacapo. Bald. Ich habe ihn gesehen. Und wenn er da ist, wird die Insel der Toten aus der Lagune aufsteigen und die Finsternis über uns alle hereinbrechen. Es sei denn, wir verhindern es.«

»Wir hatten gerade erst einen Blutmond und es ist keine Finsternis über uns hereingebrochen, nur ein einziger Geist, wenn man dir und deiner Novizin glauben kann …«

»In dieser Nacht war es vielleicht nur einer«, unterbrach Rodolfo ihn. »Aber beim nächsten Mal könnten es Hunderte sein.«

»Hunderte? Jetzt hör aber auf, Rodolfo«, schnaubte Jacapo. »Niemand ist mächtig genug, um die Grenze ganz einzureißen.«

»Wir wissen beide, wer meiner Ansicht nach hinter alldem steckt«, entgegnete Rodolfo kalt.

»Diese Verleumdungen höre ich mir nicht länger an. Zio wurde ermordet!«, brüllte Jacapo. »Von Clara!«

»Dafür gibt es keine eindeutigen Beweise …«

»Das reicht jetzt. Es wird Zeit, dass du dich wieder um die Belange der Cannovacci kümmerst.« Jacapos Stimme zitterte vor Zorn. »Du brichst den heiligen Schwur. Ich werde eine Dringlichkeitssitzung des Ältestenrats einberufen und vorschlagen, dass man dir verbietet, das Hotel zu verlassen. Solltest du dich über das Verbot hinwegsetzen, wird man dich rauswerfen und deine Maske konfiszieren!«

Aribella rutschte das Herz in die Hose. Neben ihr stieß Seffie einen leisen Fluch aus.

»Du kannst Venedig nicht einfach ungeschützt seinem Schicksal überlassen.« Rodolfo war lauter geworden.

»Ich *beschütze* Venedig! Und zwar vor dir! Dein mangelndes Urteilsvermögen wird der Stadt und den Cannovacci großen Schaden zufügen. Ganz offensichtlich können wir dir nicht länger trauen. Solltest du das Hotel noch einmal verlassen, werde ich dafür sorgen, dass du noch heute rausgeworfen wirst.«

Jacapos schwere Schritte polterten die Treppe herunter. Schnell verschwanden Aribella und Seffie um die Ecke, bevor er mit hochrotem Kopf an ihnen vorüberstampfte.

Als er verschwunden war, rannten die beiden nach oben, wo Rodolfo tief in Gedanken versunken noch immer auf der Treppe stand.

»Rodolfo«, rief Aribella.

Er blinzelte, als kehrte er eben erst in die Realität zurück.

»Aribella, Seffie, warum seid ihr …?«

»Wir haben alles gehört«, platzte Aribella heraus. »Können Sie den Dogen wirklich nicht aufsuchen?«

Rodolfo schüttelte betrübt den Kopf. »Es sind die Regeln des Ältestenrats. Jacapo wird dafür sorgen, dass sie eingehalten werden.« Seine blauen Augen waren voller Bedauern. »Es tut mir leid, Aribella.«

»Sie könnten sich doch einfach unbemerkbar machen und trotzdem gehen?«, schlug Seffie vor.

Rodolfo schüttelte den Kopf. »Im Moment kann ich nicht riskieren, dass sie meine Maske konfiszieren. Gerade jetzt ist es wichtiger denn je, dass ich in den Sternen lesen kann.«

Aribella sah zu Boden und schluckte. »Das alles ist nur meine Schuld. Weil ich Sie gebeten habe, mir zu helfen.« Sie hatte Tränen der Verzweiflung in die Augen.

Rodolfo sah sie mitfühlend an, aber da war ein seltsames Leuchten in seinem Blick. »Vielleicht könnte jemand anderes für mich in den Palast gehen«, murmelte er. »Von den Ältesten kommt allerdings niemand infrage. Außerdem, scheint mir, finden jüngere Menschen ohnehin leichter Gehör. Ich hatte noch nie etwas dagegen, meine Gondel zu verleihen, wenn jemand gute Absichten hat. Und dieser Jemand, oder diese *beiden* Jemands«, fügte er hinzu und sah dabei vielsagend von Aribella zu Seffie, »könnten dann auch gleich den Dogen über die Gefahren in der Lagune informieren, damit er die Inbelli auf den Inseln warnt, nachts nicht rauszufahren … Hier.«

Er griff in seinen Umhang, zog eine winzige Holzgondel, nicht größer als seine Handfläche, aus der Tasche und gab sie Aribella.

»Was ist das?« Aribella betrachtete das hübsche kleine Boot. Es war eine exakte Nachbildung von Rodolfos Gondel, nur in klein. Jedes Detail stimmte, vom *Ferro* über die Rudergabel bis hin zu den abgenutzten Kissen und dem Emblem des geflügelten Löwen auf dem Rumpf.

Seffie bekam große Augen. »Das ist sein *Permesso*. Es bedeutet, dass du seine Gondel benutzen darfst. Aber Signore, ich dachte, Novizen dürfen die Gondeln nicht benutzen?«

»Seit wann kümmern *dich* die Regeln, Persephone?«, fragte Rodolfo. »Wenn der Grund wichtig genug ist, müssen Regeln manchmal auch gebrochen werden.« Er seufzte und sah Aribella durchdringend an. »Was auch immer passiert, du kannst mir vertrauen. Bitte glaub mir das. Das Allerwichtigste ist jedoch, dass du auf dich selbst vertraust.«

»Was meint er damit?«, wisperte Seffie, als Rodolfo sich bereits umgedreht hatte, um aufs Dach zu eilen.

»Keine Ahnung.« Aribella runzelte die Stirn. »Glaubst du, Jacapo würde Rodolfo tatsächlich aus dem Hotel jagen?«

Seffie zuckte mit den Achseln. »Hoffen wir einfach, dass Rodolfo den Ältestenrat noch davon überzeugen kann, ihm zu helfen.« Sie nickte in Richtung der kleinen Gondel in Aribellas Hand. »Für uns beide steht jetzt aber erst einmal ein kleiner Ausflug auf dem Programm. Komm, gehen wir!«

17

Ist ja schön und gut, dass Rodolfo uns seinen *Permesso* gibt«, schnaubte Seffie und zog an einem der Seile an der Anlegestelle. »Aber was bringt uns das, wenn er uns nicht sagt, wie wir die Gondel aus dem Kanal bekommen?«

Aribella rieb unauffällig über ihre Maske, um zu überspielen, dass sie noch ein ganz anderes Problem hatte. Sie schwitzte unter ihrer Maske und sie war furchtbar unbequem, dennoch wagte sie nicht, sie abzunehmen – aus Angst, man könnte sie von den vorbeifahrenden Booten aus sehen. Sie waren schon eine Ewigkeit auf dem Steg, und während eine der beiden an Rodolfos Tau zog, beobachtete die andere die Hotelfenster, falls einer der Ältesten herausschauen sollte. Luna lag mit einem geschlossenen und einem offenen Auge vor dem Eingang.

»Oh, herzallerliebstes Tau«, flehte Seffie, »bitte, bitte, bitte – BEWEG DICH!« Sie zog mit aller Kraft, aber nichts passierte. Stattdessen rutschte ihr das Tau aus der Hand und sie wäre fast in den Kanal gefallen.

»Mir reicht's jetzt. Ich hole Bruno. Wenn einer diese Gondel rausziehen kann, dann er.«

»Nein, Seffie, je weniger Leute davon wissen, umso besser«, hielt Aribella sie zurück. »Ich glaube nicht, dass es eine Frage der Kraft ist. Ursula hat nicht stark am Seil gezogen. Da ist noch irgendetwas anderes, das wir tun müssen …« Ein kleiner schwarzer Schatten kreuzte ihr Sichtfeld und sie hörte ein Geräusch wie von gegeneinandergeschlagenen Lederhandschuhen. Auf einem der Poller landete Io und schlang die Flügel um seinen kleinen Körper.

»Io!«, rief Seffie glücklich. »Wahrscheinlich hat Rodolfo ihn geschickt, damit er uns hilft.« Sie fing an, leise Klickgeräusche von sich zu geben. »Fledermäuse geben Laute von sich, deren Frequenz zwei- bis dreimal höher ist, als das menschliche Gehör wahrnehmen kann«, erklärte sie. »Deshalb hören wir nur dieses Klicken. Das zu beherrschen, ist wirklich schwierig. Ich kann es noch nicht richtig nachmachen, aber verstehen kann ich ihn hoffentlich.«

Io gab leise Klicklaute von sich und Seffie runzelte die Stirn.

»Was ist los? Was hat er gesagt?«, fragte Aribella ungeduldig.

»Ich verstehe ihn nicht. Es klingt, als ob er … Aber das kann nicht sein.« Seffie schüttelte den Kopf.

»Was kann nicht sein?«, drängte Aribella, die sich ausgeschlossen fühlte.

»Es klingt, als würde er … singen oder so. Glaubst du, er nimmt uns auf den Arm?«

Io machte noch mehr Klicklaute.

»Natürlich, das ist es!« Aribella nahm das schmierige Tau und zog sanft daran, während sie die Melodie summte, die Ursula gesungen hatte, als sie sie zum Maskenmacher gefahren hatte.

»Jetzt fang du nicht auch noch an«, stöhnte Seffie. »Was soll das denn werden?«

Aber Seffie blieb ihr Gemaule im Hals stecken, als aus dem Kanal der Bogen eines *Ferro* auftauchte, gefolgt von einer schlanken schwarzen Gondel, die sich das Wasser vom Rumpf schüttelte. Auf ihrer Seite leuchtete ein goldener geflügelter Löwe.

»Du hast es geschafft, Ari!« Seffie schlug Aribella begeistert auf den Rücken.

Erschrocken sah Aribella zu den dunklen Hotelfenstern, aber niemand beobachtete sie. Schnell band sie das Tau los und sprang hinter Seffie in die Gondel. Sie durften nicht noch mehr Zeit verlieren. Aufgeregt stand Aribella im halbmondförmigen Heck. Sie schob den *Permesso* in ihre Tasche und nahm das schwere Ruder auf. Das Holz war glatt und glitschig. Aus Angst, es könnte ihr aus den Händen gleiten, packte sie fester zu. Ihre Finger kribbelten und die freudige Aufregung in ihrer Brust wuchs. Noch nie in ihrem Leben hatte sie ein Boot steuern dürfen, ganz zu schweigen von einer Gondel.

Theo wäre sicher beeindruckt … und neidisch.

Io ließ sich auf dem *Ferro* nieder. Offensichtlich hatte er vor, sie zu begleiten. Aribella war froh darüber. Sie würden jede Hilfe gebrauchen können. Luna, die jetzt beide Augen offen hatte, blieb, wo sie war.

»Zum Palast!«, rief Seffie.

Aribella legte das Ruder in die Gabel. Beim Versuch, es auszurichten, hätte sie fast das Gleichgewicht verloren, aber schließlich hatte sie es dann doch in der richtigen Position. Auch um das Boot in Bewegung zu setzen, brauchte sie mehrere Anläufe. Bei ihrem ersten Schlag rutschte das Ruder wieder aus der Gabel und krachte auf die Gondel.

»Tut mir leid, Sef!« Schnell brachte sie Maske und Ruder wieder in die richtige Position, um beim nächsten Schlag ihr gesamtes Gewicht zum Einsatz zu bringen. Dieses Mal landete das Ruderblatt zwar im Wasser, schlug aber mit der flachen Seite auf und verpasste ihnen eine kalte Dusche.

»Sachte, Ari«, wisperte Seffie. »Gondeln sind wie Tiere. Man muss behutsam mit ihnen umgehen.«

Aribella nahm sich Seffies Rat zu Herzen und versuchte, das Ruder so zu halten, als hätte sie Luna auf dem Arm. Sie lockerte ihren verkrampften Griff und unterdrückte ihre Angst. Plötzlich war es wie beim Üben an diesem Morgen. Sie spürte, wie der Rumpf der Gondel anfing zu vibrieren. Ihre Maske kribbelte. Beides reagierte auf sie.

Geräuschlos glitt das Ruder durchs Wasser und die Gondel bewegte sich vorwärts.

Seffie jubelte. Schon bald schipperten sie den *Canal Grande* entlang, als hätte Aribella ihr ganzes Leben nichts anderes getan, als mit einer Gondel durch Venedig zu fahren. Es war ein großartiges Gefühl, etwas auf Anhieb so gut zu beherrschen – als sei sie dafür geboren. Im Handumdrehen erreichten sie den Eingang des Palasts. Aribella befürchtete, ihre Maske könnte außerhalb des Hotels nicht funktionieren, aber Seffie zerstreute ihre Bedenken. Unbemerkt glitten sie an den Wachen vorüber und legten zwischen den Palastgondeln an, die bei genauerem Hinsehen nur halb so beeindruckend waren wie die des Halb-hier-halb-da-Hotels.

Ohne dass jemand sie bemerkt hätte, schlichen sie über mehrere Steinstufen in einen Innenhof, von dem aus eine gewaltige Marmortreppe in den nächsten Stock führte. Am oberen Ende der Treppe standen rechts und links zwei männliche Statuen, von denen die eine einen Fisch in der Hand hielt und die andere einen sehr spitz aussehenden Speer. Aribella, deren Maske immer noch kribbelte, blieb kurz stehen und sah staunend zu ihnen hinauf. Sie konnte kaum fassen, dass sie hier war – *im* Dogenpalast.

»Das ist die Treppe der Giganten«, flüsterte Seffie. »Die beiden Männer da sind Neptun und Mars. Sie stehen für Wasser und Krieg und verkörpern die Geschichte Venedigs …« Aribella sah Seffie erstaunt an. »Was ist? Manchmal höre ich Fin auch zu, wenn er seine Vorträge hält. Wer zuerst oben ist!«

So leise sie konnte, rannte Aribella Seffie die Stufen hinauf hinterher, bis sie oben vor den Flügeln einer Eichentür standen. Seffie drehte an den schweren eisernen Griffen und die Tür öffnete sich knarrend. Dahinter dehnte sich zu beiden Seiten ein langer Korridor.

»Was glaubst du, wo wir den Dogen finden?«, fragte Aribella. Ratlos sah sie von rechts nach links, während Io ihnen schon den Korridor entlang vorausflatterte.

Aribella und Seffie liefen der kleinen Fledermaus hinterher. Hin und wieder verschmolz Io mit einem Schatten und sie verloren ihn aus den Augen. Aber Sekunden später tauchte er wieder vor ihnen auf. Der Flur war unglaublich lang und angefüllt mit Statuen, Wandteppichen, Kunstobjekten und düsteren Gemälden. Es roch nach Zitronen und Staub.

Der Palast glich einem Labyrinth und Aribella war froh, dass Io mitgekommen war, um ihnen den Weg zu weisen.

Ihre Maske kribbelte jetzt nicht mehr – sie *stach*. Es war nicht so schlimm wie im Übungsraum, als sie versucht hatte, Rodolfos Maske anzufassen, aber es tat so weh, dass sie die Bänder lösen und sie abnehmen musste.

»Was ist, Ari?«, fragte Seffie besorgt und nahm ebenfalls die Maske ab.

Was hatte dieses Stechen zu bedeuten? Hatte die Maske beschlossen, dass sie doch nicht Aribella gehören wollte? Nein, auf der Innenseite stand immer noch ihr Name. Aber … bildete sie es sich nur ein oder waren die Buchstaben des Namens darunter plötzlich wieder etwas deutlicher zu sehen?

»Meine Maske hat mich gestochen«, flüsterte sie.

»Was habt ihr beiden hier zu suchen?«, dröhnte eine Stimme hinter ihnen. »Wie seid ihr hereingekommen?«

Erschrocken sah Aribella auf und entdeckte drei Wachen, die auf sie zukamen. Schnell steckte sie die Maske in die Tasche ihres Umhangs.

»Bitte«, flehte sie, »wir haben eine Verabredung mit dem Dogen. Signore Foscari konnte nicht selbst kommen und hat uns geschickt.«

Die Wachen musterten sie misstrauisch. »Nun, das lässt sich ja schnell herausfinden«, knurrte einer der Männer.

»Nette Geschichte!«, schnaubte ein anderer.

»Aber es ist die Wahrheit!«, widersprach Seffie mit fester Stimme.

»Und warum habt ihr euch dann nicht am Tor angemeldet? Ihr kommt jetzt erst mal mit.« Er packte Aribella am Arm. Ihre Finger juckten und es erforderte ihre ganze Konzentration, die in ihr aufsteigende Kraft zu unterdrücken.

Am Ende des Korridors öffnete sich eine Tür.

»Was hat dieser Lärm zu bedeuten?«, fragte eine schwache Stimme.

Aribella wirbelte herum. Beim Anblick der glitzernden Maske und des weißen Gewands stockte ihr der Atem.

Der Doge von Venedig!

18

Die Wachen verbeugten sich.

»Die beiden hier haben wir dabei ertappt, wie sie im Palast herumgeschlichen sind, Serenissimo Principe«, erklärte der erste Wachmann. Er hielt Aribella fest am Arm gepackt. »Sie behaupten, sie wollten Euch sprechen. Wir wissen nicht, wie sie hereingekommen sind.« Er bedachte einen seiner Begleiter, der wahrscheinlich Wachdienst gehabt hatte, mit einem vorwurfsvollen Blick.

»Wir kommen im Auftrag von Signore Rodolfo Foscari, Serenissimo Principe«, sagte Aribella schnell, bevor sie ihr den Mund verbieten konnten. »Es geht um einen Eurer Gefangenen, einen Spitzensticker von Burano.«

»Im Auftrag von Rodolfo, sagt ihr?« Für einen Moment war nicht zu erkennen, wie der Doge reagieren würde, dann breitete er die Arme aus. »Nun, Freunde von Rodolfo sind auch meine Freunde und selbstverständlich meine Gäste. Lasst sie los. Bitte folgt mir, wir können uns in meinen Gemächern unterhalten.«

Noch immer flankiert von den Wachen, folgten Aribella und Seffie dem Dogen in den größten Raum, den Aribella je gesehen hatte. Er war noch größer als die Zimmer im Halb-hierhalb-da-Hotel und so hoch wie zwei ganze Häuser. Jeder Zentimeter der riesigen Wände war mit in Gold gerahmten Fresken bedeckt. Sogar die Decke war bemalt. Der Anblick der ausufernden Malereien mit ihren unzähligen Details war so überwältigend, dass Aribella feuchte Augen bekam.

Auf der Suche nach Bildern, bei denen ihr nicht schon beim Betrachten der Kopf schwirrte, blieb ihr Blick an der abschließenden Umrandung der Wände hängen. Sie war mit unzähligen Köpfen bemalt, und Aribella fiel auf, dass jeder der abgebildeten Männer eine hörnchenförmige Kopfbedeckung trug. Wahrscheinlich waren hier alle Dogen, die Venedig je regiert hatten, verewigt. Es sah aus, als wachten sie von dort oben für immer über die Angelegenheiten der Republik.

Unter einem der Gesichter hing kopfüber eine kleine geflügelte Kreatur. Io! Sie wusste, dass er auf sich selbst aufpassen konnte.

»Lasst uns allein«, befahl der Doge den Wachen, die nur zögerlich gehorchten. Seffie streckte dem Mann, der sie festgehalten hatte, die Zunge heraus, während Aribella erleichtert die Schultern sacken ließ und sich den schmerzenden Arm rieb. Kurze Zeit später waren sie unter sich: der Doge, Aribella, Seffie und ganz oben an der Decke Io.

»Ihr müsst die unfreundliche Behandlung verzeihen«, entschuldigte sich der Doge mit seiner dünnen Stimme. »Meine Wachen wollten mich nur beschützen. Sie wissen nichts von den Cannovacci und ihren wundervollen Masken.« Er bedachte Seffies Tiermaske mit einem anerkennenden Blick und tippte sich dann mit dem behandschuhten Finger an die eigene Maske, die mit so vielen Diamanten besetzt war, dass sie im Licht der Lampen glitzerte und funkelte. Im Vergleich zu den Masken der Cannovacci war sie dennoch merkwürdig schlicht und langweilig. »Ich bin ein großer Bewunderer dieser Masken … hast du auch eine?«, fragte er Aribella.

Aribella wusste nicht, was sie sagen sollte. Sie hasste ihre grässliche Maske und wollte sie einem so wichtigen Mann wie dem Dogen auf keinen Fall zeigen. Außerdem konnte sie nicht riskieren, dass sie ihn womöglich auch stach.

»Nein …«, log sie und spürte, wie es in ihrer Tasche heiß wurde. »Noch nicht.« Seffie sah sie fragend an, sagte aber nichts. Sie wusste, wie peinlich ihrer Freundin ihre Maske war.

»Ihr könnt Euch meine Maske ruhig genau ansehen«, kam Seffie Aribella zu Hilfe und streckte sie dem Dogen entgegen. Als er näher kam, um sie in Augenschein zu nehmen, erkannte Aribella hinter seiner Maske die hellblauen Augen.

»Wundervoll«, sagte er, klang aber enttäuscht – und irgendwie irritiert.

Aribella vermutete, dass er nur nett sein wollte, und fragte sich, wie viel der Doge tatsächlich von den Cannovacci wusste. Sie dachte an das Löwenmaul. Wahrscheinlich teilten die Cannovacci ihm nur das Allernötigste mit. Umso erleichterter war sie, dass der Doge ein Freund von Rodolfo war. Das würde es deutlich leichter machen, ihn um die Freilassung ihres Papas zu bitten.

»Wie geht es Rodolfo? Ich hoffe, er ist nicht ebenfalls erkrankt.« Der Doge hustete. »Das Alter ist eine schlimme Sache. Grausam.«

»Oh, nein. Er ist nur …« Aribella hielt inne. Vielleicht war es besser, der Doge wusste nicht, dass es Rodolfo momentan verboten war, zum Palast zu kommen. »Er dachte nur, es wäre besser, mich zum Palast zu schicken, wo ich doch die Tochter des Gefangenen bin.«

»Die Tochter? Willst du damit sagen, dein Vater sitzt in meinem Gefängnis?«

Aribella nickte. »Ja, und um seine Gesundheit ist es nicht gut bestellt, Signore … Serenissimo Principe, wollte ich sagen.«

»Oh, Signore genügt, mein liebes Kind.«

»Danke, Seren… Signore. Mein Papa wurde der Hexerei bezichtigt, aber er ist unschuldig. Was ich sagen will, ist, es war nicht er …«

»Sondern du warst es.« Der Doge nickte. »Ich verstehe. Und du bist selbstverständlich keine Hexe. Ich werde das schnellstmöglich in Ordnung bringen.«

»Ihr lasst ihn frei?«

»So bald als möglich. Genau wie ihr Cannovacci bin aber auch ich an gewisse Regeln gebunden. Es gibt eine festgelegte Vorgehensweise, an die ich mich halten muss. Aber ich kann dir versichern, seine Verhandlung wird umgehend in die Wege geleitet, und sie wird gerecht sein.«

Aribella hatte gehofft, ihr Papa würde sofort freigelassen, dennoch war sie dem Dogen für sein Entgegenkommen dankbar.

»Wirklich?«

»Selbstredend. Schließlich sorgen die Cannovacci für die Sicherheit unserer Stadt. Da ist das doch das Mindeste. Ich werde dafür sorgen, dass man sich bis zur Verhandlung gut um ihn kümmert.«

»Oh, vielen Dank, Signore, vielen Dank!« Sie sah zu Seffie, die ebenfalls strahlte.

Als Io einen Klicklaut von sich gab und Seffie sie daraufhin in die Seite boxte, fiel Aribella ein, worum Rodolfo sie noch gebeten hatte.

»Da ist noch etwas, Signore. Wir glauben, draußen auf der Lagune ist etwas … Böses. Eine Kreatur. Oder Kreatu*ren*«, begann sie, unsicher, ob er ihr folgen würde, wenn sie anfing, von Geistern zu erzählen. »Sie sind sehr gefährlich. Bitte warnt die

Fischer, im Dunkeln nicht zu fischen, und auch die anderen Inselbewohner sollten nachts nicht in die Lagune rausfahren.«

Der Doge nickte. »Meine Wachen patrouillieren dort bereits. Sollte in der Lagune irgendeine Gefahr lauern, wäre ich der Erste, der davon erfährt. Schließlich haben wir doch alle dasselbe Ziel – Venedig und seine Bewohner zu beschützen.«

Bei den Worten des Dogen fiel Aribella ein schwerer Stein vom Herzen.

»Nichtsdestotrotz werde ich dafür sorgen, dass wirklich jeder Inselbewohner weiß, wie gefährlich es ist, nachts zu fischen. Aber nun wird es Zeit, dass ihr zurückfahrt in euer Hotel.« Der Doge läutete eine kleine goldene Glocke.

Die Tür öffnete sich und die Wachen traten wieder ein.

»Wachen, bitte bringt meine Gäste nach draußen. Auf Wiedersehen, meine lieben Kinder.«

Missmutig begleiteten die Wachen Aribella und Seffie zurück zu ihrer Gondel, dieses Mal ohne schmerzhaften Klammergriff um den Arm. Hinter ihnen war das leise Schlagen von ledernen Flügeln zu hören. Als die Wachen die Gondel sahen, kniffen sie die Augen zusammen. Wahrscheinlich wunderten sie sich, wie es den beiden Mädchen gelungen war, vor ihrer Nase unbemerkt in den Palast zu kommen.

»Was war denn mit deiner Maske?«, fragte Seffie, nachdem die Wachen gegangen und sie wieder an Bord geklettert waren.

»Ich weiß es nicht«, gab Aribella zu. »Ich verstehe das einfach nicht.«

»Ach, egal. Meine Maske macht uns beide unbemerkbar. Wenn du nicht möchtest, musst du deine auf dem Rückweg nicht tragen.«

»Danke, Seffie.« Aribella war erleichtert – auch weil ihre Freundin nicht erwähnte, dass sie den Dogen angelogen hatte. Ihr Gesicht brannte immer noch vom Stechen der Maske.

Während Seffie das Seil losband, nahm Aribella das Ruder und tauchte es ins Wasser. Sie befürchtete, die Gondel ohne Maske nicht steuern zu können, und überlegte, Seffie darum zu bitten. Aber die Fahrt zum Palast hatte ihr so viel Spaß gemacht, dass sie das Ruder ungern aus der Hand gab. Ihre Sorge war jedoch unbegründet. Als würde die Gondel sie wiedererkennen, reagierte das Ruder auf Anhieb. Ruhig glitten sie hinaus auf die Lagune und zurück in den *Canal Grande*, während Io sich aufschwang und am Himmel verschwand.

Trotz der Probleme mit der Maske fühlte Aribella sich leichter. Der Doge hatte ihre Hoffnungen nicht enttäuscht. Er war ein äußerst freundlicher Mann, der sich mit Sicherheit darum kümmern würde, dass die Inselbewohner gewarnt wurden und man ihren Papa freiließ. Zum ersten Mal seit ihrer Begegnung mit dem Geist machte Aribella sich nicht mehr ganz so viele Sorgen um die Menschen, die sie liebte, und während sie den *Canal Grande* hinauf zum Halb-hier-halb-da-Hotel ruderte, verspürte sie ein wohlig warmes Kribbeln im Bauch.

Bis sie Jacapo entdeckte, der auf dem Anlegesteg vor dem Hotel stand und auf sie wartete.

19

Jacapos zorniges Gesicht verhieß nichts Gutes. Hinter ihm stand Ursula, die nervös ihre Hände knetete.

Aber Aribella und Seffie blieb nichts anderes übrig, als anzulegen. Sie sprangen auf den Steg und machten hastig das Seil am Poller fest. Sofort versank die Gondel im Kanal und Aribella wünschte, sie könnte ebenfalls einfach abtauchen.

»Wo wart ihr?«, schnauzte Jacapo sie an. »Wer hat euch den *Permesso* für die Gondel gegeben?«

»Ich …«, begann Aribella. Sie wollte Rodolfo nicht in noch größere Schwierigkeiten bringen.

»Wir …«, stammelte Seffie.

»Ursula?«

Aribella versuchte, ihre Gedanken zu verbergen, aber es war zwecklos. Ursula durchbohrte sie mit den Augen, und in ihrem Kopf begann es zu pochen.

»Sie waren im Palast«, sagte Ursula. »Sie haben mit dem Dogen über Aribellas Papa geredet. Den *Permesso* hat ihnen Rodolfo gegeben.«

Jacapo wurde, falls das überhaupt möglich war, noch wütender. »Ihr seid zum Palast gefahren? Nach allem, was ich Rodolfo heute Morgen gesagt hatte! Das bringt das Fass endgültig zum Überlaufen. Das wird ihn seine Maske kosten, dafür sorge ich!«

»Es tut mir leid, Signore«, stieß Aribella hervor. »Ich musste einfach nach meinem Papa fragen. Es war meine Idee, Rodolfo kann nichts dafür.«

»Es war die Idee von uns beiden«, unterbrach Seffie sie. »Und wir waren auch nicht nur wegen Aribellas Papa dort. Wir mussten den Dogen warnen, dass die Fische und Vögel Venedig verlassen haben und die Leute auf der Lagune sehr vorsichtig sein müssen. Er war dankbar, dass wir es ihm gesagt haben. Er lässt die Wachen auf der Lagune patrouillieren und wird die Bewohner davor warnen, nachts rauszufahren.«

»Ganz offensichtlich hat Rodolfo euch diese Flausen in den Kopf gesetzt!« Jacapo war außer sich. »Venedig ist nicht in Gefahr, wenn es so wäre, hätte Nymeria uns gewarnt.«

»Aber Nymeria schläft nur«, sagte Seffie. »Wie soll sie da irgendjemanden warnen?«

Aus der Hoteltür kam Rosa auf den Anlegesteg gestürzt. »Jacapo, Ursula! Könnten wir das bitte drinnen besprechen? Passanten sehen euch zwar nicht, aber wenn ihr weiter so schreit, werden sie euch hören. Wir wollen doch nicht, dass sie glauben, es gäbe Geister auf dem *Canal Grande*.«

Jacapo spitzte die Lippen, drehte sich aber um und stampfte zurück ins Hotel. Ursula, die Aribella und Seffie nicht in die Augen sehen konnte, folgte ihm, während Rosa ihnen winkte, ebenfalls hineinzukommen. Betreten schlurften die beiden zurück ins Hotel.

»Tut mir leid, dass ich dich in Schwierigkeiten gebracht habe«, flüsterte Aribella Seffie zu.

»Warum?«, flüsterte Seffie zurück. »Das war es doch wert.«

Die beiden lächelten sich zu.

»Ich denke, die einzig sinnvolle Strafe wird sein, ihnen die

Masken abzunehmen, bis sie in der Lage sind, verantwortungsvoll damit umzugehen«, sagte Jacapo, sobald die Tür hinter ihnen ins Schloss gefallen war.

Seffie stieß einen bestürzten Schrei aus und drückte die geliebte Tiermaske an ihre Brust.

Aribella wurde flau im Magen. Sie mochte ihre Maske zwar nicht und sie funktionierte auch nicht richtig, aber es war die einzige, die sie hatte. Wie sollte sie ihre Kraft ohne sie jemals beherrschen?

»Ich bitte dich, Jacapo!«, ging Rosa dazwischen. »Sie sind Novizinnen und es ist ihr erster Verstoß. Aribella muss in großer Sorge um ihren Vater gewesen sein. Auch wenn das natürlich keine Entschuldigung dafür ist, dass sie die Regeln gebrochen haben«, fügte sie schnell hinzu, als Jacapo schon wieder die Lippen spitzte. »Sie verdienen eine zweite Chance. Überlass die Sache mir. Ich versichere dir, ich werde eine angemessen harte Strafe für sie finden.«

Jacapo war noch immer fuchsteufelswild. Widerstrebend wandte er sich an Aribella und Seffie. »Nun denn, aber ich werde euch im Blick behalten. Noch ein solches Vergehen und eure Masken werden schneller weg sein, als ihr ›*Canal Grande*‹ sagen könnt. Habt ihr mich verstanden?«

Aribella und Seffie nickten.

Jacapo warf ihnen einen letzten bösen Blick zu, bevor er die Treppe hinaufstampfte. Ursula beeilte sich, ihm hinterherzulaufen.

»Puh.« Seffie stieß hörbar die Luft aus. »Ist dir aufgefallen, dass Ursula uns nicht in die Augen sehen konnte? Ich wusste gar nicht, dass sie so feige ist. Wie kann sie es wagen, einfach unsere Gedanken zu lesen? Sie will doch nur Eindruck bei Jacapo schinden … Danke, Rosa. Sie haben uns wirklich aus der Patsche geholfen.«

Aber Rosa lächelte nicht. »Freu dich nicht zu früh, Persephone. Was ihr getan habt, war trotz allem ein Verstoß gegen die Regeln und wird Konsequenzen haben.«

»Aber wir hatten Rodolfos *Permesso*«, murmelte Seffie.

»Ach ja, gut, dass du es erwähnst. Gebt es mir, bitte«, forderte Rosa.

Zögernd händigte Aribella Rosa die winzige Gondel aus. Auch wenn das Ganze seine Idee gewesen war, tat es ihr furchtbar leid, Rodolfo in Schwierigkeiten zu bringen. Sie sah zu Nymeria hinüber. Die goldene Löwin schlief wie immer tief und fest. War das wirklich ein sicheres Zeichen, dass Venedig nicht in Gefahr war?

»Danke. Meine Strafe wird aber nicht annähernd so hart ausfallen wie das, was Jacapo euch aufgebrummt hätte«, sprach Rosa weiter. »Wie der Zufall es will, brauche ich dringend Unterstützung im Lesesaal. Die überfälligen ausgeliehenen Bücher müssen überprüft werden. Fin hat sich schon freiwillig gemeldet.«

»War auch nicht anders zu erwarten«, murmelte Seffie.

»Und ihr beide werdet ihm nachmittags helfen.«

»Wie lange?«

»Bis ihr fertig seid, Persephone.«

»Aber der Lesesaal ist riesig!«, protestierte Seffie.

»Nun, dann ist es wohl das Beste, ihr fangt gleich damit an«, entgegnete Rosa in ungewöhnlich strengem Ton. Bevor sie sich jedoch umdrehte, um nach oben zu gehen, gab sie ihre Rolle für einen kleinen Moment auf: »Ich hoffe, du hast gute Neuigkeiten von deinem Vater, Aribella?«

Aribella nickte und das wohlig warme Gefühl kehrte zumindest teilweise zurück. Die Freilassung ihres Papas war den Ärger in jedem Fall wert. Und wie anstrengend konnte es schon sein, ein bisschen im Lesesaal zu helfen?

Sie sollte es bald erfahren.

»Es wird Monate dauern, bis wir damit durch sind«, jammerte Seffie.

Seit einer Woche verbrachten sie ihre Nachmittage im Lesesaal und hatten noch nicht einmal einen Bruchteil der Liste mit überfälligen Büchern abgearbeitet.

»Und dann müssen wir es auch noch mit Fin machen«, stöhnte sie. »Ich wünschte, sie hätten mich aus dem Hotel geworfen.«

Aribella glaubte ihr kein Wort. Tatsächlich vermutete sie, dass ihre rebellische Freundin eine geheime Schwäche für den belesenen Jungen hatte, die sie überspielte, indem sie gemein zu ihm war. Bei den Fischern hatte Aribella auch oft beobachtet, dass sie zu Menschen, die sie eigentlich mochten, fies waren. Wirklich verstanden hatte sie es aber nie.

Seffie hatte schlechte Laune. Sie vermisste ihre Freiheit und die Vögel. Auch Luna war verschwunden, was Aribella mit Sorge erfüllte. Obwohl sie im kalten Luftzug fror, ließ sie Tag und Nacht die Balkontür offen, aber die kleine Katze kam nicht wieder. Seffie war überzeugt, dass Lunas Verschwinden mit dem der Vögel zusammenhing, und hätte gerne Nachforschungen angestellt. Aber Papas Verhandlung konnte nun jeden Tag stattfinden, weshalb Aribella nicht aus der Reihe tanzen wollte. Außerdem hatte der Doge die Inselbewohner davor gewarnt, nachts rauszugehen, und es gab auch keine Berichte von neuen Geisterangriffen. Vielleicht hatte Rodolfo die Sterne ja doch falsch gedeutet. Seit seinem Streit mit Jacapo war er – sehr zu dessen Ärger – nicht mehr gesehen worden und auch seine Gondel war verschwunden. Im Hotel ging das Gerücht um, er hätte sich lieber aus dem Staub gemacht, bevor Jacapo seine Drohungen wahr machte, aber Aribella und Seffie ging die Sache nicht mehr aus dem Kopf.

»Wir brauchen Rodolfo hier im Hotel«, sagte Seffie. »Was, wenn die Sterne uns noch mehr zu sagen haben?«

»Bevor er nicht sicher sein kann, dass Jacapo den Ältestenrat nicht doch noch überzeugt, ihn rauszuwerfen und ihm die Maske abzunehmen, wird er nicht zurückkommen. Und dann sind da noch all diese Geschichten über Zio und Clara.«

»Aber warum soll das gerade jetzt wichtig sein?«

So ging es stundenlang hin und her.

Der Lesesaal war bis unter die Decke angefüllt mit den unterschiedlichsten Büchern. Manche hatten Fell auf dem Rücken, andere waren mit Pailletten besetzt und wieder andere so groß wie ein Tisch. Überall standen gemütliche weiche Lesesessel herum und Aribella hätte es sich am liebsten in einem davon bequem gemacht und den ganzen Nachmittag in den Büchern gestöbert, anstatt sie zu sortieren. Es standen Hunderte Regale im Saal und einige waren so hoch, dass sie Leitern brauchten, um an die oberen Fächer zu gelangen. Für Leseratten war es wahrscheinlich der schönste Ort der Welt, für Mädchen, die überfällige Bücher überprüfen mussten, eher nicht.

»Ich wünschte, wir wären Delfine«, grummelte Seffie, während sie eine Leiter hochkletterte. »Dann könnten wir die fehlenden Bücher im Handumdrehen mit Schallwellen orten. Ob die Delfine Venedig wohl auch verlassen haben?«

Rosa hatte ihnen aufgetragen, jedes Buch auf ihrer Liste, das nicht an seinem Platz im Regal stand, im Verzeichnis für entliehene Bücher nachzuschlagen und dann aufzuschreiben, wer es ausgeliehen und nicht zurückgebracht hatte. Das in Leder gebundene Verzeichnis, dessen vergilbte Seiten von oben bis unten eng mit Titeln, Namen und Ausleihdaten beschrieben waren, war so dick, dass sie nur dafür schon eine Ewigkeit brauchten.

Fin war spät dran, und als er dann direkt durch eines der Bücherregale hindurch doch noch auftauchte, versetzte er Seffie einen solchen Schreck, dass sie fast von der Leiter gefallen wäre. Sie stöhnte. »Muss das sein? Du hast Glück, dass Helena nicht in der Nähe ist.«

»Von jemandem, der zur Strafe hier ist, muss ich mir das wohl nicht anhören«, gab Fin zurück.

Seffie streckte ihm die Zunge raus. »Genau. Im Gegensatz zu dir machen wir diesen Mist nicht freiwillig.«

»Ich bin gern im Lesesaal«, sagte Fin. »*Normalerweise* ist es hier angenehm ruhig und friedlich«, fügte er hinzu, als Seffie versehentlich einen Stapel Bücher aus dem Regal stieß, der krachend zu Boden fiel. »Könntest du bitte ein wenig vorsichtiger sein? Einige dieser Bücher sind mehrere Hundert Jahre alt.«

»Ich *bin* vorsichtig«, blaffte Seffie und stapelte sich die heruntergefallenen Bücher auf den Arm. »Ari, kannst du bei den entliehenen Büchern bitte nach dem Titel *Das Buch der Geheimnisse* sehen? Ich kann es hier nirgends finden.«

»*Das Buch der Geheimnisse*«, murmelte Fin. Er kam Aribella zuvor und blätterte durch die Seiten des ledergebundenen Verzeichnisses. »Oh, das ist ein schwarzes Buch.«

»Und was bedeutet das?«

»Das bedeutet, dass es gefährlich ist. Auf Rosas Liste gibt es nur ein schwarzes Buch.«

»Ein Buch ist nur dann gefährlich«, schnaubte Seffie, »wenn man es an den Kopf geworfen bekommt.«

Fin ignorierte ihre Bemerkung. »Hmmm, das ist seltsam. Jemand hat es ausgeliehen und nie zurückgebracht … Du meine Güte, es ist wirklich mehr als überfällig. Das Ausleihdatum war vor zehn Jahren. Wie rücksichtslos. Wenn es nun jemand hätte lesen wollen? *Das Buch der Geheimnisse* klingt interessant. Mal sehen, wer es ausgeliehen hat …? Oh … na, das erklärt einiges.«

»Wieso? Wer war es?«, wollte Seffie wissen.

Fin hob die Augenbrauen. »Zio. Und da er umgebracht wurde, hat er es logischerweise nie zurückgebracht.«

Mit einem Stirnrunzeln notierte Aribella Zios Namen auf Rosas Liste. Dann gingen sie weiter die Buchreihen durch, bis Seffie schließlich fragte: »Warum machst du so ein Gesicht, Fin?«

»Mir geht dieses Buch nicht aus dem Kopf …«

»Hätte ich mir auch denken können«, knurrte Seffie.

Nachdenklich nahm er noch einmal das Verzeichnis zur Hand. »Also … nachdem Zio tot war, wäre das Buch bei der Übergabe seines Zimmers an einen neuen Gast doch zurück in den Lesesaal gewandert.«

»Werden die Zimmer, wenn jemand stirbt, immer an einen neuen Gast übergeben?«, fragte Aribella, die sich an Seffies Hotelführung an ihrem ersten Tag erinnerte.

»Ja. Und alles, was sich darin befindet, geht zurück an das Hotel. Bücher sollten daher automatisch wieder im Lesesaal landen«, sagte Fin. »Was bei diesem Buch offenbar nicht der Fall war.«

»Na und? Vielleicht wurde es einfach vergessen.« Seffie klang gelangweilt. »Und ist dann mit Zios Zimmer verschwunden.«

Fin schüttelte den Kopf. »Unmöglich. Wenn Zios Zimmer übergeben worden wäre, müsste das Buch hier sein, weil er derjenige war, der es entliehen hatte. Aber da es eben nicht hier ist, kann sein Zimmer auch nicht von einem neuen Gast bezogen worden sein. Es muss immer noch sein Zimmer sein …«

»Heißt das, er lebt noch?« Aribella schauderte. »Dass er gar nicht ermordet worden ist?«

Fin nickte bedächtig. »Genau das würde ich aus der Beweislage schließen.«

»Aber wo ist sein Zimmer dann?«, fragte Seffie. »Rosa hätte es doch bemerkt, wenn eines der Hotelzimmer nicht besetzt ist. Es sei denn … könnte es sein, dass es dein Zimmer ist, Ari?«

Aribella dachte über ihr Zimmer nach. War es möglich, dass es einst Zio gehört hatte? Sie schüttelte den Kopf. Obwohl Rosa gezögert hatte, als sie ihr den Schlüssel aushändigte, hätte sie Aribella sicher kein Zimmer gegeben, in dem so gruselige Dinge geschehen waren. Oder der Schlüssel hätte Alarm geschlagen.

Aber es gab noch ein anderes Zimmer im Halb-hier-halb-da-Hotel, das infrage kam. Es lag etwas abseits … und war vielleicht vergessen worden …

»Was ist mit der abgeschlossenen Tür im Keller?«

Seffies Augen weiteten sich. »Das könnte sein …«

»Ich wette, Rodolfo hatte recht. Was mit Zio geschehen ist, ist der Schlüssel zu allem, was gerade in Venedig geschieht«, folgerte Fin. »Wir müssen es den Ältesten sagen.«

Aribella schüttelte den Kopf. »Die Ältesten haben jahrelang geglaubt, Zio sei ermordet worden. Sein Porträt mit all den Blütenblättern ist ein Schrein. Den Ältesten wird dieses Zimmer, von dem wir nicht einmal sicher wissen, ob es ihm gehört, als Beweis nicht genügen. Wenn wir nur irgendwie reinkommen könnten! Vielleicht ist das *Buch der Geheimnisse* immer noch dort. Und womöglich steht etwas Wichtiges drin. Wenn wir beweisen könnten, dass Rodolfo recht hatte, was Zio anbelangt, hören die Ältesten sich vielleicht auch an, was er über den Blutmond zu sagen hat. Er könnte ins Hotel zurückkommen und wieder in den Sternen lesen. Und dafür sorgen, dass Venedig in Sicherheit ist …«

»Wir müssen in dieses Zimmer«, stimmte Seffie ihr zu. »Aber wie kommen wir rein?«

»Kannst du nicht einfach durch die Tür gehen, Fin?«, schlug Aribella vor.

Er schüttelte den Kopf. »Könnte ich schon, aber wenn ich einbreche, schlägt wahrscheinlich Nymeria Alarm.«

Aribellas Gehirn rotierte. »Jeder, der das Hotel verlässt, muss seinen Schlüssel abgeben. Habe ich recht?«, überlegte sie laut.

»Ja, und?«, fragte Seffie ungeduldig.

»Dann muss Zios Schlüssel an seinem Haken an der Rezeption hängen!«

Seffie riss die Augen auf. »In der Reihe für den Keller hängt neben dem Schwimmbadschlüssel tatsächlich noch ein anderer Schlüssel. Das muss er sein!«

»Aber wie kommen wir an Nymeria vorbei?«, fragte Fin. »Sie wird aufwachen und sofort losbrüllen, wenn jemand einen Schlüssel nimmt, der ihm nicht gehört.«

Aribella seufzte. Wie konnten sie den Schlüssel vom Haken nehmen, ohne dass Nymeria aufwachte und Rosa alarmierte? Sie müssten sich bewegen können, ohne dass man sie bemerkt …

Als Aribellas Blick an einer leise tickenden Standuhr hängen blieb, fielen ihr die vier Uhren in Helenas Übungsraum wieder ein und wie die Blumenvase plötzlich am anderen Ende des Raums erschienen war … und der Schriftzug, der aus dem

Nichts auf der Tafel aufgetaucht war … und wie Helena selbst von einem Moment auf den anderen in einer anderen Ecke des Raums gestanden hatte …

Plötzlich wusste Aribella, was Helenas besondere Fähigkeit war, und sie wusste auch, dass sie die einzige Person im Hotel war, die ihnen helfen konnte.

21

Ihr wollt allen Ernstes, dass ich die Zeit anhalte, damit ihr ein Buch aus einem der Hotelzimmer stehlen könnt?«, fragte Helena, nachdem Aribella, Seffie und Fin ihr Zimmer gestürmt und ihr von ihrem Plan erzählt hatten. Aribella war ihre Idee ziemlich genial erschienen, aber ihr Optimismus begann bereits zu schwinden. Sie hatten nicht bedacht, wie strikt Helena sich an die Regeln hielt. Hinzu kam der äußerst peinliche Moment, in dem sie hatte erklären müssen, woher sie von Helenas Fähigkeit, die Zeit anzuhalten, wusste. Sie beschloss, dass es ihrem Ziel wahrscheinlich dienlicher war, wenn sie Helena nicht auch noch verrieten, dass es sich um Zios Zimmer handeln könnte.

»Es geht nur darum, etwas herauszufinden, das *uns alle* vor etwas sehr Bösem bewahren könnte. Verstehst du das denn nicht, Helena?«, drängte Seffie sie.

Helena verstand das ganz und gar nicht. »Nein, nicht wirklich«, sagte sie. »Ihr wisst doch gar nicht, ob *Das Buch der Geheimnisse* euch tatsächlich helfen kann. Für mich klingt das alles nach einem Vorwand, um gegen die Regeln zu verstoßen.«

Verzweifelt sah Aribella sich in Helenas Zimmer um. Sie hatte damit gerechnet, dass überall Uhren waren, aber zu ihrer Überraschung war weit und breit nicht eine einzige zu sehen. Aber direkt unter Helenas kupferner Zahnradmaske, die sie vom Nachttisch aus zu beobachten schien, lag in einer halb geöffneten Schublade ein Nadelkissen.

»Ich wusste gar nicht, dass du nähst«, sagte Aribella.

Helena wirkte überrascht. »Ach, das ist nur eine kleine Freizeitbeschäftigung«, entgegnete sie verschämt, öffnete aber die Schublade und zog einen Stapel feiner Stickarbeiten heraus.

»Die sind wunderschön, Helena!« rief Aribella aufrichtig beeindruckt.

Zum ersten Mal sah Aribella Helena lächeln. »Danke. Ich mache das so gerne, weil es beim Sticken … aufhört. Zumindest für eine Weile. Ich hasse die Zeit. Ich hasse es, zusehen zu müssen, wie sie vergeht, und wenn ich sticke, verstreicht sie ganz unbemerkt.« Helena wurde rot, als hätte sie mehr verraten, als sie eigentlich wollte.

Aribella nickte. Sie kannte das Bedürfnis, sich in etwas zu verlieren. Aus genau diesem Grund war sie immer so gerne mit Theo auf den Markt gegangen. »Mein Papa liebt es auch, zu nähen. Er ist Spitzensticker auf Burano.«

Helenas Augen weiteten sich. »Wirklich?«

Aribella nickte. »Na ja, er *war* Spitzensticker. Jetzt sitzt er im Gefängnis.«

»Was?«

»Sein Name landete fälschlicherweise im Löwenmaul«, erklärte Aribella.

»Das ist ja furchtbar.«

»Ist schon in Ordnung. Er steht im Gefängnis unter dem persönlichen Schutz des Dogen und ist dort in Sicherheit. Die anderen Inselbewohner sind das nicht. Irgendetwas passiert gerade, Helena, etwas, das die Ältesten nicht ernst nehmen. Aber Rodolfo sagt, die Finsternis wird über uns hereinbrechen, und wenn in diesem Buch irgendetwas steht, das die Ältesten dazu bringen könnte, uns zuzuhören, müssen wir es finden.«

Helenas Augen wanderten zu ihrer Maske. »In den Lauf der Zeit einzugreifen ist sehr gefährlich, Aribella …«

»Bitte, Helena. Manchmal muss man die Regeln brechen, um das Richtige zu tun.«

Helena sah zur Seite.

»Vergiss es, Ari«, sagte Seffie bitter. »Ich wusste, dass sie uns nicht helfen würde. Ihr ist das alles egal.«

»Ist es nicht!«, protestierte Helena.

»Dann hilf uns!«

Helena sah von Fin zu Seffie zu Aribella. »Also gut«, sagte sie und stieß dabei die Luft aus. »Ich werde die Zeit für euch anhalten. Aber nur dieses eine Mal. Und ihr müsst versprechen, dass ihr nur nach dem Buch sucht, sonst nichts.«

»Danke!«, platzte Aribella heraus.

»Du bist unsere Rettung, Helena!«, rief Seffie.

»Ihr habt aber nur zwanzig Minuten«, warnte Helena. »Länger habe ich es in den Übungsstunden noch nie geschafft.«

»Das ist mehr als genug«, sagte Aribella und ignorierte Seffies skeptischen Blick. Sie wusste, was Seffie dachte – zwanzig Minuten waren nicht sehr lang.

Helena nahm eine kleine goldene Sanduhr aus ihrer Schublade. »Die hier müsst ihr bei euch tragen. Wenn alle anderen Uhren stehen bleiben, beginnt der Sand zu rieseln«, erklärte sie. »Sobald das letzte Sandkorn durchgefallen ist, ist eure Zeit um. Eine von euch muss immer die Sanduhr in der Hand halten, während die Zeit stillsteht, und die andere muss sich an ihr festhalten. Nur so könnt ihr euch bewegen. Alles wird still sein, nur ihr werdet Geräusche machen und hören.«

Aribella nickte.

»Wann machen wir es?«, fragte Seffie aufgeregt.

Alle sahen erwartungsvoll zu Aribella, die plötzlich ein nervöses Flattern im Magen spürte. Sie zögerte. Und wenn sie erwischt wurden? Sie hatten die klare Anweisung, sich an die Regeln zu halten … Was, wenn Jacapo es herausfand und den Dogen überzeugte, seine Meinung zu ändern und Papa doch nicht freizulassen? Würde man sie wirklich aus dem Hotel werfen? Und wo sollte sie dann hingehen? Schnell schob sie ihre Ängste beiseite. Hier ging es nicht nur um sie und ihren Papa. So viele andere, die schwächer waren als sie, waren ebenfalls in Gefahr – die Tiere, die Inselbewohner, die Venezianer. Die Aufgabe einer Cannovacci war es, sie zu beschützen. Und genau das würde sie tun.

»Besser jetzt als nie«, sagte Aribella und biss die Zähne zusammen. »Gehen wir!«

Ich warte auf der Treppe«, sagte Helena. »Vergesst nicht, die Sanduhr im Auge zu behalten.«

Aribella nickte und ihre Finger schlossen sich fest um die zerbrechliche kleine Uhr mit den erstarrten Sandkörnern. Sie schlichen die Treppe hinunter. Draußen hatte der Himmel wieder seine Schleusen geöffnet und das Trommeln des Regens auf dem Steg hallte durch das Gebäude. Die Überschwemmungen würden bald schlimmer werden, was Aribella in ihrem Entschluss noch bestärkte.

Vorsichtig spähten sie in die Empfangshalle. »Rosa steht an der Rezeption!«, stöhnte Seffie.

»Ich werde sie für euch ablenken«, sagte Fin.

Die Mädchen sahen ihn erstaunt an.

»Bist du sicher?«, fragte Aribella. Fin war nicht ganz so empfindlich, was das Befolgen von Regeln anging … aber wenn sie erwischt wurden, konnte er seine Sondererlaubnis für den Lesesaal vergessen.

»Aber klar doch. Wenn sogar Helena bereit ist, gegen die Regeln zu verstoßen, ist das ja wohl das Mindeste, was ich zu dem Ganzen beitragen kann.«

»Gut so, Fin!« Seffie schlug ihm so kräftig auf den Rücken, dass er vorwärtsstolperte.

Er bekam rote Ohren.

»Was wirst du machen?«, wollte Aribella wissen.

»Das werdet ihr gleich sehen. Haltet euch bereit.« Fin ging die Stufen bis ganz nach unten.

Nymeria lag auf ihrem gewohnten Platz am Fuß der Treppe und tat, was sie immer tat. Sie schlief.

»Guten Morgen, Rosa«, sagte Fin und stieg vorsichtig über die Löwin. »Was für ein grässlicher Regen.«

Auf Zehenspitzen schlichen Aribella und Seffie ein kleines Stück näher.

Fin ging quer durch die Empfangshalle und verschwand aus ihrem Blickfeld.

»Ja, da hast du recht«, sagte Rosa. »Mir tun die armen Leute leid, deren Häuser jetzt wieder überschwemmt werden. Es ist …«

»Argh!«, hörten sie Fin brüllen. »Rosa, helfen Sie mir!«

»Fin! Du weißt doch, dass du nicht in den Salon darfst.«

»Ich hab mich nur angelehnt. Ich wollte gar nicht durch die Tür gehen … Aber jetzt stecke ich fest.«

»Du steckst fest? Wie das? Benutze einfach deine Kraft, um wieder zurückzukommen.«

»Es funktioniert nicht. Ich weiß auch nicht, warum. Könnten Sie bitte mal ziehen? Jacapo bringt mich um, wenn er mich so sieht.«

»Also gut. Wir wollen Jacapos Blutdruck ja nicht überstrapazieren.« Rosa seufzte. Sie kam hinter dem Empfangstresen hervor, durchquerte die Halle und verschwand ebenfalls aus Aribellas und Seffies Blick.

Die beiden schlichen hinunter und sahen Fin, der zur Hälfte in der Salontür hing. Während Rosa sich bückte, um sich die

Sache näher anzusehen, zwinkerte er ihnen zu. »Auuu«, stöhnte er, »das tut richtig weh!«

»Tatsächlich? Das hat dir doch noch nie wehgetan. Los, nimm meine Hand.«

»Jetzt!«, zischte Aribella und sah zu Helena. Sie umklammerte die Sanduhr und nahm Seffies Hand.

Helena nickte und setzte ihre Maske auf.

Aribella hatte ein merkwürdiges Klingeln in den Ohren, dann ein Rauschen und plötzlich war die Welt totenstill. Das Trommeln des Regens hatte aufgehört, ebenso wie Nymerias Schnarchen und die gewohnten Hintergrundgeräusche der anderen Hotelgäste.

Diese absolute Stille war so seltsam, dass sie sich fast laut anfühlte.

Aribella sah auf die Uhr über dem Kamin und dann auf die Sanduhr. Die Zeiger der Uhr bewegten sich nicht, dafür hatte der Sand angefangen zu rieseln.

Helena hatte es tatsächlich getan. Sie hatte die Zeit angehalten!

»Unglaublich«, flüsterte Aribella.

»Danke. Aber jetzt beeilt euch!«, zischte Helena.

Aribella sah nervös zu Nymeria. Die Augen der Löwin waren halb geöffnet, aber sie rührte sich nicht. Seffie sprang auf Rosas Tresen und griff nach dem Schlüssel neben dem für das Schwimmbad. Nach kurzem Zögern nahm sie ihn vom Haken.

Angespannt wartete Aribella auf ein lautes Brüllen von Nymeria, aber die blieb ganz ruhig.

Seffie sprang mit einem leisen Jauchzer vom Tresen. Sie bückte sich und streichelte Nymeria über den Rücken. Offenbar konnte sie nicht widerstehen. »Ihr Fell ist so weich! Das wollte ich schon immer mal tun.«

»Hör auf mit dem Blödsinn!«, zischte Helena. »Ihr habt nur zwanzig Minuten. Schon vergessen?«

Der Sand rieselte jetzt sehr schnell durch das Glas.

Hand in Hand rannten Aribella und Seffie zur Kellertür. Sie schoben den Riegel zur Seite und ein lautes Quietschen ließ sie zusammenzucken. Es durchbrach für einen Moment die Totenstille und Aribella war überzeugt, nun doch erwischt zu werden. Aber gleich darauf war es wieder unheimlich still.

Aribella verstand nun, warum Helena ihre Kraft so ungern einsetzte und lieber nicht darüber redete. Helena, die es hasste, Regeln zu brechen, hatte Angst, von anderen dazu angestiftet zu werden, mit ihrer Kraft Unfug zu treiben. Sie musste sich sehr einsam fühlen.

Zwei Stufen auf einmal nehmend stiegen sie in den schummrigen Keller hinunter.

»Hier entlang«, rief Seffie.

»Bist du sicher?«

»Absolut.«

Immer weiter drangen sie in das unterirdische Labyrinth vor, nahmen mal hier eine Abzweigung und mal dort eine, bis sie plötzlich direkt davorstanden.

Die verschlossene Tür.

Der Schlüssel in Seffies Hand glühte matt, genau wie Aribellas, wenn er in der Nähe ihres Zimmers war. Seffie steckte ihn ins Schloss. Anfangs ließ er sich nur schwer drehen, aber nachdem sie ein bisschen daran gerüttelt hatte, machte es klick und die Tür öffnete sich nach innen. Das Knarzen der Angeln verriet, dass sie seit Jahren nicht mehr benutzt worden war.

Seffie warf einen Blick hinein und der Jubelruf blieb ihr im Hals stecken. »Was zur Lagune …«

Das Zimmer war in einem furchtbaren Zustand. Die dunkelviolette Tapete war fleckig und schälte sich von den Wänden, die Teppiche waren mottenzerfressen und die Möbel ausnahmslos von einer dicken Staubschicht und Spinnweben überzogen. Gleichzeitig sah es aus, als wäre ein Tornado durch den Raum gefegt. Aribella erinnerte sich an die Verwandlung der Empfangshalle, als sie das Halb-hier-halb-da-Hotel zum ersten Mal betreten hatte, und fragte sich, ob hier etwas Ähnliches im Gange gewesen war, das dann unterbrochen wurde.

»Sieht aus, als steckte der Raum mitten in einer Übergabe«, flüsterte Seffie, die offensichtlich denselben Gedanken hatte.

»Los, fangen wir an zu suchen«, sagte Aribella. »Je schneller wir wieder hier raus sind, umso besser.«

Sie warf einen Blick auf die Sanduhr in ihrer Hand. Ein Drittel des Sands war schon durch.

Es war dunkel im Zimmer und keines der beiden Mädchen hatte große Lust, etwas anzufassen, was die Suche deutlich erschwerte. In einer der Schubladen entdeckte Seffie eine Ansammlung ekeliger Maden, die selbst sie zurückzucken ließ, und überall verstreut auf dem Boden lagen merkwürdige kaputte Gegenstände – eine eingedrückte Himmelskugel, ein zerbrochenes Teleskop, eine schwarze Kiste ohne sichtbare Öffnung –, aber keine Spur vom *Buch der Geheimnisse*. Sie suchten an allen möglichen und unmöglichen Orten: in den Schubladen, unter den achtlos auf den Schreibtisch geworfenen Kleidern, im Schrank, unter und hinter den Möbeln und sogar in der rußgeschwärzten Feuerstelle des Kamins … Aber sie fanden kein einziges Buch.

Seffie, die es eilig hatte, wieder wegzukommen, fing an zu drängeln. »Ari, unsere Zeit ist fast um!«

Aribella warf einen Blick auf die Sanduhr, die sie immer noch fest umklammert, aber kaum beachtet hatte. Es war nur noch ein Drittel Sand übrig.

»Bis wir hier unten waren, war schon ein Drittel durchgelaufen«, fügte Seffie hinzu. »Wir müssen gehen. Jetzt.«

Aribella wusste, dass Seffie recht hatte, aber wenn sie jetzt mit leeren Händen zurückkehrten, wäre alles umsonst gewesen. Das Buch *musste* hier irgendwo sein …

Verzweifelt ließ sie den Blick noch einmal durch den Raum wandern und bemerkte, dass eines der verschimmelten Kissen auf dem Bett eine merkwürdige Form hatte. Sie unternahm einen letzten Versuch und zog Seffie zum Bett. Dann reichte sie ihrer Freundin die Sanduhr und schob schaudernd die Hand unter das Kissen, wo sie die Ecke eines Buches ertastete. Die Hoffnung flammte wieder auf.

Mit angehaltenem Atem zog Aribella das Buch hervor. Der Einband war nicht beschriftet und komplett schwarz.

»Glaubst du, das ist es?«, fragte sie und hätte vor Freude fast getanzt.

»Das muss es sein!«, rief Seffie aufgeregt.

»Aber es hat keinen Titel.«

»Logisch! Warum sollte auf dem *Buch der Geheimnisse* draufstehen, um was es sich handelt, Aribella? Fin hat doch gesagt, es sei ein schwarzes Buch – das muss es sein. Aber jetzt nichts wie raus hier! Dieses Zimmer ist wirklich gruselig.«

Aribella klemmte sich das Buch unter den Arm und schnappte sich die Sanduhr aus Seffies Hand. Gemeinsam rannten sie aus dem Raum und schlossen erleichtert die Tür hinter sich. Seffies Hände waren so verschwitzt, dass es eine halbe Ewigkeit dauerte, bis es ihr gelang, den Schlüssel umzudrehen.

Ihre Schritte hallten über den Steinboden, als sie den Gang entlang zurückrannten. Das Buch drückte Aribella unangenehm in die Seite, während sie mal nach rechts und mal nach links liefen. Endlich kamen sie an die Treppe, die nach oben führte. Sich an den Händen haltend, stolperten sie in die warme Eingangshalle, wo die Zeit immer noch stillstand. Fin verharrte in derselben Position wie vorhin, eine Hälfte in der Halle, die andere im Salon, und neben ihm stand wie eine Statue Rosa, die ihnen den Rücken zuwandte.

»Ich dachte schon, ihr schafft es nicht«, rief Helena. »Schnell, den Schlüssel!«

Seffie kletterte auf den Tresen und hängte den Schlüssel zurück an seinen Haken. Im selben Moment, in dem sie wieder heruntersprang, setzte die normale Zeit ein. Aribellas Ohren füllten sich mit Lärm. Plötzlich war die Welt wieder ein Durcheinander von Geräuschen, die Aribella jetzt sehr viel lauter wahrnahm als zuvor – das Auf- und Zuschlagen der Türen in der Etage über ihnen klang wie Gewehrschüsse, das Trommeln des Regens vor der Tür wie Paukenschläge. Ob Helena das auch jedes Mal so empfand, wenn sie die Zeit wieder in Bewegung setzte? Kein Wunder, dass sie manchmal so gereizt war.

Aribella fragte sich, ob ihre Suche unbemerkt geblieben war, und sah mit klopfendem Herzen zu Nymeria. Die Löwin schlief noch immer tief und fest. Bevor Aribella einen weiteren klaren Gedanken fassen konnte, schlug plötzlich die Eingangstür auf. Wind und Regen peitschten in die Hotelhalle und ließen die Kerzen flackern.

Aribella wirbelte herum. Mit offenem Mund sah sie den Maskenmacher in die Eingangshalle stürzen. Das lange verfilzte Haar hing ihm über die markante Schnabelmaske und er war von Kopf bis Fuß klatschnass. Irgendetwas stimmte ganz und gar nicht mit ihm. Taumelnd und stöhnend hielt er sich den Hals.

Rosa beeilte sich, die Tür zu schließen. »Maskenmacher?«, rief sie entsetzt. »Ist alles in Ordnung mit Ihnen?«

Der Maskenmacher stolperte vorwärts und schlug der Länge nach auf den Boden.

»Holt Francesca!«, schrie Rosa und kniete sich neben ihn. Aribella, Seffie und Fin rannten zur Treppe, aber Helena war bereits auf dem Weg. Innerhalb weniger Sekunden war sie mit Francesca zurück und Aribella fragte sich, ob sie ihre Kraft gleich noch einmal eingesetzt hatte.

Als Francesca die Stufen herunterhastete, trug sie bereits ihre smaragdgrüne Maske. Sie war um die Augenschlitze mit Rubinen besetzt und auf der Stirn prangte ein Stab, um den sich zwei Schlangen wanden – das Symbol der Heiler.

Francesca kniete sich zu Rosa neben den Maskenmacher und zog ihm den Umhang von den Schultern. Aribella erkannte den schwarzen Fleck, der sich auf seinem Hals ausbreitete, sofort wieder. Sie war entsetzt.

Auch Francesca schnappte erschrocken nach Luft. »Ich glaube das einfach nicht …«

»Was ist das?«, fragte Rosa.

»Ein Geisterbiss … Ich habe schon darüber gelesen, aber noch nie einen gesehen.«

»Dann hatte Rodolfo also doch recht? Sie sind tatsächlich da draußen?« Rosas Stimme zitterte.

»Sieht ganz danach aus. Und ich habe keinen Vierdiebessig mehr«, fluchte Francesca. »Ich hätte mehr davon brauen sollen, wie Rodolfo gesagt hat. Hätte ich nur auf ihn gehört …«

»Kannst du ihn retten?«

»Ich werde tun, was ich kann. Aber ich kann nichts versprechen. Der Biss einer Kreatur aus der Welt der Toten ist grausam. Wenn man ihn nicht sofort behandelt, verbreitet sich das Gift im gesamten Körper und dann …«

»D-dann was?«, fragte Seffie.

Francesca sah zu den Mädchen. »Dann«, sagte sie langsam, »wird der Gebissene zu dem, was ihn gebissen hat – zu einem Geist.«

Francesca presste beide Hände auf den Fleck auf der Schulter des Maskenmachers und ihre Finger verströmten ein goldenes

Licht, das in die Haut zu sickern schien. Aribella hielt den Atem an, aber im Gegensatz zu dem Essig konnten Francescas Kräfte offenbar nichts bewirken.

Aribella wünschte, Rodolfo wäre hier. Er wüsste, was zu tun wäre … Ihr war, als hätte sich plötzlich alles ins Gegenteil verkehrt und sie wäre diejenige, für die die Zeit stillstand. Wie erstarrt stand sie da und sah zu, was um sie herum geschah, ohne etwas tun zu können.

Dann bemerkte sie, dass Nymeria aus ihrem Dauerschlaf erwacht war und sich erhoben hatte. Sie neigte den schönen, goldenen Kopf und hustete ein zusammengeknülltes Stück Papier aus, das Rosa direkt vor die Füße kullerte.

Nachdem sie es aufgehoben und glatt gestrichen hatte, wurde sie blass. Ihre Hände zitterten.

»Was steht da?«, fragte Francesca, ohne den Maskenmacher dabei aus den Augen zu lassen.

Rosas Hände zitterten jetzt so stark, dass sie den Zettel fast zerrissen hätte.

»Rodolfo«, hauchte sie, »da steht, Rodolfo sei für all das verantwortlich.«

23

Man ließ Bruno rufen, der den Maskenmacher in Francescas Suite trug. Es war merkwürdig, mit anzusehen, wie ein scheinbar ganz normaler Junge sich den Mann, vor dem sich Aribella in seinem Laden so sehr gefürchtet hatte, über die Schulter warf, als wäre er nur eine Stoffpuppe.

Francesca eilte ihnen die Treppen hinauf hinterher und murmelte dabei etwas von irgendwelchen Kräutern, die sie benötigte. »Vielleicht kann ich noch rechtzeitig eine Portion brauen. Eigentlich ist das unmöglich … aber ich muss es trotzdem versuchen.«

Rosa folgte ihnen. »Wenn ich irgendwie helfen kann, lass es mich wissen, Francesca.«

Wortlos rannten Aribella, Seffie, Fin und Helena in Aribellas Zimmer. Erst als sie die Tür hinter sich geschlossen hatten, wagten sie es, über das, was passiert war, zu sprechen. Alle redeten wild durcheinander, und Aribella brachte Helena, die ihr ruhig zuhörte, hastig auf den aktuellen Stand. Sie war froh, dass Helena nun auch auf ihrer Seite war.

»Wurde der Maskenmacher wirklich von einem Geist angegriffen?«, fragte Fin.

»Und warum hat Nymeria Rodolfos Namen ausgehustet?«, wollte Seffie wissen.

»Eigentlich dachte ich, der Maskenmacher wäre von uns allen am wenigsten gefährdet«, bemerkte Helena.

»Hat der Fleck genauso ausgesehen wie bei deinem Freund, Ari?«, flüsterte Seffie.

Aribella nickte. »Genau gleich. Es war definitiv ein Geisterbiss.«

Helena schüttelte den Kopf. »Oh nein, das ist schlimm, sehr schlimm. Habt ihr bemerkt, wie geschockt die Ältesten waren? Rosa hat gezittert … Ich kann einfach nicht glauben, dass Rodolfo hinter alldem stecken soll. Warum sollte er alle vor den Geistern warnen, wenn er für ihr Erscheinen verantwortlich ist?«

»Vielleicht damit der Eindruck entsteht, er sei besonders weise?«, schlug Fin vor. »Oder um uns von seiner Unschuld zu überzeugen?«

»So wird Jacapo es wahrscheinlich sehen«, grummelte Seffie finster. »Es ist natürlich schon ein seltsamer Zufall, dass Rodolfo ausgerechnet in der Nacht, in der dein Freund gebissen wurde, auch da war. Trotzdem glaube ich nicht, dass er böse Absichten hatte.«

»Ich auch nicht«, sagte Aribella mit Nachdruck. »Er hat Theo und mich gerettet! Schon vergessen?« Sie glaubte es einfach nicht, konnte es nicht glauben.

»Dennoch macht er sich mit seinem Verschwinden verdächtig …«, sagte Fin.

»Vielleicht hat die Person, die wirklich für all das verantwortlich ist, ihn ja entführt«, protestierte Seffie.

»Ja, oder er versteckt sich, weil er weiß, dass man ihm auf den Fersen ist«, fügte Aribella hinzu. »Diese Person könnte auch Rodolfos Namen ins Löwenmaul gesteckt haben, um ihre eigenen Spuren zu verwischen.«

»Sprecht ihr von Zio?«, fragte Helena.

»Er kann nicht tot sein. Wir waren eben erst in seinem Zimmer. Und das Buch, das er ausgeliehen hat, war auch da.« Aribella hielt den schwarzen Band hoch. *Das Buch der Geheimnisse.*

»Das heißt doch, dass er noch lebt, oder, Fin?«, sagte Seffie.

Fin wurde rot, wie immer, wenn Seffie ihn direkt ansprach. »Ja, die Tatsache, dass dieses Buch, nachdem man von Zios Tod ausgegangen war, nicht zurück in den Lesesaal gewandert ist, spricht meiner Ansicht nach tatsächlich dafür, dass er noch lebt.«

Helenas Augen weiteten sich. »Deshalb wolltet ihr es haben. Als Beweis, dass Zio nicht ermordet wurde.«

Sie nickten.

»Den Teil habt ihr mir verschwiegen«, sagte sie sauer und verschränkte die Arme vor der Brust. Aribella war klar, dass sie sich ausgegrenzt fühlte.

»Tut mir leid, dass wir dir nicht alles gesagt haben, Helena«, rechtfertigte sich Aribella. »Aber die Ältesten tun so, als wäre überhaupt nichts passiert. Dank dir haben wir jetzt die Chance, die Wahrheit herauszufinden.«

Aribella legte das schwarze Buch auf ihr Bett und Seffie und Fin traten näher, um es sich anzusehen. Helena ließ die Arme wieder sinken und gesellte sich zu ihnen.

Seffie rümpfte die Nase. »Ich weiß, dass man ein Buch nie nach seinem Einband beurteilen sollte, aber …«

Vorsichtig schlug Aribella das Buch auf. Sie rechnete damit, dass die Seiten brüchig und vergilbt waren wie alles in Zios Zimmer, aber sie waren wie neu: schneeweiß und fest. Das Buch hatte dreihundert eng mit Text bedruckte Seiten, aber keine Inhaltsangabe und auch kein Register.

Aribella blätterte ein wenig darin herum. Hoffnungslosigkeit machte sich in ihr breit. »Jemand muss das lesen, und zwar in sehr kurzer Zeit. Glaubt ihr, Julietta ist auch beim Lesen übernatürlich schnell?«

»Das bezweifle ich«, sagte Seffie. »Aber vielleicht könnte Helena die Zeit in Zwanzig-Minuten-Päckchen einfrieren?«

»Uff, dass wäre extrem anstrengend«, entgegnete Helena. »Einmal die Regeln brechen ist eine Sache, aber um all das zu lesen, müsste ich es … ungefähr hundertmal tun.«

Fin ließ seine Fingerknöchel knacken und rollte den Kopf hin und her. »Wo ist das Problem?«, sagte er selbstgefällig. »Ich habe das schneller gelesen als sonst irgendjemand im Hotel, und zwar ohne Cannovacci-Kraft.«

»Die Fähigkeit zu lesen ist die mächtigste Kraft von allen«, wiederholte Aribella Rosas Worte. »Danke, Fin!«

Fin, dessen Augen bereits mit geübtem Blick über die Seiten flogen, nickte. »Wenn ausgerechnet Helena die Hotelregeln bricht, dann ist so zu tun, als steckte ich in einer Tür fest, und ein Buch zu lesen ja wohl das Mindeste, was ich zur Rettung der Welt beitragen kann.«

Helena vergrub das Gesicht in den Händen. »Musst du mich auch noch daran erinnern?«, stöhnte sie.

»Durch Wände zu gehen ist leider keine besonders nützliche Fähigkeit«, sagte Fin, ohne von dem Buch aufzusehen. Er hatte es witzig gemeint, aber Aribella spürte, dass ihn das mehr beschäftigte, als er zugab.

»Warum nicht?«, fragte sie. »Du musst nur daran glauben, Fin. Der Maskenmacher sagt, unsere wahre Kraft entwickeln wir erst, wenn wir die falschen Masken ablegen und uns so akzeptieren, wie wir sind.«

Fin sah gerade mal lange genug auf, um sie anzulächeln, bevor er wieder zu den Seiten zurückkehrte.

Aribella wollte ebenfalls lächeln, aber es gelang ihr einfach nicht. Sie bekam den scheußlichen Fleck auf dem Hals des Maskenmachers nicht mehr aus dem Kopf. Er war so unglaublich schwach gewesen, als Bruno ihn sich über die Schulter gelegt hatte, und dabei war er ihr immer so stark und mächtig vorgekommen. Wenn ein Geist sogar einen Cannovacci angreifen konnte, welche Chance hatten dann all die anderen Bewohner Venedigs, die keine Magie beherrschten?

Helena machte sich offenbar die gleichen Sorgen. »Ich kann einfach nicht glauben, dass der Maskenmacher gebissen wurde«, wiederholte sie fassungslos.

»Hat Nymeria eigentlich irgendetwas getan?«, fragte Seffie plötzlich. »Ich meine, bevor sie Rodolfos Namen ausgehustet hat.«

Aribella schüttelte den Kopf. »Nein, warum?«

»Eben!«, rief Seffie. »Sie hat nichts getan. Sie hat die ganze Zeit geschlafen, sogar als der Maskenmacher verletzt ins Hotel gestürzt kam. Irgendetwas stimmt nicht mit ihr und das ist gar nicht gut. Ich werde versuchen herauszufinden, was es ist, aber bis dahin sollten wir uns besser nicht darauf verlassen, dass Nymeria Alarm schlägt, sobald Venedig – oder dem Maskenmacher – Gefahr droht.«

»Hoffentlich stirbt er nicht«, sagte Helena. »Er hat schon seit Jahren keinen Lehrling mehr gehabt. Was soll dann aus den Cannovacci werden? Was soll aus Venedig werden?«

Aribella versuchte, sie zu beruhigen. »Es besteht immer noch Hoffnung, dass Francesca das Gegengift rechtzeitig fertig bekommt.«

Aber auch Aribella wusste, dass diese Hoffnung sehr gering war. Francesca hatte gesagt, es würde zwölf Stunden dauern, den Vierdiebessig zu brauen. Bis dahin würde sich der Fleck weiter ausbreiten. Andererseits hatten bei Theo in jener Nacht auf der Lagune nur wenige Tropfen auf die Wunde sofort Wirkung gezeigt …

Plötzlich fiel es ihr wie Schuppen von den Augen. Das Fläschchen! Was hatte sie damit gemacht, nachdem Rodolfo es ihr gegeben hatte? Es war in ihrer Tasche!

Aribellas Herz setzte einen Schlag aus. Dann sprintete sie zum Kleiderschrank, riss die Tür auf und wühlte ganz hinten nach ihren alten Kleidern. Hoffentlich hatte das Fläschchen Rosas Wäsche überlebt.

»Jetzt ist wirklich nicht der richtige Zeitpunkt, sich umzuziehen«, nörgelte Seffie.

Aribella schenkte ihr keine Beachtung. Es musste noch da sein … es musste einfach! Endlich fand sie ihre alten Kleider, die sich noch kratziger und derber anfühlten, als sie sie in Erinnerung hatte. Hatte sie die Sachen vor ein paar Wochen wirklich noch täglich getragen? Schon jetzt kam es ihr vor, als wäre das in einem anderen Leben gewesen.

Sie steckte die Finger in die Taschen ihrer Hose und kramte aufgeregt herum. Ah! Da war es. Der Lagune sei Dank … Es war nicht verloren gegangen. Mit klopfendem Herzen zog sie das Fläschchen aus der Tasche.

Ein kleiner Rest der goldenen Flüssigkeit war noch übrig.

Ohne eine Erklärung – dafür war keine Zeit – raste Aribella in die vierte Etage. Sie wusste nicht, welche der Suiten Francesca bewohnte, aber der süße Duft eines Kräutersuds wics ihr den Weg. Die Tür war nur angelehnt.

Das Fläschchen fest an die Brust gedrückt, klopfte sie an und schob die Tür weiter auf. »Francesca?«, rief sie.

Das Empfangszimmer war angefüllt mit Kissen. Überall standen niedrige Tischchen mit hübsch gemusterten Tischdecken, darauf Lampen, die ein gedämpftes Licht verbreiteten. Über dem Kaminfeuer hing ein brodelnder Kupferkessel. War das der Vierdiebessig? Der Sud war noch grün und schien weit davon entfernt, golden zu werden.

»Francesca?«, rief sie noch einmal, dieses Mal etwas lauter.

Hinter einer Tür rechts von ihr war ein Stöhnen zu hören. Aribella rannte in das Zimmer, aus dem es kam.

Der Maskenmacher lag mit geschlossenen Augen auf einem Sofa. Man hatte ihm Umhang und Maske abgenommen. Sein gealterter, merkwürdig zusammengeschrumpfter Körper erinnerte Aribella an ein Kind. Die Schnabelmaske, die auf einem Ständer auf dem Beistelltisch stand, schien ihren Besitzer aus leeren Augen anzustarren. Das Gesicht des Maskenmachers war freundlicher, als sie erwartet hatte, und er wirkte irgendwie verletzlich. Er sah aus wie ein ganz normaler Großvater, und zum ersten Mal überlegte Aribella, ob er wohl eine Familie hatte.

Ächzend drehte er den Kopf. Als Aribella den Geisterbiss sah, sog sie scharf die Luft ein. Der Fleck war dunkler geworden. Wie ein Netz hatten sich die schwarzen Adern über Hals und Brust ausgebreitet und griffen nach seinem Herzen.

Schnell ging Aribella zu ihm und nahm das Fläschchen. Als sie den Stöpsel herausziehen wollte, schlug der Maskenmacher plötzlich die Augen auf.

Er streckte den Arm aus und griff nach ihrem Handgelenk.

»Clara?«, stöhnte er und verdrehte die Augen, sodass nur noch das Weiße zu sehen war. »Clara?«

Aribella wurde kalt. Sie sah sich um, ob jemand hinter ihr stand, aber sie waren allein im Zimmer. Er schien zu halluzinieren, wahrscheinlich die Auswirkungen des Geisterbisses oder eines Schmerzmittels, das Francesca ihm gegeben hatte.

»Vergib mir, Clara«, schluchzte der Maskenmacher und klammerte sich an sie. »Du musst mir vergeben. Ich hätte sie nicht anfertigen dürfen. Er hat mich hinters Licht geführt.«

Was nicht anfertigen dürfen? Der Maskenmacher sprach in Rätseln.

Er wandte sich ihr zu und starrte sie mit wilden Augen an. »Ich war ein Narr. Blind. Ich habe nicht begriffen, dass sie die Grenze zerstören würde.«

Die Grenze zerstören?

»Du wusstest es, Clara. Habe ich recht? Deshalb hast du sie genommen. Du warst schon immer sehr klug ...« Der Maskenmacher verstummte und seine Augäpfel wurden wieder weiß.

Noch immer ergab das, was er da sagte, für Aribella keinen Sinn. Trotzdem hatte sie das Gefühl, dass es wichtig war. Sie konzentrierte sich auf das Fläschchen. Sie musste ihm die Flüssigkeit auf die Wunde tröpfeln. Aber wo sollte sie anfangen? Am Hals? Auf der Brust? Es waren nur noch ein paar Tropfen übrig. Was, wenn sie es für die falsche Stelle vergeudete? Sie durfte jetzt keinen Fehler machen.

»Bleiben Sie ruhig, Signore«, sagte sie. »Sie müssen stillhalten.«

Er wälzte sich hin und her. »Du bist ein kluges Mädchen. Es tut mir leid ... Ich hätte sie nicht machen dürfen. Ich habe den Schwur der Maskenmacher gebrochen. Pass gut darauf auf, wo immer sie ist ... sonst ist die Welt dem Untergang geweiht.«

»Auf was soll ich aufpassen?«

»Er wusste von meiner Schwäche. Er hat mir geschmeichelt ... Zio ...«

Aribella fröstelte. Dann war es tatsächlich Zio. Er und Clara waren der Grund für all das.

Ihr fiel wieder ein, wie stolz der Maskenmacher gewesen war, als er ihr seine Sammlung gezeigt hatte. *Die beste in ganz Venedig*, hatte er gesagt. Zio musste ihn überredet haben, ihm eine Maske zu machen, und Clara hatte sie ihm weggenommen.

Sie versuchte, ruhig zu bleiben. »Bitte, Signore, halten Sie still. Ich will Ihnen helfen.«

Aber der Maskenmacher hörte nicht auf, wild um sich zu schlagen. Gleichzeitig hielt er sie noch immer am Handgelenk gepackt, sodass es extrem schwierig war, das Fläschchen zu öffnen. Endlich gelang es ihr, den Stöpsel zu ziehen, und sie streckte den Arm aus, um ihm das Mittel zu verabreichen. In diesem Moment schoss seine freie Hand nach oben und schlug ihr das Fläschchen aus der Hand. Die goldene Flüssigkeit ergoss sich auf den Teppich und versickerte.

»Nein!«, schrie Aribella. Sie fiel neben dem Fläschchen auf die Knie, aber es war komplett leer.

»Kannst du mir verzeihen, Clara?« Die Augen des Maskenmachers waren weit aufgerissenen. »Bitte. Die Finsternis … ich fühle sie kommen. Was ich getan habe, tut mir leid. Ich hätte längst die Wahrheit sagen müssen … Ich wusste, er würde kommen, um Rache zu üben.« Er griff sich ans Herz. »Bitte, Clara, erfüll mir diesen allerletzten Wunsch.«

Aribella schluckte. Wofür sollte sie ihm vergeben? Außerdem wollte er, dass Clara ihm verzieh, nicht sie …

Aber der Maskenmacher wirkte so gequält, dass sie einfach nickte und hoffte, es würde genügen. Seine Züge entspannten sich und für einen kurzen Moment schien er fast friedlich, als hätte er sich mit seinem Schicksal abgefunden. Er schloss die Augen, legte sich zurück und hielt endlich still. Aribella wusste sofort, dass er tot war. Ihr wurde flau im Magen. Es war das erste Mal, dass sie sah, wie jemand starb, und sie begann, am ganzen Körper zu zittern. Fassungslos starrte sie auf den leblosen Körper des Maskenmachers und den grässlichen schwarzen Fleck, der seine Brust bedeckte. Sie fühlte sich wie betäubt, als hätte Helena die Zeit noch einmal angehalten und sie war die Einzige im Raum, die sich noch bewegen konnte. Hinter ihr ging die Tür auf und sie drehte sich um.

»Aribella? Was tust du …?« Francescas Blick fiel auf den

Maskenmacher und die frischen Kräuter, die sie in der Hand gehalten hatte, segelten zu Boden.

»Er ist tot«, flüsterte Aribella. Ihre Schultern bebten. »Er ist tot.«

Francesca setzte Aribella ans Feuer, brachte ihr eine Tasse heißen Kakao und legte ihr eine dicke Decke um die Schultern. Rosa war ebenfalls gekommen. Ihr Gesicht war kreidebleich. Aribella war klar, dass sie den Ältesten einiges erzählen musste – dass es wichtig war –, aber sie war zu verstört, um zu reden.

»Wir hätten ihn nicht alleine lassen dürfen«, murmelte Francesca.

»Das hätte auch nichts geändert«, entgegnete Rosa nach einer kurzen Pause. »Wie gefährlich sind diese Geister, Francesca?«

»Sehr gefährlich, wenn man den alten Geschichten glauben darf.«

Rosa schauderte. »Bis heute hatte ich nicht geglaubt, dass sie wirklich eine Bedrohung sind. Ich komme mir vor wie eine Närrin.«

Francesca sah sie an. »Keiner von uns hat es geglaubt«, sagte sie leise. »Wer glaubt schon an einen Albtraum, ohne einen Beweis dafür zu haben?«

»Ich verstehe auch nicht, was mit Nymeria los ist! Warum ist sie nicht aufgewacht, als der Maskenmacher hereinkam? Oder schon davor? Sie hätte aufwachen und uns warnen müssen. Ich fürchte, sie ist krank. Venedig könnte in großer Gefahr schweben und wir sind ahnungslos.«

»Du hast recht.« Francesca runzelte die Stirn. »Das ist äußerst merkwürdig.«

»Geht es dir ein wenig besser?«, wandte sich Rosa an Aribella.

»Ich hole einen Trank, der dir hilft, einzuschlafen«, sagte Francesca und verschwand im Nebenzimmer.

Rosa nahm Aribella die leere Kakaotasse aus der Hand. »Es tut mir leid, Aribella. Wir hätten hier sein müssen. Aber wir dachten, es ginge schneller, wenn wir die Zutaten gemeinsam sammeln.«

»Ich hatte noch etwas Vierdiebessig. Ich hätte ihn retten können.« Heiße Tränen quollen aus Aribellas Augen.

»Schon gut«, tröstete Rosa sie. »Es war nicht deine Schuld.«

Francesca kehrte mit einem runden Glasgefäß mit einer rosafarbenen Flüssigkeit zurück. Sie wirkte verwirrt.

»Was ist?«, wollte Rosa wissen.

»Mein Schlaftrunk … Ich hatte eine große Menge davon in meiner Vorratskammer. Genug, um eine ganze Armee auszuschalten, und das hier ist alles, was noch da ist. Der Trunk ist nicht schwierig zu brauen, aber ich frage mich, wer ihn genommen hat. Und wozu?«

Rosa sah sie erschrocken an. »Du glaubst doch nicht, jemand hat ihn Nymeria verabreicht?«

Francesca machte ein ernstes Gesicht. »Rodolfo ist der Einzige, der aus dem Hotel verschwunden ist …«

Rosa schüttelte den Kopf. »So etwas würde er nie tun!«

»Das hatten wir von Clara auch geglaubt«, murmelte Francesca.

Kurz überlegte Aribella, ihnen zu erzählen, was sie und ihre Freunde über Zio herausgefunden hatten, aber in ihrem Kopf wirbelte alles durcheinander. Weder wusste sie, wo sie anfangen, noch, was sie selbst glauben sollte.

Rosa nahm ihren Arm. »Komm, du hast heute Abend schon genug durchgemacht. Wir bringen dich jetzt ins Bett.«

Rosa begleitete Aribella in ihr Zimmer und passte auf, dass sie den Schlaftrunk bis auf den letzten Tropfen austrank.

»Ich muss Ihnen noch etwas sagen, Rosa«, murmelte Aribella, während sie unter die Laken kroch.

»Schlaf jetzt«, sagte die Hüterin der Schlüssel streng. »Wir reden morgen darüber.«

Der Trunk versetzte Aribella in einen tiefen, traumlosen Schlaf, der die ganze Nacht anhielt. Als sie am nächsten Morgen aufwachte, hatte sie jedoch sofort wieder den leblosen Körper des Maskenmachers vor Augen. Trotz ihrer warmen Decke war Aribella bei der Erinnerung an den gestrigen Abend schrecklich kalt.

Auf dem Rücken liegend starrte sie an den Baldachin ihres Himmelbetts und versuchte, zwischen allem, was geschehen war, einen Zusammenhang herzustellen.

Der Maskenmacher war tot. Getötet von einem Geist. Er war ein Cannovacci und er wurde umgebracht, weil er eine verbotene Maske angefertigt hatte. Für Zio.

Zio und Clara ... Clara und Zio ... alles schien sich um diese beiden Namen zu drehen ...

Am liebsten hätte sie sich in ihrem Bett vergraben und die Decke über den Kopf gezogen. Aber damit würde sie auch niemandem helfen. Gerade jetzt war es wichtig herauszufinden, was da vor sich ging, und im Moment waren Aribella, Seffie, Fin und Helena womöglich die Einzigen, die dazu in der Lage waren. Wo war bloß Rodolfo? Ein Teil von ihr war tatsächlich wütend auf ihn. Sie hätten ihn zwar wahrscheinlich ohnehin aus dem Hotel geworfen, trotzdem kam es ihr vor, als hätte er sie im

Stich gelassen. Und nun wurde er auch noch verdächtigt, Nymeria betäubt und den Maskenmacher getötet zu haben! Aber er hatte gesagt, sie könne ihm vertrauen, und das tat sie – Rodolfo konnte diese schrecklichen Dinge *unmöglich* getan haben. Aber die neue Anschuldigung bedeutete wohl, dass er so bald nicht zurückkommen würde und jetzt alles von ihnen abhing.

Also stand sie auf, zog sich an und ging hinunter zum Frühstück. Das Wetter war über Nacht nicht besser geworden, Wind und Regen peitschten noch immer gegen die Fenster.

Der Speisesaal war so gut wie leer. Von den Ältesten war fast niemand da. Wahrscheinlich hielt der Rat mal wieder eine Besprechung ab. In diesem Punkt gab Aribella Rodolfo recht: Die Ältesten vergeudeten viel zu viel Zeit mit Diskutieren, anstatt dass sie etwas unternahmen. Die Einzige, die allein und noch blasser als sonst an einem Tisch saß, war Ursula. Sie trug einen weißen Pelzmantel und Handschuhe, als wäre es tiefster Winter. Als sich ihre Blicke trafen, lächelte sie und kam zu ihr herüber.

»Was du da letzte Nacht miterleben musstest, Aribella, tut mir furchtbar leid«, sagte sie leise. »Inzwischen haben wir alle begriffen, dass Rodolfo die Wahrheit gesagt hat.«

»Aber gerade Sie hätten das doch schon früher erkennen müssen«, sagte Aribella. »Konnten Sie es denn nicht in seinen Gedanken lesen?«

»Mit Rodolfos Gedanken hatte ich schon immer Schwierigkeiten. Er ist sehr gut darin, sie zu verbergen.«

»Und warum haben Sie die Wahrheit nicht in meinen Gedanken erkannt? Schließlich habe ich den Geist mit eigenen Augen gesehen.«

Ursula verzog das Gesicht. »Verzeih mir. Ich habe einen großen Fehler gemacht. Ich hätte Jacapo nie von eurem Besuch im Palast erzählen dürfen. Zum Glück habt ihr dem Dogen gesagt, dass er die Inbelli warnen muss. Ich bin sicher, nach der heutigen

Versammlung wird Jacapo seine Meinung ändern. Immerhin ist jetzt zweifelsfrei bewiesen, dass die Geister existieren. Hast du eigentlich etwas über die Verhandlung deines Vaters erfahren?«, fügte sie noch besorgt hinzu.

Aribella versetzte es einen Stich. Beschämt schüttelte sie den Kopf. Sie hatte heute noch nicht einmal an Papa gedacht.

Ursula sah sie mitfühlend an. »Ich habe gehört, dem Dogen ginge es gesundheitlich wieder schlechter. Vielleicht wurde die Verhandlung vertagt. Mach dir keine allzu großen Sorgen. Hast du eine Familie auf Burano? Oder Freunde?«

Aribella sah zu Boden. Hatte sie Freunde? War Theo noch ihr Freund? Der Gedanke an ihn versetzte ihr einen weiteren Stich. Theo glaubte wahrscheinlich noch immer, dass sie mit ihrem Papa im Gefängnis des Dogenpalasts saß.

»Als eine kleine Wiedergutmachung kannst du meine Gondel benutzen, wann immer du jemanden auf Burano besuchen möchtest«, bot Ursula an. Aribella fragte sich, ob sie in ihren Gedanken gelesen hatte. Mit ihrer behandschuhten Hand zog sie ein winziges Modell ihrer Gondel aus der Tasche und gab es Aribella. Genau wie Rodolfos *Permesso* war er ein perfekter Nachbau, bei dem bis hin zu den rosafarbenen Kissen jedes Detail stimmte.

Aribella starrte ihn überrascht an. Von Ursula hätte sie das am allerwenigsten erwartet. »Und was ist mit Jacapo? Er hat mir verboten, das Hotel zu verlassen.«

Ursula drückte Aribellas Hand. »Um Jacapo werde ich mich kümmern. Nachdem ich euch in Schwierigkeiten gebracht habe, obwohl ihr das Richtige getan habt, ist das das Mindeste, was ich tun kann. Benutz die Gondel, wann immer du willst. Aber vielleicht nicht heute Nacht. Wir haben Vollmond und das könnte nichts Gutes bedeuten. Nun, da Rodolfo weg ist, wissen wir nicht, wann es den nächsten Blutmond geben wird.«

Aribella bedankte sich und nahm den *Permesso* mit an den Tisch in der Ecke, an dem Seffie, Helena und Fin saßen.

»Was ist gestern Abend passiert?«, fragte Seffie besorgt. »Du bist einfach weggerannt. Rosa sagt, der Maskenmacher wäre gestorben und du wärst dabei gewesen …«

Auch Helena wirkte besorgt und Fin sah aus, als hätte er die ganze Nacht kein Auge zugetan. Als Seffie ihn darauf hinwies, dass er anstelle seiner Brotscheibe gerade seine Serviette mit Butter beschmierte, murmelte er etwas wie, er hätte sehr lange gelesen.

Obwohl sie sich die Ereignisse der vergangenen Nacht nur ungern wieder in Erinnerung rief, erzählte Aribella den anderen alles, was passiert war – auch, was der Maskenmacher gesagt hatte, bevor er starb.

Als sie geendet hatte, starrten die anderen sie stumm an. Es war das erste Mal überhaupt, dass Seffie keinen Bissen Törtchen hinunterbekam. »Was, glaubst du, hat das zu bedeuten?«, fragte Fin. »Wenn Zio den Maskenmacher gezwungen hat, ihm eine Maske zu machen, die Clara dann versteckt hat, heißt das, dass Clara gar nicht böse war? Oder doch? Oder war der Maskenmacher böse? Ich bekomme Kopfschmerzen, wenn ich das alles in einen Zusammenhang bringen will.«

»Und wo sind Zio und Clara jetzt?«, fragte Seffie. »Wenn er nicht tot ist, ist sie es vielleicht auch nicht. Vielleicht hält sie sich ebenfalls versteckt? Aber was hindert sie daran, einfach zurückzukommen und allen zu erzählen, was wirklich geschehen ist?«

»Das habe ich mich auch schon gefragt«, räumte Aribella ein. »Das, und noch vieles mehr.« Sie hatte das Gefühl, über Venedig braute sich ein unheilvolles Gewitter zusammen.

»Und was soll das für eine Maske sein, die Grenzen zerstören kann?«, grübelte Helena.

»Die Grenze … Natürlich!« Fin richtete sich kerzengerade auf. »Helena, du bist genial! Treffen in zehn Minuten im Lesesaal!«, rief er und sprang so abrupt vom Tisch auf, dass alle zusammenzuckten.

»Was? Warum?«, stöhnte Seffie. »Vom Lesesaal habe ich für die nächsten hundert Jahre genug gesehen.«

»Kommt einfach«, flüsterte Fin aufgeregt und rannte aus dem Speisesaal.

Zehn Minuten später saßen Aribella, Seffie, Fin und Helena dicht gedrängt um einen Tisch in der hintersten Ecke des Lesesaals, der von der Tür aus nicht zu sehen war. Fin, der *Das Buch der Geheimnisse* in einem der Regale versteckt hatte, schlug es aufgeregt auf und zeigte ihnen die seitenfüllende Zeichnung einer wunderschönen Maske, die das Gesicht eines goldenen Löwen darstellte.

»Wessen Maske ist das?«, fragte Seffie.

»Sie gehört niemandem. Es ist die Maske von Venedig. Ich habe diesen Teil erst letzte Nacht zu Ende gelesen … Hört zu: ›Die sagenumwobene Maske von Venedig ist so mächtig, dass ihr Träger die Grenze zwischen der Welt der Toten und der Welt der Lebenden ungehindert überschreiten kann und so unsterblich wird. Entfaltet sie ihre volle Macht auf der Insel der Toten während eines Blutmonds, wird die Grenze für immer zerstört …‹«

Fin hielt inne. »Ich glaube, es war diese Maske, die der Maskenmacher angefertigt und die Clara dann gestohlen und versteckt hat.«

Die vier tauschten entsetzte Blicke. Wenn eine solche Maske

wirklich existierte, war nicht nur Venedig in Gefahr, sondern die ganze Welt.

Seffie fasste sich als Erste wieder. »Dieser Idiot, wie konnte er eine solche Maske machen?«

»Seffie! Man spricht nicht schlecht von den Toten!«, rügte Helena sie.

»Er hat gesagt, man hätte ihn hinters Licht geführt«, bemerkte Aribella.

Wieder sahen sie sich an.

»Vielleicht sind wir aber auch auf der völlig falschen Fährte«, sagte Fin. »Vielleicht haben die Ältesten doch recht und für die Geisterangriffe sind Rodolfo und diese Clara verantwortlich …«

Aribella schüttelte den Kopf. »Wenn das stimmt, warum sollte der Maskenmacher Clara dann um Vergebung bitten? Und Rodolfo hat er überhaupt nicht erwähnt. Wahrscheinlich hat Zio den Maskenmacher getötet, weil er ihm nicht sagen konnte, wo Clara die Maske von Venedig versteckt hat. Und Rodolfo wollte er aus dem Weg haben und hat deshalb seinen Namen ins Löwenmaul gesteckt. Leider sind wir die Einzigen, die die Wahrheit kennen. Wir müssen diesen Zio finden.«

»Und wie?«, fragte Helena. »Wir haben nicht die leiseste Ahnung, wo er sein könnte.«

Helena hatte recht. Er konnte überall in Venedig sein.

»Na ja, zumindest sind wir vorerst in Sicherheit«, sagte Seffie und ließ sich in ihren Sessel zurücksinken. »Zwischen den beiden letzten Blutmonden lagen zehn Jahre, bestimmt gibt es nicht gleich wieder einen.«

Die anderen verstummten und verfielen ins Grübeln. Wie lange es wohl noch dauern würde bis zum nächsten Blutmond? Wäre Rodolfo doch nur ein bisschen genauer gewesen. Aribella dachte an den letzten Blutmond, an den Nebel und die merkwürdige Insel, die daraus aufgetaucht war.

»Steht in dem Buch noch mehr über die Insel der Toten, Fin?«, wollte sie wissen.

Fin schüttelte den Kopf. »Da steht nur, dass sie bei Blutmonden auftaucht. Ihre genaue Lage ist unbekannt.«

»Ich glaube, ich habe sie gesehen«, sagte Aribella. »In der letzten Blutmondnacht, mit Theo.«

Seffie schauderte.

»Dann ist die Grenze bereits jetzt durchlässig?«, vermutete Helena.

»Ja, vielleicht ist die Maske auf der Insel«, sagte Aribella.

»Das könnte sein«, sagte Fin langsam.

»Und wir haben Vollmond«, fügte Aribella hinzu.

Ängstlich sahen sie sich an.

»Wenn das stimmt, müssen wir sie finden, bevor Zio sie findet«, rief Seffie.

»Richtig. Und dank Ursula haben wir dafür einen *Permesso*.« In Aribellas Kopf entstand langsam ein Plan.

»Mitten in der Nacht auf die Lagune rauszurudern, wenn dort ein Geist herumzischt, scheint mir keine so gute Idee zu sein.« Fin war skeptisch.

»Das ist mir egal«, entgegnete Aribella. »Wenn wir überhaupt eine Chance haben, die Maske zu finden, dann dort. Und der Geist hatte Angst vor Feuer, das heißt, wenn er noch einmal auftaucht, kann ich ihn vertreiben.«

»Also ich komme mit«, erklärte Seffie.

Mittlerweile kannte Aribella ihre Freundin so gut, dass sie wusste, dass der Versuch, es ihr auszureden, sinnlos wäre.

»Schön«, sagte sie erleichtert.

»Und ihr seid ganz sicher, dass ihr gehen wollt?«, fragte Fin. »Es ist wirklich sehr gefährlich.«

»Das ganze Leben ist gefährlich, Fin!«, entgegnete Seffie. »Irgendwo da draußen gibt es einen Verrückten, der eigentlich tot sein sollte, und der will wahrscheinlich eine geheime Grenze niederreißen und eine Horde böser Geister auf uns hetzen. Schon vergessen?«

»Wo du recht hast, hast du recht«, räumte Fin ein. Er seufzte und sah zu Helena. »Wir helfen euch.«

Helena nickte. »Wo und wie ihr uns braucht.«

Am Abend zog Aribella sich vor dem Schlafengehen gar nicht erst aus. Komplett angekleidet lag sie auf dem Bett und hörte mit wachsender Nervosität zu, wie der Wind den Regen an ihre Fenster peitschte. Es würde nicht einfach werden, bei diesem Wetter rauszurudern. Den ganzen Tag über war sie wie betäubt gewesen, aber nun war sie hellwach und angespannt.

Sie dachte an die Hütte ihres Papas. In der Nacht, in der sie Rodolfo begegnet war, hatte sie auch komplett angekleidet auf ihrem Bett gelegen. Seitdem war so viel passiert, und das alles hatte zu dem geführt, was ihr nun bevorstand.

Eine Viertelstunde vor Mitternacht stand sie auf, schlüpfte in ihre Lederstiefel, legte sich einen dicken Wollumhang um und schob Ursulas *Permesso* in die Tasche. Dann nahm sie ihre Maske vom Nachttisch und setzte sie zögernd auf. Sie rechnete damit, gestochen zu werden, aber der Stich blieb aus. Die Maske schien heute gefügig zu sein. Aribella band sie fest und hoffte, dass auch auf der Lagune alles gut gehen würde.

Als die Uhr Mitternacht schlug, trat sie auf den Flur hinaus.

Seffie und Fin warteten schon auf sie. Seffie trug ebenfalls Stiefel, Umhang und Maske, während Fin im Schlafanzug und barfuß war. Er nickte Aribella kurz zu.

»Bereit?«, flüsterte Aribella.

Fin nickte noch einmal. Sie sah, dass er nervös war.

»Und ihr?«, fragte er.

»Bereit!«

»Und Nymeria ist ganz sicher bei Francesca?«

Aribella nickte. Die Heilerin hatte Nymeria in ihre Suite bringen lassen, um sie zu beobachten, solange der Schlaftrunk noch wirkte.

»Viel Glück, Fin«, flüsterte Seffie.

»Euch auch«, flüsterte er zurück. »Kommt heil und in einem Stück wieder.«

»Und versuch du, so lange wie möglich in *zwei* Stücken zu bleiben«, entgegnete Seffie.

Lächelnd trat Fin mit einem Bein durch die geschlossene Tür seines Zimmers und eine Hälfte seines Körpers verschwand. »Nach meinem letzten Auftritt wird mir Rosa das nicht mehr allzu lange abnehmen«, warnte er sie. »Ihr müsst euch beeilen. Ich zähle bis zwanzig, dann fange ich an zu schreien.«

»Danke, Fin.« Aribella und Seffie rannten die Treppen hinunter. Im ersten Stock versteckten sie sich hinter einer Ecke und warteten.

Nur wenige Sekunden später war von oben Fins Brüllen zu hören. »Rosa! Hilfe! Ich stecke fest.«

»Fin?«, ertönte Rosas Stimme von unten. »Bist du das?«

»Ich bin geschlafwandelt, Rosa. Und jetzt stecke ich in meiner Tür fest …«

»Nicht schon wieder«, stöhnte sie. »Ich dachte, inzwischen bist du kräftig genug, um da alleine wieder herauszukommen.«

»Das dachte ich auch, aber ich brauche meine Maske. Bitte … Wenn Jacapo mich findet, bringt er mich um …«

»Das ist das letzte Mal, Fin. In Zukunft binde ich dich am Bett fest.« Sie hörten Rosa auf der Treppe. »Dieses Schlafwandeln muss endlich aufhören!«, murmelte sie vor sich hin, während ihre Schritte eine Etage höher wanderten.

Gut gemacht, Fin, dachte Aribella. Ohne zu zögern und so leise wie möglich liefen Seffie und sie hinunter. Mit wenigen langen

Schritten durchquerten sie die Eingangshalle und schlüpften hinaus in die stürmische Nacht.

Aribellas Herz raste. Als sie die Tür hinter sich schlossen und der Sturm in ihren Ohren heulte, verspürte Aribella einen kleinen Anflug von Triumph, den sie aber gleich wieder unterdrückte. Sie hatten es zwar geschafft, unbemerkt aus dem Hotel zu kommen, aber das war erst der Anfang.

Vor Kälte zitternd rannten sie durch den Regen den Steg entlang. Der Himmel war dunkel. Durch die dichte Wolkendecke waren weder Mond noch Sterne zu sehen. Der Wind blies Aribella die Haare ins Gesicht und ließ ihre Umhänge flattern. Seit Einbruch der Dunkelheit schien er noch stärker geworden zu sein. Wenn es schon in den Kanälen so heftig stürmte, wollte Aribella nicht wissen, wie es draußen auf der ungeschützten Lagune sein würde.

Sie umklammerte Ursulas *Permesso* und zog, während sie die Melodie summte, am Tau. Sofort schnellte die Gondel an die Oberfläche. Am Bug hing eine Laterne, die auf wundersame Weise schon brannte. Dieses Mal war Aribella froh, dass die Gondel eine Kabine hatte. So war zumindest Seffie im Trockenen.

»Geh du in die Kabine«, flüsterte sie ihr zu, während sie an Bord kletterten.

Aber Seffie wollte davon nichts hören. »Wenn du hier draußen im Regen bleibst, kann ich das schon lange.«

»Man kann sich mit seiner Dickköpfigkeit auch selbst im Wege stehen«, seufzte Aribella.

»Ich fasse das mal als Kompliment auf«, gab Seffie zurück. Während sie das Seil losband, nahm Aribella das Ruder. Dann stießen sie die Gondel vom Steg ab und Aribella fing an zu rudern. Wie beim ersten Mal fand sie schnell ihren Rhythmus und hatte keinerlei Probleme, die Gondel, die ihr leicht wie eine

Feder vorkam, anzutreiben. Außer ihnen war niemand unterwegs, sodass sie schnell vorankamen. Der dichte Regen stahl ihnen die Sicht und das pechschwarze Wasser stand so hoch im Kanal, dass die Ufer kaum noch auszumachen waren. Aber Aribella trieb die Gondel, das Gesicht durch die Maske vor dem Wind geschützt, unbeirrt vorwärts.

Als sie in die Lagune hinausfuhren, wurde der Regen stärker. Das Wasser drang durch Aribellas Umhang und lief ihr kalt den Nacken hinab. Sie biss die Zähne zusammen. Sie wünschte sich, die Sterne würden ihnen den Weg leuchten, aber sie mussten auch ohne Sterne klarkommen. Den Weg nach Burano kannte sie in- und auswendig. Während sie hinaus auf die offene Lagune ruderte, wurden Aribellas Bewegungen immer flüssiger und sie schossen mühelos über das schwarze Wasser. Die Geschwindigkeit raubte ihr den Atem.

Als sie nahe genug am Ufer von Burano waren, um die Umrisse der Insel auszumachen, brachte Aribella die Gondel abrupt zum Halten.

Vor ihnen auf dem Wasser hüpfte ein Licht. Ein Fischerboot. »Da vorne, Seffie!«, rief sie. Aber wie Rodolfo ihr einst erklärt hatte, machte ihre Maske sie zwar unbemerkbar aber nicht unhörbar.

»Wer ist da?«, fragte eine vertraute Stimme.

Aribella klappte die Kinnlade herunter. »Theo?«, stammelte sie.

26

Schnell nahmen Aribella und Seffie ihre Masken ab, als im Schein der Laterne, die er in der Hand hielt, Theos Gesicht aufleuchtete. Mit einer Mischung aus Schock, Erstaunen und Verwirrung strich er sich die Haare aus den Augen und starrte sie an.

»Ari? Bist du das?«

»Theo, was machst du hier draußen? Du solltest nachts nicht fischen. Hat der Doge euch nicht gewarnt?«

»Gewarnt vor was?« Theo runzelte die Stirn. Er sah sie an, als wäre sie ein Geist.

Der Doge wollte die Inselbewohner doch warnen. War er zu krank? Und wo waren eigentlich die Wachen, die auf der Lagune patrouillieren sollten? Aribella fiel auf, dass sie keiner einzigen Wache begegnet waren, nicht einmal, als sie am Palast vorbeigefahren waren.

»Ich hatte ihn gebeten, dich zu warnen …«

»Du hast *den Dogen* gebeten, mich zu warnen?«, schnaubte er.

»Na ja, alle Inselbewohner. Hier draußen gibt es … etwas sehr Böses.« Wie konnte sie Theo das alles nur begreiflich machen? Wenn sie anfing, etwas von Geistern zu erzählen, würde er ihr nie im Leben glauben. Theo hielt das für Blödsinn. Für Geistergeschichten hatte er nichts übrig. Und daran, dass er selbst von einem Geist gebissen wurde, erinnerte er sich offensichtlich nicht, sonst würde er nicht alleine nachts hier draußen fischen. Was war das eigentlich für ein Boot, das er da hatte?

Theo schüttelte verständnislos den Kopf. »Wo bist du die ganze Zeit gewesen? Ich dachte, du bist … und wer ist deine Freundin?«

Er beäugte Seffie misstrauisch, dann wanderte sein Blick zu der Gondel. »Und woher hast *du* eine Gondel?«

Aribella fluchte innerlich. Sie wusste, wie das für Theo aussehen musste. »I-ich kann das erklären, Theo … und du musst dir keine Sorgen machen, mir geht es gut …«

»Das sehe ich«, erwiderte Theo mit einer Kälte, die nicht zu ihm passte. »Wäre schön gewesen, wenn du mich das schon früher hättest wissen lassen.«

»Theo …« Aribella war verzweifelt. Wie konnte sie ihm das alles nur erklären? Sie hatte geschworen, das Geheimnis der Cannovacci zu wahren.

»Seit du verschwunden bist, versuche ich, eine Audienz beim Dogen zu bekommen«, sprach Theo weiter. »Ich war krank vor Sorge um dich! Ich dachte, du und dein Papa, ihr wärt im Gefängnis.«

»Papa *ist* im Gefängnis«, sagte Aribella schnell, sich an das einzig Wahre klammernd, das sie ihm erzählen durfte.

»Was?« Kurz sah Theo sie mitfühlend an, dann wurde sein Gesicht wieder hart. »Und warum sollte ich dir das glauben? Gian hatte offenbar die ganze Zeit recht. Ich bin dir doch völlig egal. War es schon immer.«

»Bitte, Theo. Das ist nicht wahr. Natürlich bist du mir nicht egal. Ganz im Gegenteil.«

»Und wo warst du dann? Nachdem ich bei dem Gewitter

neulich beinahe ertrunken wäre, hatte ich eigentlich damit gerechnet, du würdest mich besuchen kommen. Hast du aber nicht. Dann habe ich herausgefunden, dass du vermisst wurdest, und bekam furchtbare Angst. Ich dachte, es wäre etwas Schreckliches passiert. Ich habe Gian zur Schnecke gemacht, weil er deinen Namen ins Löwenmaul gesteckt hat. Aber das hätte ich mir wohl sparen können. Da bist du wieder und schipperst fröhlich über die Lagune, in einer Gondel! Du bist einfach abgehauen, und was mit mir ist, war dir egal.«

Er war eifersüchtig, deshalb war er so wütend. Für ihn sah es aus, als ob sie ausgerechnet das bekommen hätte, was er sich schon immer sehnlichst wünschte, und nicht bereit war, es mit ihm zu teilen. Er dachte, sie hätte ihn im Stich gelassen, und war verletzt. Aribella fühlte sich schrecklich. Das Letzte, was sie wollte, war, Theo zu verletzen.

Die Tränen stiegen ihr in die Augen. »Theo, ich schwöre dir, so ist das nicht.«

»Wie ist es dann, Ari? Sag's mir!« Neben seiner Wut war da immer noch ein kleiner Schimmer Hoffnung, dass er sich täuschte, dass es eine andere Erklärung gab und sie ihn nicht einfach vergessen hatte.

Aribella schüttelte den Kopf. »Ich wünschte wirklich, ich könnte es dir erklären, Theo. Aber ich kann es nicht.«

Der Hoffnungsschimmer in Theos Augen verschwand. »Gian ist im Gegensatz zu dir ein wahrer Freund. Ich hätte schon viel früher auf ihn hören sollen. Er leiht mir sogar sein Boot, nun, da ich keins mehr habe. Er fährt nachts nicht mit raus, weil er wie die anderen an diese blödsinnigen Geistergeschichten glaubt – aber immerhin lässt er mich nicht hängen.«

Theos Worte schmerzten, aber im Moment hatten sie größere Sorgen. Es war gut, dass die anderen Fischer nicht in die Lagune fuhren, und Theo sollte auch zu Hause bleiben.

»Du solltest wirklich nicht hier sein, Theo.«

»Ach ja?«, fauchte er. »Und warum nicht? Wegen dir? Bist du etwa doch eine Hexe? Willst du mich verfluchen?«

Seffie, die sich das alles bisher schweigend angehört hatte, unterbrach ihn. »Ari kann es dir wirklich nicht erklären. Du würdest es nicht verstehen.«

Aribella wäre es lieber gewesen, sie hätte nichts gesagt.

»Was würde ich nicht verstehen?« Theo wurde lauter. »Hältst du mich für einen blöden Idioten, so wie Gian und die anderen Inselbewohner – ist es das?«

»Nein, Theo, natürlich nicht.« Aribella schnappte nach Luft.

»Ich habe dich die ganze Zeit verteidigt.« Seine Stimme klang belegt. »Ich habe die Flammen gesehen, damals auf dem Markt, und weißt du, was ich gedacht habe? Ich dachte, egal, was das zu bedeuten hat, ich halte zu ihr, weil sie nett ist und eine wirklich gute Freundin. Aber eine gute Freundin würde nicht einfach ohne ein Wort verschwinden.«

Aribella ertrug es nicht mehr. Sie wollte es ihm sagen. Sie wollte ihm alles sagen.

»Theo, ich …!« Die Maske in ihrer Hand versetzte ihr einen heißen Stich und sie schrie auf.

Nicht jetzt. Nicht hier.

»Ari?«, rief Seffie.

Aribella ließ die Maske auf den mit Teppich ausgelegten Boden der Gondel fallen und rieb sich die Hand.

»Hat sie dich wieder gestochen?«, fragte Seffie. »Wie im Palast?«

Aribella nickte. »Es war schlimmer, wie …« Sie verstummte. Das Wasser um die Gondel hatte seine Farbe geändert. Es war jetzt nicht mehr pechschwarz, sondern … Sie sah zum Himmel empor und wurde von kalter Angst gepackt. Die Wolkendecke war ein klein wenig aufgerissen und der Vollmond war zu sehen.

Aber er war nicht blass und weiß, wie er sein sollte, sondern rot.

Blutrot.

»Seffie, der Blutmond!«, schrie sie.

ZACK. Etwas Hartes und Schweres krachte gegen Aribellas Hinterkopf. Sie taumelte vorwärts und versuchte, das Gleichgewicht nicht zu verlieren. In ihren Ohren klingelte es. Dumpf hörte sie Theo schreien. Seffie rief ihren Namen. Aribella drehte sich um und erkannte in einer Gondel direkt hinter ihnen eine Gestalt im Kapuzenumhang mit einem Ruder in der Hand. Die Gestalt holte aus und dann geschah alles wie in Zeitlupe. Rodolfo, war Aribellas erster verwirrter Gedanke. Aber es war nicht seine Gondel. Und Rodolfo würde sie niemals angreifen. Aber wer war es dann? Und warum?

Ihr Verstand überschlug sich, suchte nach einer Erklärung. Dann traf das Ruder sie ein zweites Mal und sie kippte seitlich aus der Gondel. Sie hörte noch, wie Seffie schrie und Theo ihren Namen brüllte, dann drehte sich die Welt und Aribella stürzte kopfüber ins eiskalte Wasser.

Verzweifelt strampelte sie Richtung Oberfläche, aber ihr Umhang zog sie immer weiter in die Tiefe … ihre Brust wurden eng und presste gegen ihre Lungen … die Luft ging ihr aus … Plötzlich packten zwei Arme Aribella um die Taille und zogen sie nach oben. Als sie durch die Wasseroberfläche brachen, schnappte Aribella gierig nach Luft. Ihre Brust schmerzte. Das Salzwasser brannte in ihrem Hals und sie musste husten. Der Griff lockerte sich ein wenig.

»Ari, alles in Ordnung?«, schrie Seffie gegen den Wind an. »Halte durch! Ich schwimme mit dir zur Gondel.«

Aribella im Arm, tauchte sie den Kopf unter Wasser und fing an, mit kräftigen Beinschlägen Richtung Gondel zu schwimmen. Aribella machte ebenfalls Schwimmbewegungen, aber ihre Beine waren nur im Weg und der Umhang machte es ihnen auch nicht gerade leichter. Sie löste den Verschluss und ließ ihn in die Tiefe sinken. Ohne den Umhang kamen sie sehr viel besser voran. Sie schafften es bis zu Ursulas gekenterter Gondel und hielten sich an der Seite fest.

In Aribellas Ohren dröhnte der Wind. Die Wellen waren riesig. Über ihnen leuchtete der Blutmond, aber Theos Boot war nirgends zu sehen. Aribellas Magen krampfte sich zusammen. Hoffentlich hatte er sich in Sicherheit gebracht. Darüber, dass er sie vielleicht im Stich gelassen hatte, so wie sie ihn, wollte sie gar nicht erst nachdenken.

Der Angreifer im Umhang war ebenfalls verschwunden – genau wie ihre Maske, wie sie mit Entsetzen feststellte. Sie hatte in der Gondel gelegen!

»Oh, Seffie, ich habe meine Maske verloren!« Aribella kullerten dicke Tränen über ihre Wangen. Sie fühlte sich furchtbar. »Das war's. Wir sind geliefert. Und das ist nur meine Schuld.«

Seffie legte die Stirn in Falten und schüttelte ihre nassen Locken. »Gar nichts ist deine Schuld, Ari. Und die Grenze ist *noch* nicht durchbrochen. Wir können die Insel immer noch finden. Aber nur, wenn wir unsere Zeit nicht mit Rumheulen vergeuden.« Seffies grüne Augen funkelten sie entschlossen an. Sie war so mutig und stark, dass es auch auf Aribella abfärbte. »Los! Drehen wir die Gondel um. Der *Permesso* wird uns helfen.«

Der *Permesso*! Sofort machte sich in Aribella wieder die Verzweiflung breit. Die kleine Gondel war in der Tasche ihres Umhangs, der jetzt gemeinsam mit ihrer Maske auf dem Grund der Lagune lag. Wie sollten sie ohne Gondel zur Insel der Toten gelangen, um Zio aufzuhalten?

»Der *Permesso* war in meinem Umhang«, gestand sie Seffie. »Ich habe ihn auch verloren.«

»Du bleibst hier«, sagte Seffie. »Bin gleich wieder da.« Sie setzte ihre Maske auf und tauchte ab.

»Seffie!« Aribella klammerte sich an die Gondel und starrte ins tiefe, finstere Wasser. Ein paar Blasen stiegen auf, aber Seffie erschien minutenlang nicht wieder an der Oberfläche. Aribella hatte schreckliche Angst, dass ihrer Freundin etwas zugestoßen war, aber gerade als sie anfing, panisch zu werden, tauchte Seffies Kopf wieder auf.

»Ich habe etwas viel Besseres gefunden!«, rief sie.

Neben ihr im Wasser erschienen die Schnauzen von zwei großen Delfinen. Sie warfen die Köpfe zurück und machten fröhliche Klicklaute. Mit offenem Mund bestaunte Aribella die wunderschönen Tiere.

»Ich wusste, dass sie nicht weg sind, Ari. Und sie wussten, dass Venedig sie brauchen würde … was für kluge Geschöpfe. Sie können uns zur Insel bringen. Delfine finden alles!«

»Das ist großartig, Seffie!«, sagte Aribella. Während Seffie unter Wasser gewesen war, hatte sie selbst einen neuen Plan gefasst. »Du lässt dich jetzt von einem der beiden zurück zum Hotel bringen und ich schwimme mit dem anderen zur Insel.«

»Was? Auf gar keinen Fall!«, protestierte Seffie, genau wie Aribella es erwartet hatte.

»Du musst zurück zum Hotel und Rosa informieren«, entgegnete Aribella bestimmt. »Nun, da wir wissen, dass wir einen Blutmond haben und ein Angreifer auf der Lagune ist, brauchen wir *jede* Hilfe, die wir kriegen können.«

»Dann komm mit mir zurück und wir holen gemeinsam Hilfe«, sagte Seffie.

Aribella schüttelte den Kopf und sah zum Mond, der dunkelrot am Himmel stand. »Dafür bleibt nicht genügend Zeit. Ich muss versuchen, die Maske von Venedig zu finden, bevor Zio sie findet. Außerdem haben Geister Angst vor Feuer. Ich kann sie bestimmt eine Weile in Schach halten.« Fragte sich nur, wie lange, ohne ihre Maske …

»Ich will dich aber nicht alleine lassen.«

»Du *musst*.«

Kurz dachte Aribella, sie würde sich weiter weigern, aber auch Seffie hatte erkannt, dass das ihre einzige Chance war.

»Also gut. Aber wenn du auf dieser Insel stirbst, Ari, dann … bringe ich dich um.«

Trotz allem musste Aribella lachen. »Geh jetzt. Los! Je schneller du Hilfe holst, umso besser.«

Seffie nickte. »Den Abschied sparen wir uns, wir sehen uns eh gleich wieder«, sagte sie tapfer.

Aribella nickte, unfähig, etwas zu sagen. Hoffentlich behielt Seffie recht.

Seffie klammerte sich an die Rückenflosse eines Delfins und produzierte mit der Kehle ein paar Klicklaute.

»Ich habe dem anderen erklärt, wo er dich hinbringen soll«, sagte sie. »Du musst dich nur an seiner Rückenflosse festhalten, wenn du so weit bist.«

Der erste Delfin machte mit Seffie im Schlepptau kehrt und schwamm in Richtung Hauptinsel davon.

Für einen kleinen Moment sah Aribella ihnen nach, wie sie pfeilschnell durchs Wasser davonschossen. Seffie war für sie der lebende Beweis für das Gute in der Welt und Grund genug, dafür zu kämpfen. Sie wandte sich wieder der Lagune zu. Am Horizont war eine dünne weiße Linie aufgetaucht, die das Meer vom Himmel trennte. Der Nebel.

Aribella schob ihre Angst weit von sich und griff behutsam nach der Rückenflosse des Delfins. Sie war glatt und glitschig, aber es gelang ihr, sich festzuhalten. Der Delfin schlug einmal kräftig mit der Schwanzflosse, dann jagte er mit ihr durch die Wellen, dass die Gischt nur so spritzte.

Schneller, als ihr lieb war, tauchten sie in den dichten Nebel ein, der alles um sie herum verhüllte. Aribella sah nichts als diesiges Weiß. Aus Angst, abzurutschen und ihn zu verlieren, klammerte sie sich noch fester an die Flosse des Delfins, der unbeirrt weiterschwamm. Plötzlich lichtete sich der Nebel und vor ihr im Wasser lag in das gespenstische Licht des Blutmonds getaucht eine Insel.

Die Insel der Toten.

Wieder sah es aus, als schwebte die Insel auf einer Nebelschicht, und wieder wirkte sie verlassen und Furcht einflößend. Dieses Mal schwamm Aribella mithilfe des Delfins aber nahe genug heran, um den zerfallenen Palast auf dem Hügel in der Mitte gut erkennen zu können. Um ihn herum standen windgepeitschte Bäume und Weinreben überwucherten die Cherubim über dem Eingangstor. Als sie schon fast am Ufer waren, wurde der Delfin langsamer. Er schien sich vor der Insel zu fürchten. Aribella konnte es ihm nicht verübeln. Sie ließ die Flosse los.

»Den Rest schwimme ich alleine«, sagte sie. »Danke.«

Ein Blick in die Augen des Delfins genügte Aribella, um zu wissen, dass er sie verstanden hatte. Wie konnte man nur auf die Idee kommen, Tiere würden nicht genauso denken und fühlen wie Menschen? Seffie hatte recht. Um das zu erkennen, musste man ihnen nur in die Augen sehen.

Mit bangem Herzen und schmerzenden Gliedern kämpfte sich Aribella die letzten Meter durch das aufgewühlte Wasser bis zur Insel. Sie versuchte, nicht darüber nachzudenken, was sie dort erwartete. Hätte sie doch nur ihre Maske. Wieder rief sie sich ins Gedächtnis, dass sie das alles für Theo tat, und für Papa und Seffie und für die Menschen in Venedig.

Sobald sie das Ufer erreicht hatte, hörte es auf zu regnen und auch der Wind ließ nach. Erschöpft kroch sie aus dem Wasser. Als sie zitternd am Strand stand, umfing sie eine beunruhigende Stille. Der Sand unter ihren Füßen sah aus wie zermahlene Knochen.

Eine Gondel, die sie noch nie gesehen hatte, lag verlassen am Strand. Es war das erste Mal, dass ihr eine Gondel auf dem Trockenen begegnete, und es wirkte irgendwie unnatürlich. Die Gondel lag auf der Seite wie ein verwundetes Tier. Aribella suchte den Rumpf nach dem Emblem des goldenen Löwen ab, aber es waren lediglich die Reste irgendeines verblichenen Symbols zu erkennen. Wahrscheinlich war es die Gondel, die ihnen auf der Lagune begegnet war. Das würde bedeuten, dass der Mann im Umhang, der sie angegriffen hatte, bereits hier war.

Nervös sah Aribella zu dem verfallenen Palazzo auf dem Hügel. Im obersten Fenster des Turms brannte Licht. Ein Schauder kroch ihr über den Rücken.

War das Zio dort oben? Hatte er die Maske von Venedig schon gefunden?

Der einzige Weg auf der Insel führte direkt auf das Licht zu.

Aribella hatte weder einen Plan noch eine Maske noch irgendjemanden, der ihr helfen konnte. Sie hatte noch nicht einmal ihre Kraft vollständig unter Kontrolle, und ob sie sie ohne ihre Maske überhaupt heraufbeschwören konnte, wusste sie auch nicht. Erst jetzt wurde ihr bewusst, wie hilflos sie im Grunde war. Wie sollte *sie* gegen eine böse Macht, die *ganz* Venedig bedrohte, oder gegen diesen Zio, dem es gelungen war, den kompletten Ältestenrat hinters Licht zu führen, bestehen? Sie war nur ein dreizehnjähriges Mädchen …

Aber wenn Aribella eines gelernt hatte im Halb-hier-halb-da-Hotel, dann, dass nichts unmöglich war.

Sie musste es versuchen.

28

Eine Wolke zog am Blutmond vorüber und warf Streifen aus Schatten und Licht auf den Boden vor ihr. Wie lange würde der Blutmond noch anhalten, fragte sich Aribella, während sie den Hügel hinaufstieg. Und was würde passieren, wenn sie noch auf der Insel der Toten war, wenn er verschwand? Würde sie dann ebenfalls verschwinden?

Alles in ihr schrie, dass sie umkehren sollte, trotzdem setzte sie weiter einen Fuß vor den anderen. Mit jedem Schritt ging ihr Atem heftiger. Ihr Hals war trocken. Es war seltsam, einer sicheren Gefahr so ruhig entgegenzugehen – wie die tödliche Stille vor einem schrecklichen Sturm.

Die Luft war eisig und ihre klatschnassen Kleider klebten an ihrem müden Körper. Mit jedem Schritt wurde ihr kälter. Ihre Finger kribbelten vor Aufregung. Aber würde sie ihre Kraft ohne ihre Maske überhaupt beherrschen können?

Es war jetzt nicht mehr weit. Die alten Steinmauern des Palazzos leuchteten im roten Licht des Mondes. Große Büschel welken Efeus hingen an den bröckelnden Wänden, unter dem Dach saß eine Reihe rußgeschwärzter Wasserspeier mit abgeschlagenen Gesichtern und Flügeln. Die offenen Münder der steinernen Cherubim über dem Eingangstor sahen aus, als würden sie im Würgegriff der wild wuchernden Weinreben tonlos schreien.

Obwohl das Holztor halb verrottet war, gaben seine Angeln nicht das leiseste Knarren von sich, als Aribella dagegendrückte. Sie bekam eine Gänsehaut. Zögernd öffnete sie es einen Spalt, um dahinterzuspähen. Für einen Moment glaubte sie, nicht einen Schritt weitergehen zu können, aber dann überwand sie sich und trat ein.

Der Vorgarten war in einem heruntergekommenen Zustand. Es stank nach fauligem Wasser und der Boden war übersät mit Trümmern. Einige der stützenden Säulen im Erdgeschoss fehlten und es sah aus, als könnten die oberen Stockwerke jeden Moment herunterbrechen. Auch die steinerne Treppe war teilweise eingestürzt.

Aribella hielt den Atem an. Die Luft um sie herum pulsierte.

Aus dem Augenwinkel bemerkte sie einen vorbeihuschenden Schatten und wirbelte mit klopfendem Herzen herum. Sie dachte, es sei ein Geist, aber der Schatten war wieder verschwunden. Hatte sie sich getäuscht? Ihre Nerven lagen blank. Zu all den echten Gefahren, die auf sie lauerten, hatten ihr eingebildete Geister gerade noch gefehlt.

Möglichst lautlos suchte sich Aribella einen Weg durch die Trümmer. Langsam schlich sie durch den Vorgarten, als sie etwas sah, das ihr das Blut in den Adern gefrieren ließ.

Da lag jemand auf dem Boden. Ihr Herz krampfte sich zusammen. Der wilde Haarschopf war unverkennbar.

Theo.

Aribella stolperte durch die Trümmer auf ihn zu. Theo war bewusstlos. Seine Haut war eiskalt, aber er atmete. Sie flüsterte seinen Namen, doch Theo antwortete nicht. Als sie sich neben ihn kniete, um sein Gesicht und seinen Hals zu untersuchen, erstarrte sie. Auf seinem Hals zeichnete sich ein Geisterbiss ab. Und dieses Mal war kein Rodolfo mit Vierdiebessig zur Stelle, um ihn zu retten.

»Aribella?«, rief jemand leise. Aribella kannte diese Stimme, war aber für einen Moment zu verwirrt, um sie zuzuordnen … Dann wusste sie, zu wem sie gehörte. Erleichtert drehte sie sich zu der Gestalt um, die am Fuße der Treppe stand. Sie waren gerettet! Seffie hatte es noch rechtzeitig ins Hotel geschafft.

»Ursula! Dem Himmel sei Dank. Bin ich froh, dass Sie hier sind. Theo ist gebissen worden.«

»Wie bist du hierhergekommen?« Ursulas Ton war scharf. »Ist jemand bei dir?«

Aribellas Erleichterung verwandelte sich in Verwirrung und plötzlich fügte sich ein Puzzlestückchen ins andere.

»*Sie* waren das.« Aribella brach die Stimme. »Sie haben Zio geholfen. Sie waren von Anfang an auf seiner Seite. Und Sie haben auch Nymeria betäubt!«

Wie hatte sie das übersehen können? Warum hatte keiner der Ältesten es bemerkt? Natürlich, Ursula konnte Gedanken lesen und dadurch andere Menschen leicht manipulieren. Auch Aribella hatte sie fälschlicherweise für eine Frau gehalten, die leicht in Ohnmacht fiel und zu viel auf ihr Äußeres gab. Sie hatte geglaubt, sie wäre nett.

Aribella spürte das Pochen in ihrem Kopf und versuchte, ihre Gedanken vor ihr zu verbergen. Es war zwecklos.

»Du bist also alleine. Sehr gut.« Ursula entspannte sich ein wenig.

»Warum helfen Sie ihm?«, fuhr Aribella sie an.

»Aus demselben Grund, aus dem jeder es tun würde: um für immer jung und stark zu sein. Wenn Zio Herr über beide Welten ist, kann er mir diesen Wunsch erfüllen. Du solltest mich dafür nicht verurteilen«, fügte sie hinzu. »Du bist jung.

Du weißt nicht, wie es ist, alt zu werden und hilflos zusehen zu müssen, wie die eigene Schönheit und Macht schwinden.«

»Es gibt Wichtigeres als das«, entgegnete Aribella aufgebracht, »Güte, Aufrichtigkeit, Mut, Freundschaft.«

Aribella spürte, wie Ursula für einen Moment unsicher wurde. Über ihnen war ein kaltes Lachen zu hören.

»Freundschaft?«, tönte eine Stimme, die Aribella ebenfalls kannte, aber nicht sofort zuordnen konnte.

Sie versuchte, in der düsteren Loggia des Palazzos den Sprecher auszumachen.

»Freundschaft macht dich schwach, so wie all die anderen Cannovacci. Aber heute Nacht wird alles anders werden. Viel zu lange schon bin ich gezwungen, die Macht, die mir von Geburts wegen zusteht, zu teilen. Sobald der Morgen graut, werde ich mich jedoch nicht mehr an die Regeln jener halten müssen, die unter mir stehen.«

Der Sprecher erschien am oberen Ende der Treppe und Aribella traute ihren Augen nicht. Dort oben stand in seinem weißen Gewand, das Gesicht wie gewöhnlich hinter einer glitzernden Maske verborgen, der Doge von Venedig.

29

Ihr seid Zio?«, flüsterte sie geschockt. Das konnte nicht sein. Es ergab keinen Sinn. Der Doge war ein gutmütiger und kranker Mann. Die Fischer liebten ihn. Seit Jahrzehnten kümmerte er sich um die armen Inselbewohner. Er hatte versprochen, Papa zu helfen …

Der Doge hob die behandschuhten Hände und nahm die diamantenbesetzte Maske ab. Aribella wich entsetzt zurück. Das Gesicht, das darunter hervorkam, kannte sie – zumindest zur Hälfte. Sie hatte es im Halb-hier-halb-da-Hotel gesehen, in Zios Porträt mit der Halbmaske und den weißen Blütenblättern. Seine Haut, die schon auf dem Gemälde sehr blass war, wirkte wie abgestorben. Sie war grau und übersät mit hässlichen Blasen, unter denen die Knochen zum Vorschein kamen. Seine Zähne waren schwarz. Aus blassblauen Augen starrte er sie an.

»Aber wie …?«, stotterte sie. »Es ist einfach nicht möglich … Sie waren doch Gast im Hotel …«

Zios Mundwinkel verzogen sich zu einem hämischen Grinsen, was sein verwesendes Gesicht noch abstoßender machte. »Als Clara vor zehn Jahren die Maske von Venedig – *meine*

Maske – aus der Verschmelzungskammer stahl, ließ sie mich glauben, sie hätte sie hier versteckt, auf der Insel der Toten. Sie wollte mich in eine Falle locken. Und fast hätte sie es auch geschafft. Ich konnte die Maske nicht finden, bevor der Blutmond wieder verblasste und die Insel versank. Ich konnte zwar noch rechtzeitig fliehen … habe aber einen hohen Preis dafür bezahlt. In jener Nacht wurde meine Seele von meinem Körper getrennt. Da ich mit der Maske von Venedig verschmolzen war, konnte meine Seele vom Körper des Herrschers von Venedig Besitz ergreifen. Seit diesem Tag warte ich in der Haut des Dogen auf den nächsten Blutmond und meine nächste Chance.«

»Sie haben den Dogen umgebracht?« Aribella war entsetzt.

»Noch nicht. Aber sobald ich mit ihm fertig bin, wird auch er ein Soldat meiner Geisterarmee. Genau wie du und dein kleiner Freund hier.«

»Niemals!«

Zio lächelte. »Einen Moment lang dachte ich, du wärst Clara, die wieder zu den Lebenden zurückgekehrt ist … Dachtest du das nicht auch, Ursula?«

Ursula gab keine Antwort. Aribella konnte ihren Anblick kaum ertragen. Wie hatte allein ihre Eitelkeit sie dazu treiben können, Zio zu helfen? Wie konnte sie dafür den Tod aller Bewohner des Hotels und Venedigs in Kauf nehmen?

»Wo ist Clara?«, wollte sie wissen.

Zios Lächeln verschwand. »Wahrscheinlich ist sie ebenfalls zwischen den Welten gefangen. Halb lebendig, halb tot, zu schwach, um von einem anderen Körper Besitz zu ergreifen. Wie auch immer, dank Ursulas Hilfe glauben alle, sie hätte mich ermordet!«

»Wie konnten Sie nur alle glauben lassen, Clara wäre eine Mörderin, während sie nur versucht hatte, Venedig zu beschützen?« Aribella blieb die Luft weg.

»Aufrichtigkeit, Mut, Freundschaft«, schnaubte Zio. »Wozu soll das gut sein? Das Einzige, das wirklich zählt, ist Macht.« Er zog eine zweite Maske aus seinem Gewand und hielt sie in die Luft.

Aribella erkannte sie sofort. Das zerkratzte, unscheinbare Gesicht. Es war *ihre* Maske. Sie starrte ihn an.

Und plötzlich tauchte aus ihrem Unterbewusstsein eine Erinnerung auf.

Sie war im Geschäft des Maskenmachers. Vor ihr hing der schwarze Vorhang, der sich sanft bewegte. Er war größer, als sie ihn kannte. Oder war sie selbst kleiner? Da war auch eine Frau. Eine Frau mit langen schwarzen Haaren.

»Bleib, wo du bist, Aribella, und sei mucksmäuschenstill. Ich muss nur etwas holen.« Aribella setzte sich brav auf den Boden. Unter dem Vorhang drang Licht hervor. Es wechselte die Farbe, von Blau zu Grün zu Orange. Sie krabbelte auf den Vorhang zu und schlüpfte darunter hindurch. Mitten im Raum stand ein Ständer, an dem sie hinaufschaute. Es war derselbe wie der, den sie gesehen hatte, als sie zur Anprobe beim Maskenmacher gewesen war – nur dass er nicht leer war.

Eine wunderschöne goldene Maske war daran befestigt, eine Maske mit Löwengesicht.

Als Aribella das Gesicht betrachtete, wandte es sich ihr zu, als würde es sie ansehen. Und plötzlich überkam sie das Gefühl hierherzugehören. Es war, als würde sie nach Hause kommen, dasselbe Gefühl, das sie verspürt hatte, als sie in den Spiegel des Maskenmachers geschaut hatte.

»Aribella! Komm da raus!«

Mit einem Ruck kehrte Aribella in die Gegenwart zurück. Ihr schwirrte der Kopf. Ihr Herz raste. Endlich wusste sie, wie alles zusammenhing. *Ihre* hässliche alte Maske war die Maske von Venedig. Sie war im Geschäft des Maskenmachers aus dem

Regal gesprungen, weil sie als kleines Kind irgendwie mit ihr verschmolzen war.

Ursula hatte sie absichtlich auf die Lagune gelockt. Sie hatte ihr von dem Blutmond erzählt und ihr den *Permesso* nur gegeben, um ihr das Hinausfahren zu erleichtern …

Aribellas Finger kribbelten. Konnte sie Zio mit ihren Flammen töten? Es war ihre einzige Chance. Aber was, wenn der echte Doge irgendwo in seinem Körper noch lebte? Sie könnte ihn verletzen …

»Auf diesen Moment habe ich lange gewartet«, sagt Zio. »Ich dachte, mit dem letzten Blutmond hätte ich meine einzige Chance verspielt. Aber da die Grenze nicht mehr sicher war, hat es sehr viel früher einen neuen Blutmond gegeben. Nach deinem Besuch im Palast wusste ich, dass du mit der Maske verschmolzen bist – obwohl du gelogen hast. Ursula hat mir später von deiner Maske erzählt, aber ich konnte sie schon da spüren. Ihre Macht, die nach mir gerufen hat.«

Das erklärte, warum die Maske Aribella im Palast und auf der Lagune gestochen hatte … Sie musste gemerkt haben, dass Zio in der Nähe war. Aribella schauderte. *Vielleicht wollte die Maske zu ihm zurück.* Vielleicht wollte sie das schon die ganze Zeit. Vielleicht war ihr Name aus dem Innenfutter bereits verschwunden und durch seinen ersetzt worden? War es Zios Maske oder musste sich die Maske von Venedig noch entscheiden, wer ihr wahrer Besitzer war? Wenn sie der Maske irgendwie beweisen konnte, dass sie ihrer würdig war, würde sie sich dann noch einmal für sie entscheiden, wie im Maskenladen?

»Der Maskenmacher hat meine Rache bereits zu spüren bekommen.« Zio ließ sein grausames Lachen hören und Aribella krampfte sich der Magen zusammen. »Endlich hat das Warten und Verstecken ein Ende. Heute Nacht werde ich mithilfe der

Maske von Venedig die Grenze ein für alle Mal niederreißen und meine Geisterarmee um mich versammeln.«

Zio setzte die Maske auf und verknotete die schwarzen Samtbänder hinter dem Kopf. Dann hob er das Gesicht zum Blutmond und die Maske fing an, sich zu verändern. Ihre Oberfläche wurde golden, die Kratzer glätteten sich und am Rand bildete sich eine Mähne. Nase und Mund wurden breiter und über der Stirn spannte sich ein Kopfschmuck aus winzigen Rubinen. Die Maske stellte jetzt einen Löwenkopf dar. Sie sah genauso aus wie die Zeichnung im *Buch der Geheimnisse*.

Es gab keinen Zweifel mehr. Es war wirklich die Maske von Venedig.

»Ich rufe Euch, Armee der Toten!« Zio hob die Hände und ein grässliches Zischen erfüllte die Luft. Rund um den finsteren Vorgarten tauchten immer mehr weiße Schädel auf und Aribella rückte noch näher zu Theo. Sie musste die Zähne zusammenbeißen, um nicht laut zu schreien.

Die Geister leuchteten im roten Licht des Blutmonds. Es waren Hunderte.

30

Aribella packte die Angst. Selbst wenn es ihr gelingen sollte, ihre Feuerkraft heraufzubeschwören, konnte sie so viele Geister unmöglich abwehren, schon gar nicht ohne Maske. Selbst das mächtigste Mitglied des Ältestenrats könnte diese Horde nicht im Alleingang bezwingen.

»Meine Geister!« Zios Stimme war kräftig und laut. »Geduldig habt ihr darauf gewartet, dass ich mein Versprechen einlöse. Und heute Nacht ist es nun so weit. Heute Nacht werde ich die Grenze zwischen Leben und Tod niederreißen und ihr werdet für immer im Reich der Lebenden existieren, mit mir als eurem Herrscher!«

Die Geister zischten Applaus.

»U-und was ist mit mir, Zio? Mir hast du auch etwas versprochen.« Aribella hatte Ursula, die sich verängstigt an die bröckelnde Mauer presste, schon fast vergessen.

»Habe ich das?«, fragte Zio kalt.

»D-du hast versprochen, dass ich nie alt werden würde.«

»Ach ja, richtig. Und ich werde dir deinen Wunsch erfüllen. Du sollst nicht eine Sekunde älter werden, als du jetzt gerade bist. Geister, schnappt sie euch!«

Die Geister rückten vor und umringten Ursula.

Sie schrie vor Angst. »Nein! Das kannst du nicht tun! Ich habe dir geholfen!«

»Das ist richtig«, entgegnete Zio mit dünner, kalter Stimme. »Aber jetzt bist du mir nicht mehr nützlich.«

»Nein!« Die Geister stürzten sich auf die entsetzte Ursula.

Aribella sah nur noch Totenschädel und die Luft war erfüllt von lautem Zischen und Schreien. Sie war wie gelähmt vor Angst. Als die Geister kurz darauf von Ursula abließen, war von ihr nichts weiter übrig als ein weißer Totenschädel, der sich von den anderen in nichts unterschied. Ursulas Schönheit, die sie sich um jeden Preis hatte bewahren wollen, war auf ewig dahin.

Aribella stellte sich schützend vor Theo.

»Wie süß«, sagte Zio hämisch. »Aber zwecklos. Er wurde längst gebissen. Bald wird er ein Geist und Soldat meiner glorreichen Armee sein, eine große Ehre für einen niederen Inbelli-Fischerjungen wie ihn.«

Verzweifelt sah Aribella zum Himmel. Der Mond wurde bereits blasser. Er war jetzt nicht mehr blutrot, sondern orange. Aribella versuchte, sich zu erinnern, wie lange er das letzte Mal am Himmel stand, als sie ihn mit Theo gesehen hatte. *Eine Stunde, zwei?* Claras ursprünglicher Plan war, Zio auf der Insel festzuhalten, bis der Blutmond verschwunden war. Vielleicht sollte Aribella das auch versuchen. Wenn sie Zio dazu brachte weiterzureden, würde der Blutmond vielleicht verschwinden, bevor er seine Geisterarmee auf die Welt der Lebenden loslassen konnte, und die Insel der Toten würde mit ihm im Meer versinken. Und mit Theo und ihr … Sie schluckte. Aber Clara hatte sich vor vielen Jahren auch geopfert. Nun war sie an der Reihe. Um Theo und sich selbst zu retten, war es zu spät, aber vielleicht war es noch nicht zu spät, um Venedig zu retten.

»Warum haben Sie Ursula umgebracht?«, versuchte Aribella, ihn weiter in ein Gespräch zu verwickeln. »Ist Ihnen denn außer Ihnen selbst überhaupt niemand wichtig?«

»Wer Gefühle für andere hegt, ist schwach.«

»Das ist nicht wahr«, widersprach Aribella entschieden. »Meine Freunde machen mich stark.«

Zio lachte. Es klang schrill und hässlich. »Du bist viel zu gutmütig. Gutmütig und *schwach*.«

Aribella sann fieberhaft über eine nächste Frage nach, als sie aus den Augenwinkeln wieder einen Schatten wahrnahm. Dieses Mal war sie sich jedoch sicher, dass sie sich nicht getäuscht hatte. Das war kein Geist. Aber was oder wer war es dann? Aribella suchte mit den Augen den oberen Teil des Gartens ab, konnte zwischen den düsteren Torbögen der Loggia aber nichts entdecken.

Aribella wurde flau. War das das Ende? Sie sah auf Theo hinab. Sie hatte ihn tatsächlich im Stich gelassen. Sie hatte die ganze Welt im Stich gelassen. Sie war schuld daran, dass Zio sich die Maske hatte zurückholen können. Hätte sie sie doch nur in ihrem Zimmer im Halb-hier-halb-da-Hotel gelassen, wo sie in Sicherheit war. Wie hatte sie nur so dumm sein können? Die Hoffnungslosigkeit drohte sie zu übermannen, aber sie riss sich noch einmal zusammen. Nein, es war nicht ihre Schuld. Das alles war allein Zios Schuld! Und sollte das wirklich das Ende sein, würde sie nicht kampflos aufgeben.

Sie richtete sich zu voller Größe auf und sah Zio herausfordernd in die Augen. Während sie sich sammelte, spürte sie, wie ihre Kraft sich in ihr regte. Sie konzentrierte sich auf die Vibrationen und ließ sie durch ihren Körper wandern. Hitze staute sich in ihr auf und ihre Finger begannen zu kribbeln. Langsam hob sie mit ausgestreckten Fingern die Hände.

»Los Geister, schnappt sie euch!«, brüllte Zio.

Aribella wischte ihre Angst beiseite und konzentrierte sich nur auf sich selbst und ihre Kraft. Die Geister stürzten sich auf sie, und aus ihren Fingern schlugen Flammen, die stärker und heißer waren als alles, was sie je heraufbeschworen hatte. Die Geister wichen zischend zurück, aber ohne Maske würde Aribella sie nicht lange abhalten können. Der Schmerz war unerträglich.

Während sie Höllenqualen litt, hörte sie Zio lachen. Hatte sie verloren? Die Flammen aus ihren Fingern wurden schwächer …

Zwischen den Säulen der Loggia, direkt hinter Zio, bewegte sich etwas. Aribella sah, dass es kein Schatten war. Was sich dort bewegte, war klein und haarig und hatte einen langen Schwanz …

»Luna!«, hauchte Aribella erstaunt. Die Katze sprang auf Zios Kopf und riss mit ihren Krallen wie wild am Samtband der Maske. Zio brüllte und wirbelte zu seiner Angreiferin herum, aber Luna hatte die Bänder bereits durchgerissen, und als er sich umdrehte, flog die Katze mitsamt der Maske im hohen Bogen in die Luft. Während Luna weich auf allen vier Pfoten auf dem Treppenabsatz landete, purzelte die Maske in Aribellas Richtung ein Stück die Treppe hinunter.

Zio heulte vor Wut. Luna hechtete an ihm vorbei und schnappte sie sich. Mit der Maske im Maul rannte sie, Geistern und Flammen ausweichend, zu Aribella und ließ sie ihr vor die Füße fallen. Die Maske landete mit der Innenseite nach oben und Aribella konnte im Futter Zios Namen lesen. Direkt darüber war jedoch ganz schwach auch noch ihr eigener Name zu erkennen. Ihr war sofort klar, was Luna von ihr wollte.

Sie rief die Flammen zurück, hob die Maske auf und legte sie sich auf das Gesicht. Als es ihr endlich gelang, sie trotz der gerissenen Bänder zu befestigen, waren die Geister schon bedrohlich nahe gerückt. Die Maske fing sofort wieder an zu stechen, aber Aribella biss die Zähne zusammen. *Nein*, dachte sie. *Du hast mich erwählt, also gehörst du mir.*

Ein angenehm warmes Gefühl vertrieb ihre Erschöpfung und die Kraft begann erneut, durch ihren Körper zu strömen. Sie war stärker als je zuvor, ihre Hände zitterten. Sie ballte die Fäuste und konnte spüren, wie die Kraft in ihr immer weiter anschwoll. Die Maske hörte auf zu stechen.

»Sie täuschen sich«, schrie Aribella, während der Kreis der Geister sich immer enger um sie zusammenzog. »Wer etwas für andere Menschen empfindet, ist nicht schwach. Mitgefühl macht stark.«

Sie öffnete die Fäuste und aus ihren Händen schossen gewaltige Feuerstrahlen. Die Geister stoben kreischend auseinander.

»Warum kannst du *meine* Maske tragen?«, schrie Zio. Er schloss die Augen und presste die Fingerspitzen an die Schläfen.

Aribellas Flammen flackerten. Sie spürte, wie die Maske sich ihr widersetzte und zustach. Der Schmerz trieb ihr die Tränen in die Augen. Zio rief seine Maske, die zwischen ihnen beiden hin- und hergerissen war. Das Stechen wurde schlimmer. Aribella konzentrierte sich mit aller Macht auf ihre Kraft.

Du gehörst mir, beschwor sie die Maske. Sie würde die Maske von Venedig nicht Zio überlassen. Sie würde nicht zulassen, dass er damit Unschuldige tötete und Angst und Schrecken über die Welt brachte. Die Maske schwankte noch immer. Das Stechen wurde stärker und Aribella konnte sich vor Schmerzen kaum noch konzentrieren. Sie fühlte sich allein und hilflos. Ein weiterer Stich ließ sie aufschreien. Sie stolperte, die kaputten Bänder lösten sich und die Maske rutschte ihr vom Gesicht.

Nein …

Die Flammen zogen sich in ihre Hände zurück. Sofort rückten die Geister wieder näher. Das war's. Sie hatte verloren …

Plötzlich hörte sie über sich ein lautes Brüllen. Irritiert sah sie zum Himmel. Im Gegenlicht des Blutmonds bot sich ihr ein unglaublicher Anblick: Dort oben flog mit ausgebreiteten Schwingen eine wunderschöne Löwin.

Nymeria!

Und auf ihrem Rücken saßen, der eine etwas unbeholfen, die andere zu allem entschlossen, Fin und Seffie.

Aribella war nicht allein. Sie hatte Freunde, die sie liebten und bereit waren, sich jeder Gefahr auszusetzen, um sie zu retten. Sich an diese Gewissheit klammernd, hob sie die Maske von Venedig noch einmal vom Boden auf, legte sie sich auf das Gesicht und verknotete trotzig die Bänder.

Du gehörst mir, dachte sie, so fest sie konnte.

31

Das Knacken, das in ihrem Kopf widerhallte, als die Maske in der Mitte auseinanderbrach, hörte sich an, als würde die Welt entzweigerissen. Aribella klingelten die Ohren. Die Bänder lösten sich und die Maskenteile fielen zu Boden. Leblos und unscheinbar lagen sie im staubigen Schutt, während das Echo des Aufpralls noch durch den Garten hallte.

Mit einem zornigen Heulen wichen die Geister zurück.

»Nein!«, schrie Zio und fiel auf die Knie.

Während seine Gesichtszüge zerflossen wie Wachs in einem Feuer, sackte er in sich zusammen und unter der grässlichen Grimasse erschien das freundliche Gesicht des alten Dogen.

Von oben ertönten Jubelrufe. Aribella sah zum Himmel und entdeckte Fin und Seffie, die ihr begeistert zuwinkten.

»Du hast es geschafft, Ari!«, jubelte Seffie. »Du hast es wirklich geschafft! Du hast Zio besiegt!«

Aber die Gefahr war noch nicht vorüber. Aribella sah hinauf an den dunklen Himmel. Die rote Färbung des Mondes verblasste immer deutlicher zu seinem gewohnten Weiß. Sie hatte Zio zwar besiegt, aber sie waren immer noch auf dieser verfluchten Insel gefangen. Nymeria konnte sie nicht alle auf einmal tragen.

Nebel zog auf und verschluckte den Strand. Plötzlich schlug wie aus dem Nichts mit einem lauten Krachen eine Welle durch das Eingangstor in den Garten. Die Wände des Palazzos fingen an zu bröckeln. Putz und Steine stürzten zu Boden, wo sie sofort zu Staub zerfielen und vom Wind davongetragen wurden.

Aribella versuchte, Theo hochzuheben, aber er war zu schwer. »Luna«, schrie sie verzweifelt. Die Insel war um sie herum weggebrochen und sie waren umgeben von Wasser. Plötzlich tat sich ein gewaltiger Riss auf, der den Vorgarten in zwei Teile spaltete. Sie saßen auf der Inselscholle fest, die immer kleiner wurde.

»Lauf zum Strand!«, schrie Fin und fuchtelte wild mit den Armen.

Tatsächlich, dort tauchten aus dem Dunkel zuerst die leuchtende Laterne am Bug und dann der geschwungene *Ferro* einer Gondel auf. Im Heck stand mit wehendem Umhang und glitzernder Sternenmaske Rodolfo am Ruder.

Aribellas Herz machte einen Satz.

»Spring rein!«, rief er, während er ihr zu Hilfe eilte. »Beeil dich!«

Das musste Rodolfo Aribella nicht zweimal sagen. Er half ihr, Theo in die Gondel zu hieven, und zog dann auch Aribella an Bord. Keine Sekunde später versank das Stück Land, auf dem sie gestanden hatten, mit einem finalen Glucksen im Meer.

»Der Doge!«, schrie Aribella.

Aber Rodolfo ruderte bereits auf das kleine Stückchen Land zu, auf dem der Doge lag. Er war so leicht und zerbrechlich, dass sie ihn ohne Probleme in die Gondel ziehen konnten. Seine Augen waren geschlossen, aber er atmete noch, genau wie Theo. Aribella sah sich verzweifelt nach Luna um. Die Katze hatte sie gerettet, sie konnten sie nicht einfach zurücklassen …

Aribella blieb fast das Herz stehen. Am oberen Ende der zerfallenden Treppe stand eine Frau mit Luna auf dem Arm. Sie war barfuß und ihr Kleid schmutzig und zerrissen. Die langen schwarzen Haare fielen ihr ins Gesicht, das hinter einer mit Blumen, Vögeln und silbernen Fischen verzierten Maske verborgen war. Sie nahm sie ab und ihre Augen strahlten vor Stolz, während sie auf die Gondel zulief. Aribella wurde warm ums Herz. Sie wusste, wer das war. Obwohl sie sie das letzte Mal vor zehn Jahren gesehen hatte und sich kaum noch an sie erinnern konnte, wusste sie es.

Mama.

Aribella konnte kaum atmen. Nach allem, was in dieser Nacht geschehen war, war das der größte Schock.

Mit einem Lächeln streckte Rodolfo die Hand aus, um der Frau an Bord zu helfen. »Dann haben mich die Sterne also nicht getäuscht. Willkommen zurück, Clara. Ich habe auf dich gewartet.«

»Hallo, Rodolfo. Und hallo, Aribella, mein tapferes Mädchen«, sagte Clara.

Luna miaute. Es klang jetzt ganz anders. Aribella sah von ihrer Mama zu Luna. »Das warst du, schon die ganze Zeit«, flüsterte sie.

Plötzlich konnte sie sich vor Erschöpfung nicht mehr auf den Beinen halten und begann zu schwanken. Clara fing sie auf. Ihre Arme waren weich und warm und trotz des schmutzigen Kleids roch ihre Haut nach süßem Jasmin. Der Geruch versetzte Aribella zurück in eine Zeit, die sie lange vergessen hatte – Abende im Garten, mit Papas tiefem bellenden Lachen und ihrer Mama, die die alten Lieder der Gondoliere sang …

Rodolfo sang jetzt auch. Seine Gondel flog über das dunkle Wasser und ließ die versinkende Insel der Toten weit hinter sich. Aribella beobachtete eingelullt von der Melodie Nymeria, die ihnen durch den Nebel vorausflog – auf ihrem Rücken klammerte sich Fin an Seffie. Der Nebel lichtete sich und am wolkenlosen Nachthimmel schimmerte silbern wie eh und je der Mond. Die Sterne funkelten hell.

»Du hast das so gut gemacht, mein Schatz«, flüsterte Clara ihr ins Ohr. »Ich hätte nie gedacht, dass du so mutig und stark bist.«

Aribella glaubte, ihr Herz würde zerbersten. Zu müde, um etwas zu entgegnen, drückte sie sich voller Angst, sie könnte wieder verschwinden, an ihre Mama. Sie dachte an Luna, die immer bei ihr gewesen war, wenn sie sich wehgetan oder wenn Gian sie geärgert oder wenn Papas trauriges Schweigen sie zum Weinen gebracht hatte … Luna war immer da gewesen und hatte sie mit ihrem weichen Fell und ihrer Wärme getröstet.

Hätte sie gewusst, dass ihre Mama im Körper der Katze gefangen war, so wie Zio im Körper des Dogen, hätte sie sich in all der Zeit nie ganz alleine gefühlt. Sie hätte gewusst, dass jemand da war, der sie liebte und beschützte.

»Theo ist gebissen worden …«, murmelte sie.

»Mach dir keine Sorgen um ihn«, rief Rodolfo. »Io hat mir berichtet, dass Francescas Vierdiebessig fertig ist. Er wird bald wieder gesund. Und um Venedig müssen wir uns dank dir auch keine Sorgen mehr machen.«

»Schlaf jetzt«, flüsterte Mama. »Wir werden bald zu Hause sein.«

Zu Hause.

Aribella schloss die Augen, klammerte sich aber weiterhin an ihre Mama. Sie würde sie nie wieder loslassen.

32

Aribella erwachte mit dem angenehmen Gefühl seidener Laken auf der Haut und dem süßen Duft nach heißem Kakao in der Nase. Sie wollte sich strecken und rekeln, aber ihr Körper rebellierte. Ihre Arme und Beine schmerzten, als hätte sie die komplette Lagune durchschwommen.

Blinzelnd öffnete sie die Augen. Sie war wieder in ihrem Zimmer im Halb-hier-halb-da-Hotel.

Am Ende ihres Betts saßen Seffie, Fin und Helena und spielten Karten. Rodolfo, Rosa und Francesca hatten es sich in den Sesseln vor dem Kamin gemütlich gemacht und tranken Tee aus Porzellantassen. Io hing an der Armlehne von Rodolfos Sessel und vor der Tür lag ausnahmsweise hellwach Nymeria und bewachte den Eingang, wodurch es in Aribellas Zimmer plötzlich recht eng war. Die Bilder der vergangenen Nacht im Kopf, suchte Aribella nach Nymerias Flügeln, aber sie waren spurlos verschwunden. War sie wirklich geflogen? War das alles wirklich passiert? Die Schmerzen in ihrem Körper sagten Ja. Eingewickelt in Rodolfos Sternenumhang und mit Luna auf dem Schoß saß in einem Sessel direkt neben dem Bett ihre Mama. Als ihre Blicke sich trafen, zauberte das ein so glückliches Lächeln auf ihr Gesicht, dass Aribella ihre Schmerzen für einen Moment völlig vergaß.

Sie konnte es einfach nicht glauben. Clara war ihre Mama und sie war *hier*. Im Halb-hier-halb-da-Hotel. Sie war am Leben.

Dann fiel ihr Blick auf den leeren Maskenständer auf ihrem Nachttisch und zu ihrer eigenen Überraschung verspürte sie ein leises Bedauern. *Die Maske war böse*, rief sie sich in Erinnerung. Es war *Zios* Maske. Aber ein bisschen hatte sie auch ihr gehört und ihr am Ende sogar geholfen, Zio zu besiegen. Nun hatte sie keine Maske mehr. War sie dennoch eine Cannovacci? Sie verdrängte den Gedanken und war für den Moment einfach nur froh, dass alle am Leben und in Sicherheit waren.

»Aribella ist aufgewacht!«, kreischte Seffie am Bettende.

Aribella sah nur noch ein wildes Gewirr aus Armen und Beinen, als ihre Freunde sich alle gleichzeitig auf sie stürzten.

»Lasst ihr noch ein bisschen Luft zum Atmen«, rief Rodolfo. »Wäre ja noch schöner, wenn Aribella die Insel der Toten mit Zio und seiner Geisterarmee überlebt, nur um dann von euch in ihrem eigenen Bett erdrückt zu werden.« Er kicherte.

Seffie, Fin und Helena, die nur ungern von ihr abließen, setzten sich mit einem breiten Grinsen im Gesicht zurück auf die Knie. Aribella wollte ihnen zulächeln, aber allein die Mundwinkel nach oben zu ziehen, tat schon höllisch weh.

»Du hast wahrscheinlich Schmerzen«, sagte Francesca mitfühlend. »Das war ganz schön viel Kraft, die du da ohne Maske freigesetzt hast.«

Der Kuckuck schoss aus seinem Uhrenhäuschen und ließ alle zusammenzucken.

»Es ist fast Mittagszeit!«, sagte Seffie. »Wir haben uns große Sorgen um dich gemacht. Du warst stundenlang weggetreten.«

»Was ist mit Theo? Und dem Dogen? Geht es ihnen gut?«, fragte Aribella, während sie sich in eine aufrechte Position kämpfte.

»Ja, beiden geht es so weit gut«, beruhigte sie Francesca, die zu ihr kam, um die Kissen aufzuschütteln. »Zum Glück war der Vierdiebessig, den ich für den Maskenmacher aufgesetzt hatte, schon fertig. Ich war mir nicht sicher, ob das Mittel bei deinem Freund Theo auch ein zweites Mal wirken würde, was es aber getan hat.« Francesca schüttelte den Kopf. »Gleich zwei Geisterbisse in kürzester Zeit … So viel Pech muss man erst einmal haben …«

»Oder so viel Glück«, warf Rodolfo mit einem Augenzwinkern ein. »Immerhin hat der Junge es beide Male überlebt.« Aribella lächelte ihn an. Es war schön, dass Rodolfo wieder war, wo er hingehörte, hier im Hotel.

»Ja, so kann man es natürlich auch sehen«, lachte Francesca. »Jedenfalls ist er wieder ganz gesund und bei seiner Familie auf Burano. Wir konnten sogar sein Fischerboot bergen. Nymeria hat es entdeckt, wie es am Horizont trieb. Wir konnten es ihm unbeschädigt zurückbringen.«

Aribella war froh, dass es Theo gut ging – und sogar, dass Gians Boot gefunden wurde.

»Trink einen Schluck Kakao«, forderte Francesca sie auf. »Danach wirst du dich sehr viel besser fühlen.« Rosa hob die Hand und plötzlich hielt Aribella eine Tasse mit dampfendem Kakao in den Händen. Bevor sie nicht mehrere große Schlucke davon getrunken hatte, ließ Francesca sie nicht mehr zu Wort kommen. Der süße, warme Kakao tat Aribella gut. Sie fühlte sich sofort besser.

»Und der Doge?«, fragte sie.

»Er ist wieder im Palast und erholt sich«, erklärte Francesca. »Er war zehn Jahre lang von Zios Seele besessen, das ist nicht spurlos an ihm vorübergegangen. Aber ich habe ihn untersucht und bin zuversichtlich, dass er in der Obhut seiner Leibärzte schnell genesen wird.«

»Er hat sofort die Freilassung deines Papas angeordnet, Ari«, fügte Seffie hinzu. »Er hat ihn von allen Anschuldigungen freigesprochen und zurück nach Burano bringen lassen.«

Aribellas Herz machte einen Freudensprung. Endlich musste sie keine Angst um ihren Papa mehr haben und sich auch nicht mehr schuldig fühlen. Clara drückte ihre Hand. Aribella sah sie an, sie wusste nicht, was sie sagen sollte. Sie lehnte sich zurück in ihre frisch aufgeschüttelten Kissen und dachte über die letzten fehlenden Teile zur Lösung des Rätsels nach. »Und Zio?«

»Für immer von uns gegangen«, versicherte ihr Rodolfo.

»Endlich«, fügte Clara hinzu. »Als ich vor zehn Jahren versuchte, ihn auf der Insel der Toten in eine Falle zu locken, hätte ich wissen müssen, dass seine Seele entkommen konnte.«

»Und du bist zu Luna geworden?«

Clara nickte. »Wir konnten beide in letzter Sekunde von der Insel fliehen, dabei wurden unsere Seelen jedoch von unseren Körpern getrennt. Bis die Maske von Venedig wieder auf die Insel der Toten zurückgebracht würde und ich wieder meine normale Gestalt annehmen konnte, wollte ich in deiner Nähe sein, Bella.«

»Und Katzen haben neun Leben!«, rief Seffie. »Sie wussten, dass Sie Luna nicht schaden würden, nicht wie Zio dem Dogen.«

Clara sah die Katze auf ihrem Schoß liebevoll an. »Sie war die perfekte Hülle für mich. Aber nun braucht sie ein neues Zuhause.«

Seffie bekam große Augen. »Oh, darf sie meine Gefährtin sein, Rosa? Bitte?«

»Du weißt, dass Novizen keine Haustiere haben dürfen«, sagte Rosa, »aber in diesem Fall können wir vielleicht eine Ausnahme machen.«

Seffie sah aus, als würde sie jeden Moment vor Glück platzen.

»Kann Zio noch einmal zurückkommen?«, fragte Aribella nervös.

Rodolfo schüttelte den Kopf. »Nein. Dank deiner Stärke und Entschlossenheit vergangene Nacht ist die Maske von Venedig zerbrochen. Für immer zerstört. Zio ist tot.«

»Ein für alle Mal?«, fragte Seffie.

»Ein für alle Mal«, entgegnete Rodolfo bestimmt.

»Jau!«, rief Seffie, klatschte Fin ab und schlug Aribella kräftig auf den Rücken. »Gut gemacht, Ari!«

Aribella lächelte, obwohl der Schlag wehgetan hatte. »Was ist passiert, nachdem du mich in der Lagune zurückgelassen hast, Seffie? Wie hast du Nymeria dazu gebracht zu fliegen?« Der Flug der goldenen Löwin über die Insel der Toten mit Seffie und Fin auf dem Rücken war spektakulär gewesen.

»Als der Delfin mich zurück ins Hotel gebracht hatte, waren die Ältesten bereits alle in der Empfangshalle«, erklärte Seffie. »Mittlerweile wussten sie, dass etwas nicht stimmte. Nymeria hatte sich von der Überdosis Schlaftrunk, die Ursula ihr verabreicht hatte, erholt und brüllte, was das Zeug hielt. Sobald sie mich sah, fing sie an zu knurren. Sie sagte, ich solle aufsteigen. Während die Ältesten ihre Gondeln holten, kletterten Fin und ich auf ihren Rücken. Du glaubst nicht, wie weich ihr Fell ist, Ari! Dann lief sie mit uns hinaus auf den Steg, hob ab und wir flogen in den Himmel. Es war unglaublich!« Seffies Augen leuchteten vor Stolz. »Wir waren wahnsinnig schnell. Trotzdem hatte ich Angst, wir würden zu spät kommen. Dann entdeckte ich im Nebel Rodolfos Gondel und mir wurde klar, dass sie die Absicht hatte, ihn zu dir zu führen.«

Rodolfo nickte. »Im Nebel den Weg zu finden war extrem schwierig. Nymeria war mir eine große Hilfe.«

»Ich bin so froh, dass wir es noch rechtzeitig geschafft haben«, sagte Seffie und schluckte. »Das haben wir nur Helena zu verdanken.«

Alle drehten sich nach Helena um, die verlegen mit den Achseln zuckte. »Ich habe nur ein bisschen nachgeholfen«, meinte sie mit einem Lächeln.

»Danke, Helena!«, sagte Aribella.

»Gerne. Nach allem, was ich gehört habe, hast du dich ja auch ganz wacker geschlagen.«

»Haben Sie das alles in den Sternen gesehen?«, wollte Aribella von Rodolfo wissen.

Er nickte. »Ihr habt wahrscheinlich geglaubt, ich würde Venedig im Stich lassen, aber das war nie meine Absicht. Schon seit Monaten habe ich in den Sternen immer wieder Hinweise auf das gefunden, was nun geschehen ist, wirklich verstanden habe ich sie aber erst vor ein paar Wochen. Die Sterne können ziemlich unberechenbar sein. Bis zu dem Moment, in dem etwas tatsächlich geschieht, ist immer noch alles möglich – wenn ihr versteht, was ich meine. Sobald sich nur eine kleine Variable verändert, kann eine völlig andere Abfolge von Ereignissen ins Rollen kommen … Könnt ihr dem folgen?«

»Ja«, sagten Fin und Helena sofort, während Aribella und Seffie fragende Blicke tauschten.

»In etwa«, sagte Aribella langsam. »Sie meinen, wann immer etwas nicht genau so geschieht, wie Sie es in den Sternen gesehen haben, dann verändert das auch alles, was danach geschieht, und was Sie gesehen haben, wird nicht unbedingt wahr.«

»Genau. In der Regel gibt es viele Varianten, die zum selben Ergebnis führen. In diesem Fall musste ich jedoch mit Bestürzung feststellen, dass es zwar Hunderte von Varianten gab, wie die Grenze zwischen den Welten zerstört werden könnte, aber nur eine einzige Abfolge der Ereignisse, in der die Maske zerstört wurde und die Grenze erhalten blieb. Und dabei hing alles an dir, Aribella. Ich musste dafür sorgen, dass alles so ablief, dass Venedig am Ende gerettet würde, und dazu gehörte auch, dass du es alleine schaffen musstest. Wäre ich dabei gewesen, hätte ich dir geholfen – oder es zumindest versucht. Also habe ich mich im Hintergrund gehalten und gehofft, dass du auf dich und deine Kraft vertrauen würdest.«

Rodolfo hatte also gewusst, was passieren würde. Er hatte sie mutterseelenalleine auf die Insel der Toten geschickt, wo sie es mit Zio aufnehmen musste. Kurz überlegte Aribella, ob sie ihm deswegen böse war, aber wenn die Ereignisse der letzten Nacht der einzige Weg waren, Zio zu besiegen und die Maske von Venedig für immer zu zerstören, würde sie es tausendmal wieder tun. Und am Ende war Rodolfo trotz allem da gewesen, um ihr zu helfen – in genau dem Moment, in dem sie ihn am nötigsten gebraucht hatte.

»Nachdem ich das alles endlich begriffen hatte, war klar, dass Ursula es auf keinen Fall herausfinden durfte. Sie hätte Zio verraten, dass du die Maske zerstören könntest«, erklärte Rodolfo weiter. »Und hätte er das gewusst, hätte er dich umgebracht, sobald du einen Fuß auf die Insel der Toten gesetzt hast, oder sogar noch vorher. Als Jacapo drohte, mir die Maske abzunehmen, blieb mir keine andere Wahl. Ich musste das Hotel verlassen und mich auf einer Insel in der Lagune verstecken. Von dort aus konnte ich die Sterne beobachten und warten, bis meine Zeit zu helfen gekommen war. Ich wusste, beim nächsten Blutmond musste ich bereit sein, um erst in letzter Sekunde einzuschreiten. Wäre ich zu früh gekommen, wäre Venedig verdammt gewesen.«

Aribella nickte, aber Seffie schien noch nicht zufrieden zu sein.

»Hätten Sie uns nicht wenigstens ein bisschen was verraten können?«, schnaubte sie. »Eine kleine Warnung wäre wirklich hilfreich gewesen.«

»Ursula hätte alles, was er uns verraten hätte, in unseren Gedanken gelesen«, erklärte Fin ihr.

»Aber Aribella ist fast gestorben!«

»Ich verstehe, dass du aufgebracht bist, Persephone. Ich muss euch alle – vor allem Aribella – um Verzeihung bitten für die Gefahr, in die ich euch gebracht habe. Aber es war der einzige Weg, das Leben vieler anderer zu retten, und ich wusste, dass du stark genug bist, um Zio die Stirn zu bieten, Aribella. Weißt du, warum du die Maske von Venedig benutzen konntest, obwohl ihr wahrer Besitzer, Zio, in der Nähe war?«

»Weil ich mit ihr verschmolzen bin, als ich klein war«, entgegnete Aribella.

Rodolfo schüttelte den Kopf. »Das ist der Grund, warum du sie tragen konntest. Aber sie hat *dich* ausgewählt, weil deine Kraft mächtiger war als Zios.«

»Aber das war sie doch gar nicht!«, widersprach Aribella. »Er hatte eine ganze Geisterarmee.«

»Doch, du warst mächtiger, weil deine Kraft durch die Liebe zu deinen Freunden befeuert wurde. Zio war von Angst getrieben: von der Angst, seine Macht zu verlieren und vergessen zu werden.«

Aribella nickte verständig. Sie griff nach Claras Hand. »Wussten Sie, dass Clara meine Mama ist? Sind sie deshalb alleine auf die Lagune rausgefahren, um mich zu holen, ohne es dem Ältestenrat zu sagen?«

Rodolfo nickte. »Ich hatte es vermutet. Wie du weißt, glaubten die Ältesten alle, Clara sei eine Mörderin, und ich wusste nicht, wie sie sich gegenüber ihrer Tochter verhalten würden. Außerdem wollte ich zuerst herausfinden, wie viel du wusstest, falls ich dich hätte warnen müssen, niemandem etwas zu verraten und dich vor Ursula in Acht zu nehmen. Aber da du nichts über deine Mama wusstest, hielt ich es für sicher, dich hierherzubringen.«

Aribella fiel es schwer, das alles in ihrem Kopf zusammenzubringen. Sicher würde es bald einen Sinn ergeben, aber im Moment war es zu viel für sie.

»So viele Informationen sind auf nüchternen Magen nur schwer zu verdauen«, merkte Rosa an. »Was haltet ihr davon, wenn wir uns erst einmal ein ausgiebiges Frühstück gönnen?«

»Aber es ist Mittagszeit«, empörte sich Helena.

»Na und?«, entgegnete Rosa.

»Auch wieder wahr«, räumte Helena ein und lächelte.

Seffie und Fin jubelten.

»Dem Himmel sei Dank!«, rief Fin. »Ich bin am Verhungern. Reiten auf einer geflügelten Löwin macht Appetit!«

33

Zwanzig Minuten später saßen alle im Speisesaal und ließen sich das beste Frühstück schmecken, das im Halb-hier-halb-da-Hotel je aufgetischt wurde. Es gab Berge von Aribellas Lieblingsgebäck, Sahnetorte mit Kirschen, Schokoladen-Éclairs und zwei Sorten Pfannkuchen, einmal mit Zucker und Zitronensaft, einmal mit Erdbeeren und Schokoladensoße. Rosa hatte darauf bestanden, dass Clara vor dem Frühstück ein Bad nahm und sich ein sauberes Kleid anzog. Sie war wunderschön, als sie in einem hellblauen Gewand strahlend den Speisesaal betrat.

»Zehn Jahre Fischabfälle«, stöhnte sie. »Ihr könnt euch gar nicht vorstellen, wie sehr mir das Gebäck im Hotel gefehlt hat.«

»Ich kann immer noch nicht glauben, dass Sie Luna waren«, sagte Seffie. »Kein Wunder, dass ich sie nicht verstehen konnte. Ich hatte schon Angst, meine Kraft würde mich im Stich lassen!«

»Ja, das kann ich mir vorstellen. Aber ich kann einfach kein Katzisch.«

»So schwer ist das gar nicht«, neckte Seffie sie.

Clara lachte. »Ach ja? Ich hätte liebend gerne mit dir getauscht!«

»Hätte ich nichts dagegen gehabt«, grinste Seffie. Sie und Clara schienen sich auf Anhieb zu mögen.

Draußen vor dem Hotel klarte es auf. Der bleigraue Himmel wurde zunehmend blau und die durch die Wolkendecke brechende Sonne tauchte die Fenster in ein goldenes Licht.

Plötzlich sprang Seffie auf. »Hört mal! Könnt ihr das hören?« Sie rannte in Richtung Fenster und riss die Balkontüren auf.

Es wurde still am Tisch und alle spitzten die Ohren. Zuerst waren nur einzelne Piepser zu hören, dann wurden es mehr und bald war der Speisesaal erfüllt von wildem Gezwitscher. Es war eine so muntere und fröhliche Kakofonie, dass Aribella ganz leicht ums Herz wurde. Die Vögel waren zurück!

Alle drängten sich auf den Balkon und sahen zu, wie Hunderte von Vögeln in allen Größen und Farben über den *Canal Grande* flogen. Aribella hatte nicht gewusst, dass es in Venedig eine solche Vielzahl an Arten gab.

Aber es war nicht nur die Rückkehr der Vögel, die ihnen Freudenschreie entlockte. Auch der *Canal Grande* war in seine Ufer zurückgekehrt und die überschwemmten Stadtteile mit ihren engen, gewundenen *Calli* und offenen, gepflasterten *Campi* lagen wieder über dem Wasserspiegel.

Seffie jubilierte. »Meine Freunde sind wieder da und sie werden bleiben«, übersetzte sie glücklich. »Die Gefahr ist vorüber. Die Stadt ist sicher.« Einen nach dem anderen umarmte sie Aribella, Fin und Helena. Fin wurde knallrot, während Helena sichtlich erfreut war.

Auch Clara zog ihre Tochter in ihre Arme. Aribella liefen die Tränen über das Gesicht. Endlich konnte sie ihrer Mutter sagen, wonach sie sich so lange gesehnt hatte.

»Ich habe dich so sehr vermisst, Mama.«

»Ich habe dich auch vermisst, Bella. Aber ich war immer bei dir und habe über dich gewacht.« Clara drückte Aribella ganz fest an sich und streichelte ihr übers Haar. Sie fühlte sich so geborgen, dass sie am liebsten für immer in den Armen ihrer Mama geblieben wäre. »Sollen wir zu Papa und deinem Freund Theo gehen?«

»Oh ja!«, rief Aribella, dann zögerte sie. »Und was wirst du Papa sagen?«

Clara lächelte. »Ich werde mir etwas einfallen lassen. Es wird bestimmt ein Schock für ihn sein.«

»Bestimmt. Aber er wird auch überglücklich sein. So wie ich«, sagte Aribella aus voller Überzeugung.

»Und ich.«

Jacapo erschien auf dem Balkon. Er warf Clara einen ängstlichen Blick zu. Jahrelang hatte er geglaubt, Clara wäre eine Mörderin. Nun musste er sich an den Gedanken, dass sie das nicht war, erst gewöhnen. Aber da war er wohl nicht der Einzige. Aribella durfte nicht allzu hart mit ihm ins Gericht gehen, schließlich hatte sie auch kurze Zeit den Verdacht gehegt, dass Jacapo derjenige war, der Zio geholfen hatte.

»Mir scheint, eine Entschuldigung meinerseits ist mehr als angebracht«, sagte er steif. »Bei euch beiden«, fügte er mit einem Blick auf Rodolfo hinzu.

Aber sowohl Rodolfo als auch Clara wischten seine Entschuldigung mit einer leichten Handbewegung beiseite.

»Du wolltest nur Venedig schützen«, sagte Rodolfo, und Aribella bewunderte ihn für sein anständiges Verhalten.

Jacapo nickte. »Ich habe Zios Porträt bereits aus dem Gebäude entfernen lassen, Claras hingegen – welches du, wie ich erfahren habe, ohne Erlaubnis behalten hast, Rodolfo …« Er hielt kurz inne und man sah ihm an, wie schwer es ihm fiel, Rodolfo dafür nicht zu rügen. »… wird wieder an seinen alten Platz hier im Hotel gehängt.« Jacapo wandte sich an Aribella. »Auch dir, Aribella, gilt mein Dank für deine Dienste an Venedig.«

»Wie wäre es mit einer kleinen Belohnung?«, schlug Rodolfo vor.

Jacapo spitzte die Lippen. »Wir Cannovacci erwarten keine Belohnung für den Schutz der Stadt, wie dir sicher bekannt ist, Rodolfo.«

»Wenn man bedenkt, welche Qualen Aribellas Familie auf sich genommen hat, fände ich eine kleine Entschädigung aber dennoch angebracht.

Jacapo sah aus, als wollte er widersprechen, aber dann seufzte er nur. »Und was schlägst du vor?«

»Irgendwelche Wünsche, Aribella?« Rodolfo zwinkerte ihr zu.

Aribella wollte gerade den Kopf schütteln, als ihr doch noch etwas einfiel. »Einen Wunsch hätte ich, Signore, wenn das nicht zu viel verlangt ist …«

Kurz darauf steuerten Aribella und Clara mit den Taschen voller süßem Gebäck in zwei Gondeln den *Canal Grande* entlang.

Clara hatte Rodolfos *Permesso* erhalten und Aribella steuerte Ursulas alte Gondel. Nymeria hatte sie nahe der Stelle, an der Seffie und Aribella sie zurückgelassen hatten, in der Lagune entdeckt. Sie war allerdings nicht mehr als Ursulas Gondel zu erkennen. Die rosafarbenen Polster und Kissen sowie die Kabine hatten sich in einfache Holzbänke verwandelt.

»Ich weiß nicht, Rodolfo …«, schimpfte Jacapo, nachdem Aribella ihnen gesagt hatte, was sie gerne als Belohnung hätte. »Hältst du das wirklich für vernünftig?«

Aber dann hatte er doch nachgegeben und sogar für einen neuen *Permesso* gesorgt.

Als sie die Kanalmündung erreichten, fingen die Glocken von Venedig an zu läuten. Anfangs waren es nur ein paar, dann stimmten immer mehr mit ein, bis es schließlich klang, als würde die ganze Stadt singen.

»Warum läuten die Glocken?«, rief Aribella.

»Vielleicht, um den Rückgang des Hochwassers und die Genesung des Dogen zu verkünden«, rief Clara zurück. »Heute Abend werden überall Feste gefeiert! Du kannst dir gar nicht vorstellen, wie sehr ich es vermisst habe, eine Gondel zu steuern. Du bist aber auch ganz schön schnell unterwegs für eine Novizin! Lass mal sehen, was du draufhast. Wer als Erste in Burano ist!«

Aribella lachte und ruderte, was ihre schmerzenden Arme hergaben. Atemlos und mit vor Aufregung leuchtenden Augen erreichten sie die Hütte von Aribellas Papa.

Als er die Tür öffnete, machte Aribellas Herz einen Sprung. Er war dünner geworden, aber wohlauf, und als er Aribella sah, strahlte er vor Glück. Dann erblickte er auch Clara und seine Augen füllten sich mit Tränen. Ungehindert ließ er sie über sein zerfurchtes Gesicht laufen. Noch nie hatte Aribella ihren Papa, der in seiner tiefen Trauer wie eine leere Hülle gewesen war, weinen sehen. Es war, als würde er wieder zum Leben erwachen und das Meer an Tränen, das er über die Jahre aufgestaut hatte, aus ihm herauslaufen. Er zog beide an sich und küsste Aribella auf Kopf und Wangen. Dann ließ er sich in Claras Arme sinken.

»Ihr seid wieder da! Alle beide. Es ist ein Wunder! Oh, Bella. Oh, Clara, meine Liebste. Ohne euch … Das Leben war sinnlos ohne euch.«

»Jetzt ist alles wieder gut«, tröstete Clara ihn, der ebenfalls Tränen über die Wange liefen. »Alles ist gut.«

Sie umarmten sich fest – Aribella, die glaubte, ihr Herz müsse vor Glück zerspringen, zwischen sich. Es war wie ein süßer Traum.

»Bella«, flüsterte Clara nach einer Weile. »Warum gehst du nicht zu Theo und bringst ihm sein Geschenk? Dein Papa und ich haben eine Menge zu besprechen.«

Am liebsten wäre Aribella ihren Eltern nie wieder von der Seite gewichen, aber sie wusste natürlich, dass es für die beiden einfacher war, sich ohne sie zu unterhalten. Außerdem konnte sie es kaum erwarten, Theo wiederzusehen. Sie drückte die beiden ein letztes Mal und rannte die Straße hinunter zu Theos Hütte. Ohne Angst, von irgendjemandem gesehen zu werden, hämmerte sie gegen die Tür.

»Wer ist da?« Theos Papa öffnete. »Aribella?« Er starrte sie überrascht an.

»Ist Theo da?«, platzte es aus ihr heraus.

»Ja, aber er hat eine schreckliche Nacht hinter sich. Er ist draußen auf der Lagune in ein Gewitter geraten … Er hat Glück, dass er noch am Leben ist.«

»Ich weiß … Ich wollte sagen, darf ich ihn sehen, bitte?«

Theos Papa musterte sie misstrauisch, aber seine Blicke prallten an ihr ab, als trüge sie ein Schutzschild aus Glück. Niemand würde ihr jemals wieder das Gefühl geben können, eine Außenseiterin zu sein.

»Wer ist da, Papa?« Im Türrahmen erschien Theo.

»Theo!«, schrie Aribella.

»Ari?« Sobald Theo sie sah, erhellte sich sein Gesicht. Er schob seinen Papa zur Seite und umarmte sie stürmisch. »Du lebst! Ich hatte solche Angst. Ich hatte einen grässlichen Traum letzte Nacht. Total seltsam, als wäre alles wirklich passiert. Wir waren draußen auf der Lagune und hatten einen idiotischen Streit. Und dann war da diese gespenstische Insel … Ich bin aufgewacht und hatte das Gefühl, etwas Schreckliches wäre passiert.« Er schüttelte den Kopf. »Ich bin so froh, dass es dir gut geht. Wo warst du denn?«

»Ich habe etwas für dich«, sagte sie, seine Frage ignorierend. »Komm mit!«

Als Theo die Gondeln im Hafen liegen sah, klappte ihm die Kinnlade herunter und er fing an zu blinzeln.

»Wem gehören die?«, fragte er fassungslos.

»Eine gehört dir. Ein Geschenk.«

Theo bekam große Augen. »Das kann nicht … Du verschaukelst mich.«

»Nein, ist mein voller Ernst.« Grinsend deutete Aribella auf die Gondel, die Ursula gehört hatte.

Zögernd beugte sich Theo nach vorn und ließ die Finger über den glatten schwarzen Rumpf gleiten. »Woher hast du sie?«

Aribella trat von einem Bein auf das andere. »Das kann ich dir nicht sagen.«

Theo drehte sich um und sah sie an. Er hatte die Stirn in Falten gelegt und in seinem Blick lag eine ungewohnte Ernsthaftigkeit. Aribella wappnete sich für die schwierigen Fragen, die er ihr gleich stellen würde, aber was Theo dann sagte, überraschte sie.

»Du musst es mir nicht erzählen, Ari. Ich weiß, dass … dass gerade *irgendetwas* mit dir passiert. Ich bin letzte Nacht nicht in ein Gewitter geraten. Zuerst dachte ich das, aber dann kamen die Erinnerungen zurück. Es war kein Traum, da bin ich mir ganz sicher.«

Francesca hatte also doch recht gehabt. Das zweite Mal wirkte der Vierdiebessig nicht mehr ganz so gut. Er hatte zwar den Geisterbiss geheilt, aber nicht Theos Erinnerung getilgt.

»Du warst auch da draußen auf der Lagune«, sprach er weiter, »und es ist etwas passiert. Etwas Schlimmes … Ich werde es meinem Papa nicht erzählen. Oder sonst irgendjemandem. Aber ich weiß, dass du mich vor etwas sehr Bösem gerettet hast. Du warst da, als ich deine Hilfe gebraucht habe, und das ist alles, was zählt. Wenn du es mir also nicht sagen kannst, dann lass es. Aber versprich mir, dass du nie wieder einfach so verschwinden wirst!«

Aribella lächelte. Ach, wunderbarer, netter, guter Theo! Selbst jetzt, nach all den verstörenden Dingen, die passiert waren, machte er ihr die Sache leicht. Sie liebte ihn so sehr, dass es wehtat.

»Ich verspreche es«, sagte sie und legte den Arm um ihn.

Theo lächelte. »Freunde?«

»Egal, was kommt«, sagte sie fest und grinste. »Lust auf eine kleine Probefahrt?«

34

In den darauffolgenden Wochen fuhr Aribella sehr oft nach Burano und Seffie, Fin und Helena begleiteten sie manchmal.

Theo schloss ihre neuen Freunde schnell ins Herz und sie verbrachten lange Nachmittage damit, in Theos Gondel (mit Inbelli-Geschwindigkeit) über die Lagune zu jagen, bevor sie zum Abendessen in der gemütlichen Küche ihrer Eltern saßen oder ins Halb-hier-halb-da-Hotel zurückkehrten, wohin Theo sie allerdings nie begleitete.

Eines Tages wartete auf dem Empfangstresen ein dicker weißer Umschlag auf Aribella, auf dem mit goldener Tinte und in verschnörkelter Schrift ihr Name stand. Das dunkelrote Siegel trug einen Stempel mit einer Maske. Lächelnd überreichte Rosa ihr den Umschlag.

Aribellas Herz raste, als sie ihn aufriss und den Brief darin las.

Liebe Aribella,

hiermit lade ich dich ganz herzlich ein vorbeizukommen,
um Maß für deine Maske zu nehmen.
Bitte sei pünktlich.
Zuspätkommen wird nicht toleriert.

Distinti Saluti
Die Maskenmacherin (Mama)

Noch am selben Nachmittag suchte Aribella das alte Geschäft des Maskenmachers auf. Clara – die ihre Lehrlingsjahre lange hinter sich hatte – führte sie hinter den Vorhang in die Verschmelzungskammer. Auf dem Ständer hing eine neue Maske. Ein Muster aus roten, orangen und goldenen Flammen züngelte über das Gesicht und auf der Stirn glitzerten und funkelten Rubine, Topase und Saphire. Die Maske war ihr auf den ersten Blick vertraut, wie das Gesicht eines alten Freundes. Sie hatte das Gefühl, in ihre eigene Seele zu blicken.

Während Aribella die Maske ansah, fingen ihre Finger an zu kribbeln und sie spürte, wie zwischen ihr und der Maske ein Austausch stattfand.

»Gefällt sie dir?«, fragte Clara.

»Sie ist perfekt«, flüsterte Aribella.

Sie griff nach der Maske und setzte sie auf. Sie fühlte sich leicht an auf der Haut – nicht heiß und schwitzig wie die Maske von Venedig –, als würde sie gar keine Maske tragen. Während sie die scharlachroten Bänder verknotete, dachte sie an Seffie, Fin und Helena. An Rodolfo und Rosa. Mama und Papa. Die Cannovacci und die Inbelli. Das Halb-hier-halb-da-Hotel und Burano. Und an Theo. Sie alle waren ein Teil von Venedig. Ihrer Heimat. Diese Stadt, stellte sie mit großer Freude fest, war *ihre* Stadt – der Ort, an den sie gehörte.

Danksagung

Das Erscheinen von *Aribella und die Feuermaske* ist ein ganz großer Moment in meinem Leben. Drei Dinge waren dafür absolut entscheidend: ein bisschen blindes Vertrauen, eine ordentliche Portion Hartnäckigkeit und die Unterstützung vieler fantastischer Menschen, ohne die Aribella ihr Versteck in Venedig bis heute nicht verlassen hätte. Seht es mir also bitte nach, wenn ich mich an dieser Stelle bei einigen von ihnen bedanke.

Mein Dank gilt Catherine Coe, die in den trüben Kanälen Venedigs als Erste die Magie entdeckte; meiner wunderbaren Agentin Caroline Walsh, die sich meiner angenommen und mich durch alle Höhen und Tiefen unermüdlich unterstützt hat; Christabel, die eine tolle Cheerleaderin war; den »Chickens« Barry, Jazz, Laura Smythe, Rachel Hickman, Elinor, Sarah, Lucy und Laura Myers; Kesia für ihre harte Arbeit und Fachkenntnis; und ganz besonders Rachel Leyshon, meiner großartigen Lektorin, für ihren hartnäckigen Optimismus und ihr grenzenloses Wohlwollen trotz unzähliger Neufassungen.

Danke, Paola Escobar und Helen Crawford-White, für das schöne Cover.

Danke den MAWFYP-Tutoren Julia, Davis, Steve, Janine und Lucy; dem internationalen Autoren-Club Anne, Imme und vor allem Laura, die dafür gesorgt hat, dass ich in meinem Jahr in

L.A. nicht durchgedreht bin; sowie meinen anderen Workshop-Freunden Julie, Fin, Maddy, Mark, Dandy, Kristy, Sue und Helen.

Danke, Lucie, für die jahrelange Unterstützung. Danke, Hamish, ich liebe dich heiß und innig, auch wenn ich den Namen »Hamish« in einer Geschichte, die in Italien spielt, leider nicht unterbringen konnte. Danke, Jess, Tom, Lucy, Abbi, Nelson, Chloe, Ed, Katie, Tim, Georgie H., Georgie W., Caroline, Portia, Roly, Harriet, Jemima, Teri, Johnny und Mia … und all den anderen.

Ein Dankeschön an meine ersten Leser Pat Ferguson und Karine Akande und an Oscar, Theo und Lola, die coolsten Kids auf diesem Planeten, denen ich beim Babysitten Teile aus meinem Buch vorlesen durfte. Ihre seid nicht nur tolle Kumpel, sondern auch brillante Kritiker!

Danke, Granny Ireland, die mich mit ihrer Energie, ihrer Freundlichkeit und ihrer bedingungslosen Liebe täglich inspiriert hat, und danke, Granny H., für das Versüßen meiner Kindheit mit *Tintin*-Bettgeschichten. Danke meinen wunderbaren Großvätern, die beide Geschichten liebten, und meinen Tanten Wilf, Susie, Tracy und Isabelle. Danke meinem Onkel Bo, meinen vortrefflichen Cousins und Cousinen Sam, Olivia, Elsa und Hugo und meinen Märchenpatentanten Sovra und Paula.

Danke, Mum, dass du beim Vorlesen von *Das Bernstein-Teleskop* so viel geschluchzt hast, dass ich selbst lesen lernen musste, um herauszufinden, was in der Geschichte passiert. Danke, Dad, für deine Fantasie und das gute Beispiel, das du anderen Menschen gibst. Ihr seid wunderbare Eltern und ich bin überglücklich, euch zu haben. Danke meiner Schwester Oni, die mich mit so ziemlich allem aufgezogen hat, nur nicht mit dem Schreiben.

Danke, Chris, für einfach alles – dafür, dass du mein Abenteuer bist und mein Zuhause.

Und zu guter Letzt natürlich danke an euch, liebe Leserinnen und Leser, dafür, dass ihr dieses Buch ausgewählt habt. Ich hoffe, es hat euch gefallen. Ich weiß, dass das Erwachsenwerden manchmal hart sein kann, insbesondere wenn man seinen Platz in dieser Welt noch nicht gefunden hat. Haltet durch und bleibt euch selbst treu. Denkt an Rodolfos Worte: *Soll ich dir das schönste Geheimnis über das Außenseiterdasein verraten? Du bist niemals die Einzige.*

Eines Tages werdet ihr Menschen finden, die euch das Gefühl geben, niemand anderer sein zu müssen als ihr selbst. Das kann Monate oder auch Jahre dauern, vielleicht findet ihr sie am Ende eurer Straße oder am anderen Ende der Welt, aber es gibt sie. In jedem Fall solltet ihr eure Zeit bis dahin nicht damit verplempern, so zu tun, als wärt ihr jemand anderer. Denn eines Tages werdet ihr feststellen, dass gerade das, was euch von anderen unterscheidet, eure Stärke ist. Eure *Kraft*. Also haltet daran fest.

Bodyswitch –
und plötzlich Elfe!

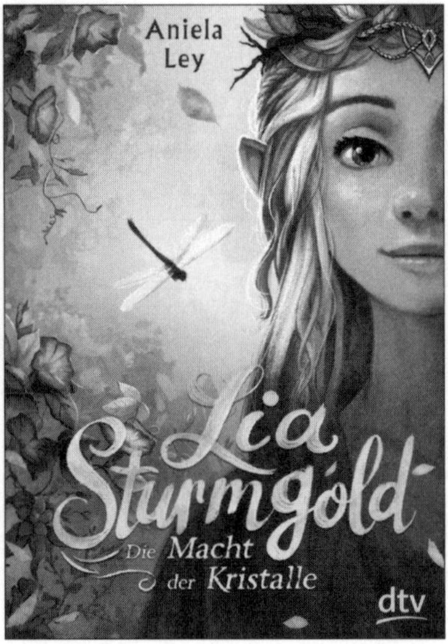

Unadoptierbar,
unzertrennlich,
unvergesslich!